Illustration
take

キドナプキディング

青色サヴァンと戯言遣いの娘

西尾維新

KODANSHA NOVELS

講談社ノベルス

Kidnap Kidding

Book Design Hiroto Kumagai・Noriyuki Kamatsu

Cover Design Veia

Illustration take

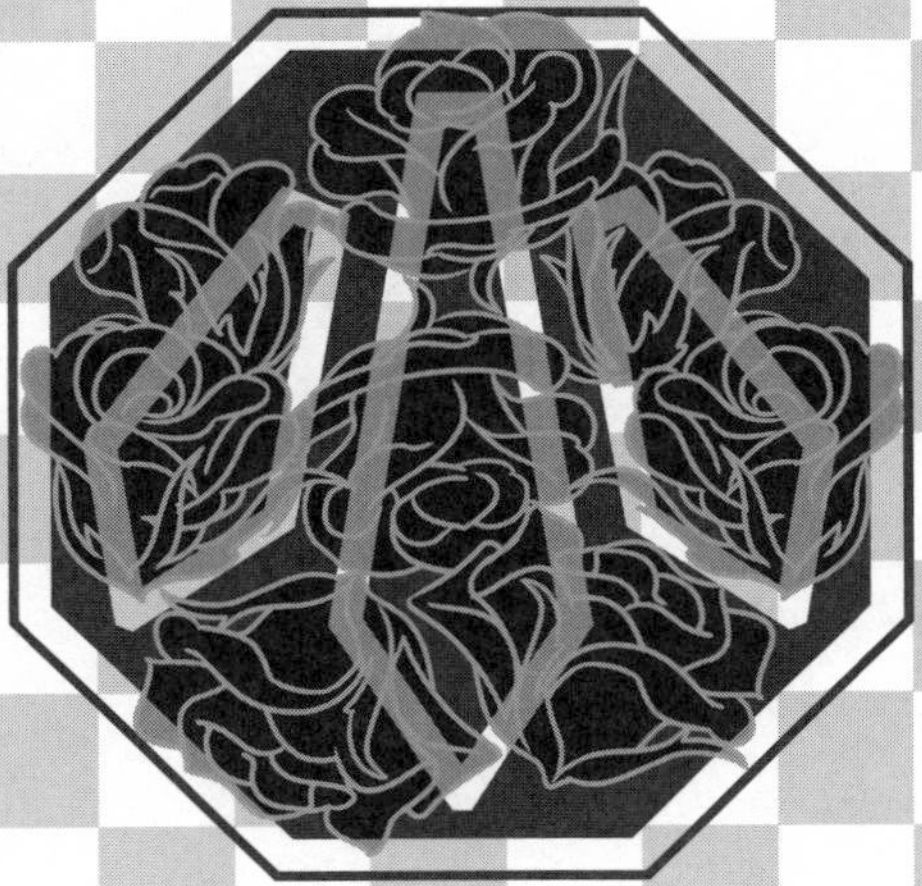

目次

登場人物紹介

玖渚贏（くなぎさ・るい）――祖父。

玖渚絆（くなぎさ・ほだ）――祖母。

玖渚直（くなぎさ・なお）――伯父。

玖渚友（くなぎさ・とも）――母。

玖渚焉（くなぎさ・えん）――叔父。

玖渚遠（くなぎさ・とお）――従姉妹。

玖渚近（くなぎさ・ちか）――従姉妹。

玖渚盾（くなぎさ・じゅん）――私。

千賀雪洞（ちが・ぼんぼり）――メイド見習い。

哀川潤（あいかわ・じゅん）――請負人。

戯言遣い――パパ。

才能が一つ多い方が、才能が一つ少ないよりも危険である――

ニーチェ

私は玖渚盾《くなぎさじゅん》。誇らしき盾《たて》。

私立澄百合《すみゆり》学園に通う高校一年生、十五歳。厳密には寮住まいなので通ってはいない、学校に住んでいるようなものだ。成績は中の上、得意科目は特になし、苦手科目も特になし。それでいいと思っている、なんなら快適だと思っている、精神的に向上心のないお利口さんだ。部活動はアメフト部とチアリーディング部の両方に籍を置いているけれど、どちらも幽霊部員。ユニフォームが欲しかっただけで。将来の夢は週刊少年ジャンプまたはマーベルコミックスの編集者。本当は編集長と言いたいところだけれど、誰だってまずは一歩ずつだ。いつかはそれが、五十歩百歩になる。ん？


とまれかくもあれ、私のことは『何の取り得もない、どこにでもいる平凡な女子高生』だと思ってもらって差し支えない。

そう、あなたの背後にも。

もちろん、私の両親はかつて世界を救ったり世界を終わらせたり殺人事件を解決したり殺人事件を隠蔽《いんぺい》したり戦争を起こしたり戦争を終わらせたり友達を助けたり友達を追い込んだり救世主だったり大犯罪者だったりしたらしいけれど、それは私には一切合切関係ない。仮に親子関係はあってもだ。親の悪事と恋愛なんて、正直言ってなすびのへたほども知ったこっちゃないし、知りたくもないよ。まして自慢話なんてもってのほかだ。

第一私は、まともな子育てなんてできっこないあの自由奔放な変人ふたりよりも、ベビーシッターからの影響を強く受けている。私の人格は半分は、あのシッターさんの影響で形成されていると言っても過言ではない。なのでもしも、雄大な時を経《へ》て普通のおっさんおばさんになった戯言遣《ざれごとづか》いと青色サヴァンの『あの人は今!?』が読みたいのであれば、今すぐ本を閉じるのが正解だろう。幸いなことにあのふたりの伝奇ならぬ伝記は二十年を経た今も版を重ねている。いや、版を重ねているはいささか見栄《みえ》を張った言い回しかもしれないけれど、電子書籍が一般化して絶版という概念が出版業界から消えつつある現在、懐《なつ》かしい本を発掘することは、そう難しくない。ただし、このままこの私小説を読み続けるという選択だって、同様にあると、慎《つつ》ましやかに主張するくらいのエゴも、私にはある。だって、あの両親の娘だもの。

続編ならぬ続柄《ぞくがら》ってわけだ。

これ、マジで言ってんだけど。

それに、過剰に普通の女子高生を気取るあまり、出し抜けに典型的な反抗期みたいなことを言ってしまったものの、パパやママからの影響をまったく受けていないとまで、弱々しく強がるつもりもない。

たとえば、このような自己紹介から物語を始めたのは、誰だかわからない奴《やつ》の一人称視点で読者の興味関心を引く効果的な手法や、サビから入るヒットソングのごとく冒頭にクライマックスシーンを予告編のように盛り込むページターナーのテクニック、二回読んで初めて意味がわかるような仕掛けの腕自慢な叙述トリック、マイナーな引用文や思わせぶりな雑学を披露することで知的好奇心を誘う衒学《げんがく》的なレトリック、どストレートなキャッチコピーとも言える『これは●●の物語だ』みたいなお決まりの定型文から始まる既存の小説に対する強烈なアンチテーゼではまったくなく、幼少期より、パパからきつく躾《しつ》けられているからだ。きつく、うざく躾けられているからだ。

パパの戯言シリーズその1。

まず名乗れ。誰が相手でも。

そして名乗らせろ。誰が相手でも。

人と会話をするときに自分の名前を名乗らないの

は失礼にあたります、誰だかわからない人とお話しするのはやめましょうというようなマナー講座の一条でないことは明白である。戯言遣いの言うことだ。第一あのパパは、娘をそう躾けておきながら、自分は誰が相手でも本名を決して名乗りやしない。たぶんそんなこまっしゃくれた生きかたをしていたせいで若い頃に酷《ひど》い目にあったことがあるのだろう。一度ならず、二度三度。四度五度六度百八十度。あるいは名乗りを勿体《もったい》ぶった挙句、変に謎《なぞ》めいちゃって今更よくある平凡な姓名を言えなくなっちゃったとか、そんなところか。

個人的見解だが、または一般論だが(パパの戯言シリーズその37。正反対の前置きは両立する)、自分にできなかったことを自分の子供に夢見る親は最低だ。

それは虫がいい。

害虫のように虫がいい。

ちなみにパパの戯言シリーズは100までである。

うんざりするでしょ? メフィストリーダーズクラブがグッズ化してくれようとしても、湯飲みに書き切れない『親父《おやじ》の小言』だ。私が(シッターさんの引退と同時に)寮に入りたくなったのもむべなるかなである。幸いルームメイトには恵まれた。

ルームメイトの話に入ったら長くなるので私の名前の話に戻ると、皆さん、女の子の名前に盾はないだろうと思われたのではないだろうか。それとも現代の日本では、男の子らしい名前とか、女の子らしい名前とか、そういった区分に言及すること自体がコンプライアンスに違反する地獄行きの大罪だろうか。花子という名前の男子がいても、太郎という名前の女子がいても、もちろん私は構わない。残念ながらと言うべきか、私が在籍し、かつ在住する私立澄百合学園は女子校であり男子禁制で、離婚歴のない妻帯者で二人以上の子供を儲けていないと、男性教員さえ採用されない。この労働条件に含まれる複雑な問題について丁々発止の議論を繰り広げるのもやぶさかではないのだけれど、それは本来の趣旨に反する。コンプライアンスにも反するかもしれない。要点は私は同世代の男性の名前がどんな風か、よく知らないということだ。忸怩《じくじ》たることに多様性への理解が浅い。

パパの戯言シリーズその67。

多様性に敬意を払う少数派であれ。

多様性と少数派をわけて考えているところが、パパらしい。

何の話だっけ？　私の名前の話だ。ネームストークである。

盾。

聞けばこの名前、パパの尊敬する人物に由来するそうだ。小学生のとき、『自分の名前の意味を両親から聞いてくること』という、両親のいない子供に対する配慮に欠けた宿題が出された際に知ったのだけれど（マジで言ってる）、なるほど、パパはキャプテン・アメリカを尊敬していたのかと意外な一面を見た思いだったものだ。

しかし由来しているのは読みだけらしい。

じゃあいかめしい漢字の部分は全面的にパパの責任じゃないかと思ったが、口には出さなかった。パパと口喧嘩《くちげんか》をするのは徒労だと、私は七歳になるまでには察していたから。

まったく。

変な名前をつけるのは一種の虐待だという常識は、十五年前には普及していなかったのか。せめてキャプテン・マーベルにしてほしかった。

そんなこんなの諸事情あって、だからあまり好きな名前じゃないのだけれど、それでもパパは必ず名乗れと言う。

誇らしく。

なので冒頭から名乗らせてもらった。不躾《ぶしつけ》ながらと言いたいが、前述の通り、これはパパの躾の成果だ。

私は玖渚盾。誇らしき盾。

参考までに言うと、親から引き継いだ玖渚という名字のほうはまあまあ気に入っている。まあまあね。理由はなんかクールだからだ。ただし私は今回、嫌いな名前とクールな名字のハイブリッドに、この上なく振り回されることになる。自己紹介という名の前置きが意外と長くなってしまったけれど、これから開闢《かいびゃく》するのは、そういうおはなしである。次のページをめくるかどうか迷っているかたのために（あるいは次のページへフリックするかどうか迷っているかたのために）、本書から得られるであろうふたつの教訓を先に明かしてしまうと、『子供に名前をつけるときは慎重になってよく考えろ』というのがひとつ、もうひとつは、『もしもあなたの名字が玖渚だったら、今すぐ法的手続きを踏んで改名しろ』だ。

冗談《キディング》に聞こえる？

私、マジで言ってるんだけど。

ところで、パパの戯言シリーズは１００まであるが、それに比べるとママのほうは実にシンプルだ。

あーだこーだと口うるさいパパの教えを、忠実な娘ははっきり言って半分も守れていないけれど、しかしながら、そのシンプルさゆえに、ママの教えはこれまでのところ遵守《じゅんしゅ》してきた。ルール違反をした場合、誤魔化しがきかないからだ。実際のところ、その内容は現代社会において許容しかねる制限であり、まさしく児童虐待の最たる不都合ではあり、私の人格形成に影響ならぬ悪影響をとめどなく与えているのだが、その他はなんでも自由にしていいと言われているネグレクトと紙一重の放任主義が前提なのだから、仕方がない。それに、その『たったひとつの冴《さ》えないルール』を守らなかったら殺すからねともにっこり言われている。

名付けてママの絶対法則。

機械に触るな。

一日目（1）————悪魔が来りて人を轢く

哀川潤
AIKAWA JUN
請負人。

0

人は見た目で9割騙《だま》せる。
（パパの戯言シリーズその31）

1

自動運転のパラドックスをご存知だろうか？　自動運転というのは、自動車を文字通りの自動車へと進化させる夢のシステムだ。センサーやカメラで交通状況を解析し、ドライバーの手をわずらわすことなく、足すらわずらわすことなく、コンピューターが自動的に車間距離を取ったり、ブレーキをかけたり、縦列駐車をしたり、S字クランクをバックで走行したりする。呼気からアルコールを検知し、エンジンを停止させるというのも、広い意味では自動運転の一環になるかもしれない。そしてパラドックスというのは、いわば矛盾のことだ。

誇らしき盾。

最強の矛と最強の盾をぶつけたらどうなる？　あるいは、アキレスと亀《かめ》を競走させたら？　亀から少し遅れて出発したアキレスは、しかしその脚力で地球を一周してしまって、いつの間にか追い抜いたはずの亀の後塵《こうじん》を拝している？　いや、まあちょっと違うけれど、とにかく『こんなはずじゃなかったのに』という論理的思考がパラドックスだ。間違っても犬の名前じゃない。

では、このふたつのワードを接続させた自動運転のパラドックスとは？　本来、クルマ社会から悲しい交通事故をなくす、夢の技術としての自動運転ではあるけれど、仮に、その交通事故を絶対に起こさないテクノロジーが、そして人類を深く眠らせるAIがボンネットに組み込まれたら、いったい何が起きるか？　という思考実験のことである。

　横断歩道で悲劇が起こらなくなる、という答では平凡だ。そして単純だ。平凡で単純。私にとってはそうではないけれど、基本的には悪口である。

　そうではなく、歩行者が横断歩道を一切守らなくなるというのが、想定しうる最悪の未来図である。『みんなで渡れば怖くない』どころではない、歩行者を認識すれば自動的にブレーキをかける、絶対に事故を起こさない自動車は、もはや歩行者にとって脅威ではない。

　つまり、信号を守る必要がなくなる。

　起こりうる交通事故を未然に防ぐための自動運転が、道路状況を激変させるどころか、機能させなくなるというわけだ。安全を追求するあまりに横断歩道が無法状態になる。人々が赤信号に、まるで牛のように突っ込む。ヌーの群れのごとく総突っ込みだ。まるで何かの比喩《ひゆ》のようだけれど、必ずしも人は、合理的に動くわけではないという話なのか……、いや、合理的というならこれこそがこれ以上なく合理的である。

　今のところは結局、自動運転はあくまで人間による運転の補助に留まっているので、自動車が左様な（右様な？）機能不全に陥《おちい》ることはないのだけれど、そう遠くない未来には必ず起こりうるパラドックスである。のろまな人間を遥《はる》か後方にぶっちぎっていたはずのF1カーが、いつの間にかとろとろ、のろま共の後塵を拝することになりかねない……、案外、そんな方法で、二酸化炭素排出による地球温暖化は解決するのかもしれない。

　とは言え、それはまだ見ぬ、まだまだ見ぬ未来の話だ。そんなパラドックスに直面し、困惑するためには、まずはそれまで、生きていなければならない——交通事故に遭うことなく。

　右、左、右を見て。

　横断歩道は手をあげて。

　右、左、右はわかるけれど、なんで手をあげて歩かなくちゃいけないんだ？　そんなことをしている大人を見たことはないぞ？　かつていたいけだった頃、そう疑問を感じたことはあるけれど、手をあげないと、ドライバーからは子供は見えないらしい。それは自動運転以前の、構造的欠陥じゃないのか？

ともあれ。

　私立澄百合学園で高校一年生の一学期を終えた夏休み、私は帰省するために、京都市内の交差点の、横断歩道を渡っていた——ちなみに我らが澄百合学園は、京都人が京都だと思っていない地域に存在している。私としては、左京区《さきょう》だけが京都じゃないと言いたいところだが、やはりこうして中心部に帰ってくると、うん、ＴＨＩＳ ＩＳ ＫＹＯＴＯって感じだった。

　反抗期真《ま》っ只中《ただなか》の私ではあるけれど、夏休みに帰省しないほど、とんがっているわけでもない。たかだか数ヵ月じゃ不良にもギャルにもなれなかった。たか聞けばパパは十年以上にもわたって実家に帰らなかったそうだ。正気か？　と言うか、私という孫の顔を見せに帰ったのが、生まれて初めての帰省だったと言うのだから恐れ入る。私が産まれて初めて、パパが生まれて初めて帰省したというダブルミーニング。

　まあそれでも、ママよりはマシだ。実家と完全に没交渉であるママよりは。まったく、あのふたりはいつでも、私にとって理想的な反面教師である。

　そんなことをつらつら思いながら四条河原町《しじょうかわらまち》の交差点を横断していると——私は撥《は》ねられた。首を刎《は》ねられたのかと思うような衝撃だった。

2

しつこいようだが自動運転のパラドックスに戻ると（お気に入りの話なのだ）、脅すようなことを言ってしまったが、あるいは、未来に暗雲を投げかけるようなことを言ってしまったが、実際には自動運転が普及することによって、道路が無法状態になるというようなことはない。ありえない。あくまでも思考実験であり、机学問だ。

なぜなら、完璧《かんぺき》なるコンピューターというものは『今のところ』に限らず、空想の産物だからである。SF小説にしか出てこない、と言いたいところだけれど、むしろSF小説にこそ出てこない。サイエンス・フィクションに登場する、お馴染《なじ》みの暴走する不完全なコンピューターこそ、現実的な機械のありようである。

つまり、どんな精巧に設計されたＡＩであろうと、ミスは起こりうるということだ。取り立ててバグというほどではないにしたって、リスクを完全に取り除くことは難しい。ゼロコンマゼロゼロゼロ数パーセントの確率で、交通事故は起こりうる——それは人間がその未熟さゆえに事故を起こすよりもずっと低い可能性だろうけれど、赤信号と青信号を取り違える可能性や、歩行者を空気の塊《かたまり》と認識する可能性、コンピューターフットがブレーキとアクセルを踏み間違える可能性がある以上、歩行者は信号を守らざるを得ないのである。飛行機なんてそう滅多《めった》に墜落するものじゃないと頭では理解していても、それでも絶対に飛行機には乗らないという人がいるのと同じような感覚だ——人間が信用できないように、機械だって信用できない。試みに、万に一つの瑕疵《かし》もない完全なるコンピューターを想定してみたところで、皮肉にも、それが物質的なコンピューターであること自体が弱点になる。

要するに、設計ミスがなかろうとバグがなかろうと、経年劣化で故障する。ひねくれた感性を持つ十代を代表して先程のように、世の中に絶対はないと言いたいところだが、これは絶対だ。壊れない機械はない。

新陳代謝をしないという点が、物質的な機械にとって、致命的なウイークポイントなのだ。購入した時点ではとんでもなく素晴らしい自動運転機能搭載型のスーパーカーも、いつかは錆《さ》びたり溶けたり脆《もろ》くなったり接続が悪くなったりバッテリーの持ちが悪くなったり、多種多様な不具合が生じる……、型落ちすれば、あるいは事あるごとに改正された道路交通法をアップデートしなければ、ころころ変わる二段階右折のルールに対応できなくなってしまうかもしれない。常に最新機種を入手しろというのは、車検の域をやすやすと超えている。

機械は壊れる。人間同様に。

とは言え、誰もがスマートフォンを持って、人類全員が発信者になれる未来なんて、SF作家でさえ想像しなかった『現代』であることも事実だ。こんなわかったようなことを迂闊《うかつ》に言って、十年後二十年後には、パーフェクトAIが矛盾のない交通事情を実現させているかもしれない。キックボードにさえ絶対安全AIが組み込まれる可能性だってある。有機体で構成され、新陳代謝どころか生長さえする機械が発明される可能性だってゼロではないだろう（その場合、腐敗という問題が生じかねないが、それだって持続的に解決可能な17の目標に過ぎないかもしれない）。十五歳の私に見えている視界など、そして世界など、限られている。

パパの戯言シリーズその17。

視野の狭さを直視しろ。

ただ、そんな私でも、十五年の人生経験から、断言できることがひとつある。どんな安全装置も、いかなる安全弁も、人間の悪意の前には灯火《ともしび》だ。スイッチをオフにする、ハッキングする、プログラムを書き換える、AIを物理的に破壊する、警報システムを回避する……。

　交通事故は将来的に防げるようになるかもしれない。

　だが、交通事件は未来永劫《えいごう》防げない、戦争を防げないように——意図的に人間を轢《ひ》こうとする行為は、コンピューターでは止められない。この日、私が四条河原町の交差点で撥ね飛ばされたように。

　まるで身体《からだ》がプリン《プディング》になったような冗談《キディング》だった。いや、虐殺《キリング》だったと言ったほうが、現実には即しているかもしれない。

　格闘技系の漫画によく、顳顬《こめかみ》にいいパンチを食らって脳がシェイクされるという描写があるけれど、あれの全身版という感じだった。皮膚と筋肉と内臓と骨が混ざり合ってペースト状になったんじゃないかと思った。

　体感的には数百メートルぶっ飛ばされて、鴨川《かもがわ》に着水すること間違いなしとさえ思ったけれど、まあ実際には数メートルほど空中を浮遊した程度で、アスファルトに叩《たた》きつけられ、私は己がペースト状になっていなかったことを知る。

　プディングじゃなくて大根かな？

　ちょうど大根おろしにかけられたような気分だったし……、どんなおいしい秋刀魚《さんま》が食卓に上っても、二度と大根を大根おろしにかけたりしないと誓えるような、皮膚が剝《は》がされる痛みだった。私は特にベジタリアンではないけれど、植物に対する思いやりを失ってはならない。

　まあ、『可哀想《かわいそう》だから食べちゃ駄目』という発想も思えば傲慢《ごうまん》である。林檎《りんご》の実は動物に残酷にもがれ、冷酷に咀嚼《そしゃく》され、過酷に消化されることで、その種は、さながら広告のようにあちこちに拡散されるわけで、かように倫理観は一通りではない……、肉を食べられる家畜が、そのために安全に繁殖させられるようなものか？

　いや、思考が攪乱《かくらん》されている。

　自分がすりおろし林檎のようにすりおろされてい

るのだから当然だが。あるいは脳がシェイクみたいになっているのだから、もっと当然だが。スムージーで済む話じゃない。

あー、そうかそうか。

私はこういう風に死ぬのか。

あんなたわけた両親の下に生を授かったのだから、畳の上では死ねないだろうと覚悟は決めていたけれど、背中から刺されるとか、後頭部を殴打されるとか、豪快な拷問に遭うとか、そういうドラマチックな事態ばかりを想定していて、交通事故で死ぬというのはあまりに予想外だった。

これはよくないことだ。

私は反省した。

思い上がりもはなはだしい。私は特別な人間だから特別な死にかたが用意されているはずだなんて、文章に書き起こしてみればなんとも恥ずかしいばかりの思考回路じゃないか。

私の何が特別だというのだ。

親が特別なだけだろ。

日本人の死因ナンバーワンが癌《がん》か何かは知らないけれど、我々若年層にとってもっとも身近な危機は、交通事故だと言うのに、安全圏で完全に守られた寮生活を送っているうちに、危機感を失ってしまっていた。

青信号だったことなど救いにはならない。裁判や量刑的にはともかく、青信号で轢かれた場合は命の危険はありませんなんて条項は、道路交通法には記載されていない。

右、左、右を見て、手をあげて横断するべきだった。私の身長は百五十センチもないのだから。

パパの戯言シリーズその89。

横断歩道は縦断しろ。

どういう意味だったんだろう？　パパの戯言シリーズには、意味不明な文言も少なからず存在する。と言うより、大半が意味不明だ。恐らくこのその89に関しては、いくら横断歩道だからと言って、それを文字通りに横断するような素直な思考を責めているのだと思う。横断歩道の白いところだけ選んでけんけんぱをするような無邪気な遊び心を推奨している可能性もある。

死に際に思うのがパパの戯言というのも乙《おつ》だった。笑ってしまいそうになる。

パパの戯言シリーズその46。

笑わば笑え。

溺《おぼ》れたときこそ、縋《すが》りつくように。

あの表情に乏《とぼ》しい父親の言うことはともかくとして、ただ、冒頭からがっかりさせてしまったならば申し開きのしようもないけれど、私はここでは死ななかった。交通事故で命を落とした私の、霊界探偵編がここから始まるということもない。これはマジで言ってるんだけれど、ベビーシッターが絵本代わりに読み聞かせてくれた幽《ゆう》★遊《ゆう》★白書《はくしょ》で、私は倫理観を学んだ。なので心の師は仙水忍《せんすいしのぶ》だ。彼を仰《あお》がずに誰を仰ぐ？　もっとも、幼少期の子供に仙水忍の思想を植え付けるという行為に及んだベビーシッターは、立場的には樹《いつき》だったんじゃないかと、十五歳になった最近は思わなくもない。そう言えば、澄百合学園における寮生活では漫画の持ち込みが禁止されているんだけれど、今、ＨＵＮＴＥＲ×ＨＵＮＴＥＲってどうなってるの？

クラピカとレオリオがどうなるのか知るためにも、私はここで死ぬわけにはいかなかった。よい漫画は人の寿命を延ばす。

「おお。生きてんな。さすがいーたんの娘」

そんな声が天から聞こえた。

もしかしたら探偵助手のぼたんちゃんの声かと期待が膨《ふく》らんだけれど、そうではなかった——いーたんだって？

どうやら、私を轢いた車のドライバーらしい。運転席から降りてきて、撥ね飛ばした交通弱者の下に、救命のために駆け寄ってきた——わけではないらしく、

「そして、さすがあたしの名前を受け継いでいるだけのことはある」

と。

既に血まみれだった、仰向けに寝転ぶ私の頭部を――西瓜《すいか》のように踏《ふ》み潰《つぶ》した。

誰何《すいか》する暇も、余裕もなかったが、しかし私には、自分の頭部を踏み潰した相手が何者なのか、このわずかな接触で、ファーストキスより衝撃的なファーストコンタクトで、十二分に直感できた。

ピアノのように人を轢く女。

人類最強の請負人《うけおいにん》・哀川潤《あいかわじゅん》。

3

頭を踏み潰されたというのはもちろん文学的修辞法だ。首を傾《かし》げたと言うときに、本当に首を傾げるかと言えば、そうではないだろう？　肩を竦《すく》める動作を実際にしたら、それこそオーバーリアクションで、相手に肩を竦められてしまう。身の竦む思いだ。それと同じに、私の頭は実際に踏み潰されたわけではない。

踏まれたのは事実だ。

ピンヒールの靴で。

アスファルトだって貫《つらぬ》けそうな先端で、危うく眼球を貫かれるところだったけれど、すんでのところで、むしろ自ら額で爪先《つまさき》を受けることで、私は難を逃れた。

爪先だって刺さりそうなデザインの靴だったけれど。思春期の子供よりも尖《とが》りまくった靴は、さながらシンデレラのガラスの靴のごとく、履き主の性格にしっくりきていた。

などという思考を巡らせられたのは後々のことであり、その瞬間における私は、クルマに轢かれてもかろうじて根性で保《たも》っていた意識を、その衝撃で完全に喪失した。

思えば、ピンヒールを回避するために変に頭を動かしたせいで、額だけでなく、踏まれた勢いで後頭部を地面で打つというサンドイッチに遭ってしまったのがよくなかったかもしれない。これからサンドイッチを食べるときは、オープンサンドに限ると思った。

お洒落《しゃれ》だしね。

というわけで、気が付くと私は真っ赤なスーパーカーの助手席に座っていた。スーパーカーという表現はもう死語かもしれないけれど、気にしないではしい。ほら、実在のクルマの名前を出すと、権利とかいろいろあるのだ。死後の世界にいるかもしれない私からのお願いである。可哀想でしょ、聞いておくれよ。

「おー、お目覚めかい、盾ちゃん。くくく、なんか変な感じだな、潤ちゃんが盾ちゃんを盾ちゃんって呼ぶなんて」

ハンドルを握るドライバーが、まだぼんやりとして、意識が回復しきっていない私に、そう笑いかけてくる——当たり前のように制限速度を超過しながら、当たり前のように信号を無視しつつ、当たり前のように追い越し車線を走る一方で。

絶対に車名を出せない。

交通事故に遭ったのは悪夢だったのか、それともこうして百回免停になっても足りないようなドライバーの隣に座っている今こそが悪夢なのか。

パパの戯言シリーズその41。

蝶《ちょう》である今が夢なのか、蛹《さなぎ》である今が夢なのか。

誇張《こちょう》された胡蝶《こちょう》の夢みたいな教えを思い出しつつ、いや、そもそも、車体よりも真っ赤なスーツに身を包んだこのド派手な運転手が、私の推測する通りの人物であるならば、そもそも免許なんて絶対に持っていないに決まっている。

自動車免許など、持つまでもなく。

生まれつき傾御免状《かぶきごめんじょう》が与えられているような、速度どころか強度にさえ制限がないこの人ならば――あらゆる縛りを、免じて許されている。

十五歳のちっちゃな（これは文学的修辞法ではなく、リアルにちっちゃな）女の子を、交差点の真ん中で撥ね飛ばし、挙句に血まみれになった彼女を助手席に積み込んで、その場から逃走したところで、数いる目撃者の誰にも通報されない程度には、少なくとも、免じて許されている。

でなくとも想像できない。

この人が職質にあって、免許証を取り出すシーンなど……。

「……潤おばさん」

「おいおい。メイおばさんみたいに言うなよ」

「滅茶苦茶《めちゃくちゃ》いい風に取るじゃん……、シートベルトを締めてもいいですか？　慣性の法則で、投げ出されそうで怖いんですけれど」

車名は出せないけれど、オープンカーであることくらいは明かしてもいいだろう、私の身の安全のために。

「シートベルトなんかねーよ。クラシックカーだぜ、これ。ああ、でも、座席を汚していることは気にすんな。あたしのクルマが血まみれになるのはいつものことだ」

あなたに轢かれたり踏まれたりしたことで生じた出血で、あなたのマイカーを汚すことを気に病んだりするほどいい子ちゃんじゃないけれど、一方で私は、これがシートベルトが普及する以前の年代物であることに、ちょっと胸を撫《な》で下《お》ろした。

権利問題がクリアされているからではない。クラシックと言っても、そこまで昔じゃないだろうし。ベートーベンじゃないんだから。

そうではなく、つまり、この古きよき時代の自動車には、ハイテクコンピューターが搭載されていないということに、心底ほっとしたのだ……、まだまだ発展途上の自動運転システムはもちろんのこと、ナビさえ積み込まれていない。ならばどんなモンスターマシンであろうとも、この旧式のマシンは、我が家で定義される『機械』ではない。

よかった。ママの教えを破らずに済む。

ママの絶対法則。

機械に触るな。

ママの教えを破らずに済むのであれば、シートベルトがないことくらい、ぜんぜん構わない。いいじゃないですか、クラシックカー。環境には悪いんだろうが、私の精神にはいい。どんどんガソリンを焚《た》いてください。

「えーっと……、なんでしたっけ？」

「なってねーな、盾ちゃん。いーたんや玖渚ちんから礼儀を教わってねーのか？　あたしに対する礼儀をよ。初めて会った人には、初めましてだろ？」

初めて会った人をクルマで轢くような人によもや礼儀を説かれようとは……、なるほど、これが人生か。一学期間にわたる寮生活で私もすっかり平和ボケしていたけれど、まったく、学校の外の世界は理不尽に満ち満ちている。

いーたん。玖渚ちん。

自分の親がニックネームで呼ばれているのを聞くと、なんだか居心地が悪いと言うか、こそばゆいな……、親の、親以外の一面を知ると言うのは、見てはいけないものを見たような気分にさせられてしまう。

それはさておき、あのふたりから礼儀なんて格調高いものは教わっていない。初めましてどころか、おはようの挨拶《あいさつ》を教わったかどうかも疑問なくらいで、これまで散々述べたように、教わったのは戯言と絶対法則だけだ。

パパの戯言シリーズその54。

親しき仲にも例外あり。

そういう諸々《もろもろ》の事情をさておいても、私の場合、潤おばさんと会うのが初めてという気がしないのだった。パパやママからその英雄譚《えいゆうたん》を、まるで自分の自慢話のように聞かされまくっていたし、パパやママの友達からも、うんざりするほどエピソードの宝庫を開示されていた。更に言うと、現在私が籍と住所を置いている澄百合学園の関係者から、恨み言を聞かされる機会も柴犬《しばいぬ》だ。

もとい、しばしばだ。

なぜ澄百合学園の関係者から恨み言を聞かされるのかと言われれば、その昔、潤おばさんが潤おねーさんだった頃に、破壊の限りを尽くしたからだそうだ。細かい伝説を掘り下げてみると、潤おばさんの名前を受け継いでいる私に、そりゃあ愚痴《ぐち》のひとつも言いたくもなるってものだろう。理不尽な巡り合わせではあるが、伝説のほうが理不尽だ。

そんな各所で耳にする情報の継《つ》ぎ接《は》ぎで、私はなんとなく、自分の名前の大元である『人類最強の請負人・哀川潤』に、十五年間、会ったことがないとは、思っていなかった。マジな話、おばさんと呼んでいるのも冗談じゃなく、噂《うわさ》に聞いていた変わった親戚《しんせき》みたいなイメージがあった……、メイおばさんならぬ、姪《めい》とおばさんだ。遭遇してみると、イメージを裏切らないイメージ以上だった。

ピアノのように人を轢く女と言っても、ピアニッシモにこつんとぶつけるくらいでしょ？　と、勝手に下方修正していた。もー、大袈裟《おおげさ》に言って、ビビらそうとしてるんだからー。専門家の指導の下、安全に人を轢いているのだと思っていた。

ぜんぜん違った。

なんならバンパーにトゲトゲをつけているんじゃないかというような衝撃だった。ソニックブームに轢かれたのかと思ったほどだ。今自分が生きていることが不思議でならない。

「厳密には一度心臓が止まっていたけれど、あたしがマッサージして再起動させてやった。命の恩人に一生感謝しろよ、盾ちゃん。今後のお前の人生は、あたしからのプレゼントみたいなもんだ」

「そうだったんですか、それはありがとうございます、生涯恩に着ます、潤おばさんを私の死亡保険の受取人に指名しておきますね、って言うわけないでしょ？」

私が生命保険に入っているかどうかは定かではないけれど、もしパパやママが私に保険をかけていたら、保険会社がフライングでお金を払ってそうなくらい、まだふらふらしているのだけれど、私はそう突っ込みを入れた。

殴られた。

えー……。

「気安く突っ込みを入れるな。あたしを誰だと思ってるんだ」

「潤おばさんでしょ？」

「やっぱそう呼ばれるの、なーんかしっくりこねーなー」

そりゃあ、会ったこともない十五歳のこわっぱから、いきなりおばさん呼ばわりされるのは違和感があるだろう。出し抜けにクルマで轢かれるほどではないにせよ。

「いやいや、あたしは全人類を家族だと思ってるから、その辺は違和感ねーよ」

「すさまじい人類愛ですね」

「家族だから何をしてもいいと思ってる」

「こわっ……、一方的なファミリー感、こわっ」

「そうじゃなくて、盾ちゃんから潤って呼ばれるのがよ。と言うのも、あたしのふたりのお袋も、ふたりともジュンって名前だったから。ジュンが交通渋滞を起こしてるぜ」

飲酒運転とあおり運転以外のすべての交通法規をぶち破りながら（仮にこの私小説が映画化されることがあったとしても、自動車会社にスポンサードしていただく期待はしないほうがいい）、潤おばさんはそんなことを言った――おや、そのエピソードは私にとって初耳だな？　潤おばさんのご両親もジュンなのか？

「違う違う、ふたりのお袋が、両方ジュンなんだよ。順番の順に、準ずるの準」

「あー、はいはい。そうなんですね」

ぜんぜんわからなかったが、ここは話を合わせておいた。幼い頃からやばい大人に囲まれて育った私は、そう言った処世術には長《た》けている。

つもりだったが、そんな小賢《こざか》しい会話のいろはならぬ『さしすせそ』は、人類最強の請負人には通じなかった。

また殴られた。

息をするように人を殴るな、この人。

しかも小突くというレベルじゃない、大突きだ。

令和にいていい人じゃない。高度経済成長期のキャラクター設定だ。

「家庭にはそれぞれ事情ってもんがあるんだよ。幸福な家庭は似たり寄ったりだが、最悪の家庭は最悪だっつーだろ」

トルストイにしては、後半がぜんぜん違う。が、しかし、別に名前の読みが同じだからってわけじゃないけれど、初めて傍若無人《ぼうじゃくぶじん》なこの人の、言っていることが少しわかった――家庭にはそれぞれ事情ってものがある。

その通りだ。

特に親っていうのは厄介だ。今、私はパパとママを、どうしてこんなやべえ人の名前を娘につけたのだと、問い詰めたい気持ちで胸がいっぱいである。本当のことを言うと、損傷した内臓から流れ出る血で、肺がいっぱいなのかもしれない。それくらい息苦しい。

「だから、三世代にわたるジュンって感じで、なんか変な気分なのさ。ったく、あの戯言遣いめ。やりやがって。だけど人間らしい感情とは無縁に思える孫悟空《そんごくう》が、息子に育てのじいちゃんの名前をつけたようなものだと思うと、一概に怒れねーよ」

激おこだと思う。

そう言えば孫悟空が、その息子への教育方針について、まさかのピッコロさんから怒られるというシーンがあったっけ……、私は孫悟空が人間らしい感情と無縁とは思わないけれど、家族として見るなら、彼は結構危険人物だったことも確かだ。

パパとママも、家庭人としては火星人だった。

いや、サイヤ人か。

うーん、また思考があちこちに散っているな。潤おばさんが漫画好きという情報は、早い段階でどこかから得ていたけれど、今は全人類の教科書であるドラゴンボールの話題で盛り上がっている場合ではない。

「あの、潤おばさん。このクルマ、どこの病院に向かっているんですか？」

「どこの美容院に向かっているんですか？　お年頃だね、盾ちゃん。死にかけてるのにヘアメイクが気になりますか」

ヘアメイクは気になる。それは生まれたときからだ。

あと、アイメイクも。

しかし、視界が真っ赤に染まりつつある現在では、さすがに二の次、三の次である。命よりも大切なものなどない。

「病院です、病院。ホスピタルです」

「こんなホスピタリティあふれる車内にいながら、それ以上を求めるとは、わがままに育ちやがったな。病院には向かっていない」

「は？　なんですって？」

赤色灯を回す必要がないほどに真っ赤な、ドライバーも、なんなら助手席に座っている制服姿の娘さえも真っ赤なこのクルマが、救急車の役目を果たしていないだと？

だったら私は、どういう理由でこのクルマに乗せられたのだ？

「自覚が足りないな、盾ちゃん。誘拐され、殺されるのだという自覚が」

「こ、殺され？」

「ああ、殺されるは言い過ぎだ」

と、潤おばさんはシニカルに笑った。

これが名高い悪魔の微笑《ほほえ》みだ。

「殺されるかもしれないのに、くらいだ」

「だとしたら大して言い過ぎじゃないですよ」

いや、仮に殺されるは言い過ぎだったとしても
——ゆゆゆゆゆ、誘拐だって？　ちょっと演出過多に、呂律《ろれつ》が回らない感じに言ってみたけれど、え？この人、誘拐するために私を轢いたの？　天下の往来で？

「な、なんで潤おばさんが、私を誘拐するんですか？十五年もの長きにわたってほっぽっておいて？」

混乱のあまり、まるで生き別れの実親に対するみたいな台詞《せりふ》になってしまったけれど、これはマジで素直な感想だった。

白状すると、パパとママのイマジナリー恩人なんじゃないかと疑ったこともあるくらいだ。どうもそれは、パパの活動範囲が主に近畿《きんき》地方に限られるのと対照的に（三重県や福井県が近畿地方なのかどうかという議論は、また今度しよう）、ある時期から請負人としての潤おばさんは、地球全土、更には宇宙まで活動の舞台を移したからという事情があったらしいが（御手洗潔《みたらいきよし》と石岡和己《いしおかかずみ》みたいな関係性だったのだろうか）、それにしても、自分の名前が継承された子供の、顔くらい見に来てくれてもよさそうなものなのに。

「だからこうして来てやったじゃねーか。ごちゃごちゃ抜かすな、ぶっ殺すぞ」

昭和にもいなかったんじゃないかな、こんなキャラクター。日本人がみんな刀持ってた時代の人物でしょ、この人。

「私がママからも殺すと言われてる娘じゃなかったら、傷ついていますよ？　今のは」

「そんな娘は最初から傷だらけだろ」

私の自虐ネタが嵌《は》まったらしく、潤おばさんはくつつと、声を立てて笑った——笑うのはいいけれど、前を見て欲しい。私のギャグが原因で交通事故とか、悲惨過ぎる。

「そもそも今だって全身、１０００個くらい傷だらけなんですけど。大丈夫ですか？　今私、バッファローマンみたいになってません？」

気が付けば（この速度ならば当然だが）、いつの間にか京都中心部を出ていた。真っ赤なスーパーカーは生粋の京都人ならば、『あの辺は奈良県だ』と言いかねない辺りを疾走している——帰省しようと目指していた私の実家は、もう遥か後方だ。

「十五年くらい去年みたいなもんだろうが」

「享年になってしまいそうなんですよ、今年が」

「だらしないねえ、令和の若者は。いーたんなんて若い頃は、あたしに会うたんびに死にかけてたぜ」

「私のみならず、パパのことも殺しかけてるんですか？　しかも何度も」

それで尊敬を一身に受けてるって……、潤おばさんがおかしいのか、パパが異常なのか、どっちだろう。

たぶん両方だ。

「あたしなんて自分に親がいることを知ったのも、十歳とかそんなときだったぜ。大人っていう生き物がいること自体、その頃まで知らなかった。ああ、それまではニューヨークの下水道で、同じような生育環境の浮浪児を引き連れて暮らしてたんだけどな？」

「私の自虐ネタを秒で越えてきますやん」

浮浪児って、令和に使っていい言葉なの？　自分で言う分にはいいみたいな感じなのだろうか。

「わかりましたよ、潤おばさん。あなたみたいな埒《らち》外《がい》の存在が、こうして会いに来てくれただけでも嬉《うれ》しいと思うべきですよね」

「わかればいいんだよ。跪《ひざまず》くがいい」

皮肉が通じないな。

面の皮が厚過ぎる。

頭がくらくらするのは、交通事故による症状だけではないように思えてきた。

「だけど、あなたのような規格外のスケールを持つ人の時間感覚は、なんで私を誘拐するのかの答にはなっていないでしょう」

「宇宙からの侵略者もだいたいやっつけちゃって、また暇になってさ。あー、最近なんかあたしの人生に新イベントねーなって思ったから、ここらで復刻ガチャでも回しとこっかなって」

誰が復刻ガチャだ。

この人、ソシャゲの新イベントに参加するノリで、友達の子供を轢いて、誘拐するために、はるばる京都まで来たの？　いくら京都が世界中から観光客を誘致する町だからと言って、さすがに出禁になるだろ、こんな人。

携帯電話を持っていないというキャラ作りが、もはやただの迷惑な人にしかならないこの現代社会において、母の教えに従順で、スマホに触れることもできない私は、むかむかせざるを得ない。

「女性の年齢に言及するものではないというのは古い価値観だと思うから、今をときめく現代人として言わせていただきますけれど、潤おばさん、もう五十歳くらいですよね？」

「女性が一番輝く年齢だろうが。女盛りって奴だぜ、盾ちゃん。それに、あたしのクソ親父なんてよ、五十歳くらいのときに奇人変人を十三人集めて、世界を終わらそうと画策していたぜ」

お母さんはふたりいるしお父さんはクソ親父なのか。本当、私の家庭環境を秒で越えてくる。

「それに比べたら未成年者略取くらい、可愛《かわい》いもんだろ」

「いえ、蛙《かえる》の子は蛙という諺《ことわざ》を見事に体現しているかと」

殴られた。

どつき漫才ってまだある文化なの？　県境を越えて、知らない間に、大阪エリアまで入っちゃったかな？

「本当だったらディオ様みてーに、一般人ごと歩道でばんばん轢いてやりたかったんだけれど、さすがにどうかなって思って、横断歩道にひとりでいるところを狙《ねら》ったんだ、針の穴を通すがごとく。あたしも丸くなったもんだぜ」

「潤おばさんも、ディオ様のことはディオ様って呼ぶんですね。って、そこじゃなくって」

「けど、結構思うところはあるよなー。あんなふざけた親みてーには絶対なるもんかって、あたしは誓っていたはずなのに、いざ実際自分が大人になってみると、嫌になるほどクソ親父やダブルお袋に似てきやがる」

「大人になれてないと思いますよ」

「なんだよ。達観してるじゃねーか、がきんちょ。親に反抗しているうちは、まだ大人じゃないってか？」

「いえ、ソシャゲのノリで面白半分に未成年者を略取しているうちは……」

私の出血量からして、もうすぐそこに過失致死罪が加わるかもしれないけれど……、いや、意図的に轢いたのであれば、危険運転致死罪か？　だけどあの法律は、適用が難しかったはずだ。哀川潤に適用できる法律があるのかどうかも疑問である。

パパの戯言シリーズ、その13。

法の下の平等は、雲の上の人物には無関係。

「面白半分とは失敬だな」

「面白全部ですか？」

「うまいこと言うねえ。さすが戯言遣いの娘。見た目は青色サヴァンにクリソツだが。髪と目の色以外」

「…………」

「でもまああたしの名前がついてるんだから、あたしの子供みたいなもんだろ。親子鷹《おやこだか》みてーに世間を席巻《せっけん》しようぜ。お前みたいなのをあと十二人集めて、真・十三階段を作って、クソ親父に代わって世界を終わらせるというのも悪くねえ。あたしも親孝行という概念を知るようになった」

　親権や所有権、そして親孝行の概念を引っ繰り返すような誘いに、そして誘拐に、心底ぞくっとしたけれど、しかし潤おばさんは「と言うのは冗談で」と続けたのだった。

　アー・ユー・キディング？

「本当は仕事全部だ。そう、人類最強の請負人であるあたしは、仕事でしか動かない」

　は？　仕事で私の誘拐を？

　そんなの、本物の犯罪者じゃないか。

　誘拐請負人？

「だ……、誰かに、私の誘拐を依頼されたということですか？　警備の厳しい学園の寮を出て、帰省中の私を、クルマで轢けと？」

「クルマで轢くところはあたしの発案だ」

　でしょうね。

　誘拐と拉致《らち》と略取の違いを、ここで開陳するのも流れ的にはありかもしれないけれど、私はそのような揚げ足取りを好む者ではない。厳密に言うと『クルマで轢く』と『クルマで撥ねる』も意味が違うのだが、それよりも何よりも、今は問うべき疑問がある。

「誰に頼まれたんですか？　私の誘拐を」

　正直言って心当たりがあり過ぎる。

なにせ私は青色サヴァンと戯言遣いの娘である。これまでの十五年の人生で、誘拐されなかったことが不思議なくらいだ。一日二回誘拐されていても、むしろ物足りないと思うくらいだろう。

　パパとママが十代の頃に働いた数々の悪事を思えば……、ただし、青色サヴァンと戯言遣いの娘だったからこそ、これまで生き延びていると言って言えなくもない。

　手出しできないアンタッチャブル。

　しかし、そんなアンタッチャブルなんて暗黙の了解が通じない相手もいる。いると言うか、ひとりだけいる。

それが私の名前の由来元。

即《すなわ》ち哀川潤。

だから、私の誘拐を潤おばさんが請け負ったという展開は、彼女が意味もなく私を轢いたという展開と同じくらいには、リアリティに溢《あふ》れているのだ。

ゆえに、問うべきは請負人ではなく依頼人である。

そうは言っても、潤おばさんに、仕事を依頼できる人間というのは今や非常に限られている。これもパパに聞いた話だけれど、私が生まれた十五年前あたりには、世界中が互いに協定を組んで、社会の秩序を維持するために、人類最強の請負人への依頼を禁じたそうだ。結局、そんな協定も、潤おばさんが木《こ》っ端微塵《ぱみじん》にぶっ壊したらしいが、その残骸《ざんがい》くらいは、今でも残っているはずである。

哀川潤に仕事を依頼すること自体が、地球規模のリスクなのだ……、いくら私のパパとママがあちこちで恨みを買っているとしても、その娘を拐《かどわ》かすために哀川潤を動員するなど、コストパフォーマンスが悪過ぎる。

さながらクラシックカーのエンジンのごとく。いえ、クラシックカーを悪く言っているわけじゃないですよ？　交通事故であちこち傷だらけの身には、ちょっとハードなライドだってだけで。

要するに、潤おばさんに新イベント、もとい、誘拐を依頼できる人物となると、それなり以上の大物が想定されるということだ。

緊迫せざるを得ない。

まあ、五分後には出血多量で死んでいる私には関係のないことかもしれないけれど、謎があるとつい解いてしまいたくなるのは、ママの遺伝子かな。

ママはハッキングで答を求める安楽椅子《あんらくいす》探偵ならぬゲームチェア探偵だったそうだが、機械の使用を禁じられているその娘は、愚直に問うまでだ。

「人物と言うより組織だな。大物と言うより大企業だ」

「組織? 大企業?」

「玖渚機関《くなぎさきかん》って知ってる?」

4

はいはい玖渚機関ね、知ってる知ってる、ネットか何かでぼんやりと聞いたことがあるよ、そんな詳しくはないんだけど。

そう言い逃れをしたいところだが、残念ながらそうは問屋が卸さない、と言うより、そうは玖渚機関が許さない。およそ西日本に住んでいて、玖渚機関の影響下から逃れることはできないのだから。

まして名字が玖渚となれば尚更《なおさら》である。

潤おばさんからいただいた盾という名に、冠のように戴《いただ》かれたこの名字は、小学生の頃にいじられまくった。今はクールだと思っているけれど、マジな話、人前で自分の名前を言うのが心底嫌だった時期もある。

パパの戯言シリーズその1。

まず名乗れ。誰が相手でも。

そして名乗らせろ。誰が相手でも。

よく憶《おぼ》えていないけれど、思えばパパの戯言シリーズは、その辺りから端を発しているのかもしれない……、ただし、『詳しくはないんだけれど』という部分に関しては、必ずしも言い逃れではない。

玖渚機関の全貌《ぜんぼう》を把握している者なんていない。おそらくは組織内の人間でもだ。組織という表現も、大企業というレッテルも、実際のところは正しくないように思う。

強《し》いて言うなら支配階級だ。

だから、もしも私の名字をいじっていたかつての同級生達が、私の家系図を遡《さかのぼ》れば、そのもの玖渚本家に到達するという事実を知っていたならば、絶対にそんな危なっかしい真似《まね》はしなかっただろう。私を『機関長』に見立てて、『玖渚機関ごっこ』をしようなんて発想はなかったはずである。まあ私も、たまたまの同姓である振りをして小学生時代を乗り切ったのだが、さすがに中学校では誤魔化しがきかなくなった。高校で進路を、澄百合学園に向けて面《おも》舵《かじ》いっぱい取ったのは、さっさと親元から離れたかったというのもあるが、そういう切実な事情もある……、四神一鏡《ししんいっきょう》を背景に持つ澄百合学園ならば、玖渚機関ともそれなりに拮抗《きっこう》と均衡を保てるから（ただし、いざ入学してみると盾という名前に関して愚痴られることになるのだから、パパの戯言シリーズその1は、ほとほと罪深い）。

玖渚友《とも》。

私のママは玖渚機関に出自を持つ。

その点も私は詳細を存じ上げない。母親に対して無関心過ぎる、なんて冷たい子供だと言われるかもしれないけれど、普通、親が実家と揉《も》めた話なんて聞きたくないでしょ？　確かなのは、十代のママはグレにグレまくって、実家、つまり玖渚機関から長期にわたって絶縁されていたということだ。

一時期、機関に復帰し、働いていた頃もあるそうだけれど、それもつかの間のことで、パパと結婚するにあたり、再び絶縁したという寸法だ。

「はっはっは、そうそう。だからあたしは玖渚ちんを、絶縁体ならぬ絶縁娘と呼んでいたものだぜ」

「本当に友達でした？　私のママと」

「腹心の友だったよ」

「赤毛のアンじゃあるまいし」

赤毛だけど、潤おばさんは。

私も今は赤毛かな？　血の色で。

「そーいや赤毛のアンの続編でよ、『アンの娘リラ』ってのがあるのを知って、それが読みたくてアンブックスを順番に読んだんだ。あたし、基本的に小説は読まねーから結構時間かかったんだけど、いざ最終巻に辿《たど》り着《つ》いてみると、どっかおかしいんだよな。それで玖渚ちんに調べてもらったら、『アンの娘リラ』がアンブックスにカウントされてるのって、日本だけなんだって」

「ははは」

空笑いしてしまった。

玖渚友の娘、盾としては。

シリーズ外の作品『イングルサイドのリラ』を『アンの娘リラ』ってタイトルにしたのは、確かにミスリードかもしれないけれど、それを言い出したら『グリーンゲイブルズのアン』を『赤毛のアン』と訳した天才性をも否定しかねない論調になるので、難しいところである。

「緑の切妻《きりづま》ね。さしずめ玖渚ちんは、青の新妻だったかな？」

「もうぜんぜん新妻じゃないですよ。古女房です」

「いーたんは古狸《ふるだぬき》か」

「マジでそんな感じです。いえ、私も数ヵ月会ってないんで、今、両親がどんな感じかは知らないですが」

その帰省もあなたの誘拐で妨げられた、とは言わなかった。これ以上殴られると命にかかわる満身創痍だ。

「盾ちゃんは数ヵ月だろうが、玖渚ちんはもう二十年以上、実家に帰ってねえ」

と、潤おばさんは言った。

両手をハンドルから離して、風になびかせた赤髪をセットしながら——今ばかりは、その危険運転行為よりも、会話の内容のほうが危うい。

「十代の頃の家出も含めれば、これまでの人生で、玖渚機関に属していた時期のほうが短いはずだ。玖渚本家の人間でありながら」

「ええ。それはなんとなく察してます……、十代の家出も、パパとの駆《か》け落《お》ちみたいなものだったんですよね？」

「ぜんぜん違うけど、その通りだ」

どっちなんだ。

いや、深掘りすまい。絶対に知りたくない、パパとママの『ちいさな恋のものがたり』なんて。永遠に封印しておいて欲しい。

「父と母にもそれぞれ事情がありますから。娘としては、それぞれのプライバシーを尊重したいと考えています」

「急に畏《かしこ》まってんじゃねーよ。ぶっ殺すぞ」

「畏まると殺される世界観なんですか？　畏まりました」

畏まると言うか、賢ぶった振る舞いだったが、賢いにしては、私には未《いま》だ話の筋が見えてこない。見たくないから、逆にむしろ、鈍感な振りをしてしまっているのかもしれないけれど……、どうして絶縁状態にあるママの実家が、人類最強の請負人に、私の誘拐を依頼する？

駆け落ち同然に家を出たママを連れ戻そうというのならともかく……。

「私なんてのは、にっくきパパとの間に生まれた悪魔の子でしょ？」

「確かに、自己肯定感の低さはパパ譲りだな。だがそんな悪魔の子も、おじいちゃんおばあちゃんにとっては、可愛い孫ってわけさ」

ん……。

きな臭くなってきたな。きなって何かは知らないけれど、その匂《にお》いは如実に漂っている。おじいちゃんおばあちゃん……、それに、ママにはお兄さんがいたはずだ。

玖渚機関の現機関長、玖渚直《なお》。

会ったことはない。会うこともないはずだ。

パパの実家にはたまに顔を出すけれど、玖渚機関とは、ママがそうであるよう、私だって没交渉である……、そこに疑問を持ったことはない。

むしろ本能的に危険を感じていた。

その危機感、控え目に言っても悪い予感が、まさか実現しようとしているのか？　よりにもよって、私の名付け元の請負人の、仲立ちによって……。

悪びれることなく潤おばさんは、

「まー、おじいちゃんおばあちゃんが孫の顔をひと目みたいって言うなら、人情家のあたしとしては、協力するにやぶさかじゃねーぜ。なんだかんだ言って、家族は家族なんだなあって思うから」

と言った。

いや、絶対そんなこと思ってねえ。

流血よりもどろどろな家族間の揉めごとに、自ら首を突っ込もうとしていやがる……、警察が民事不介入を謳《うた》っている理由を知らないのか、この請負人は。

「愛憎劇がお好きなら八つ墓村読んでくださいよ。もしくは犬神家」

「言ったろ。小説、あんま読まねーんだよ。字ィばっかしじゃん、あれ」

なんてことだ。まさか昔から言われている活字離れが、こんな形で私の人生に影響を及ぼしてこようとは……、対岸の火事だと思って眺《なが》めていると、どんな延焼をしてくるかわからんな。

火花は風に乗ってくる。

機械に触ってはならない縛りがある私にとって、娯楽とは基本的に本か舞台のことを指すのだけれど、かくいう私も、小説よりも漫画のほうが好きだ。八つ墓村も犬神家も、漫画版を先に読んでいる。

そのせいでとんでもないことになった。

活字離れのせいで。

いや、活字離れではなく、これは親離れ子離れの問題なのかもしれない。どんな人達か知らないけれど、孫の顔が見たいなんて理由で、請負人に誘拐を依頼する時点で、ろくな展開がこの後に待ち構えているとは思えない。クルマで轢いて拉致するのは潤おばさんのオリジナルだとしてもだ。

「じゃ、じゃあこのクルマは、まさかまさかの玖渚本家に向かっているんですか？」

「そこは体面上、絶縁娘の娘に、本家の敷居《しきい》をまたがせるわけにはいかないらしくてな。だから中立地帯となるような離れで、連中とは落ち合うことになっている」

「離れ……、と言いますと？」

「兵庫県にある世界遺産」

別名玖渚城《くなぎさじょう》と呼ばれている。

そう言って潤おばさんは——より一層強く、アクセルを踏み込んだのだった。自動的ではない、意志のある踏み込みである。

一日目(2)——城王蜂

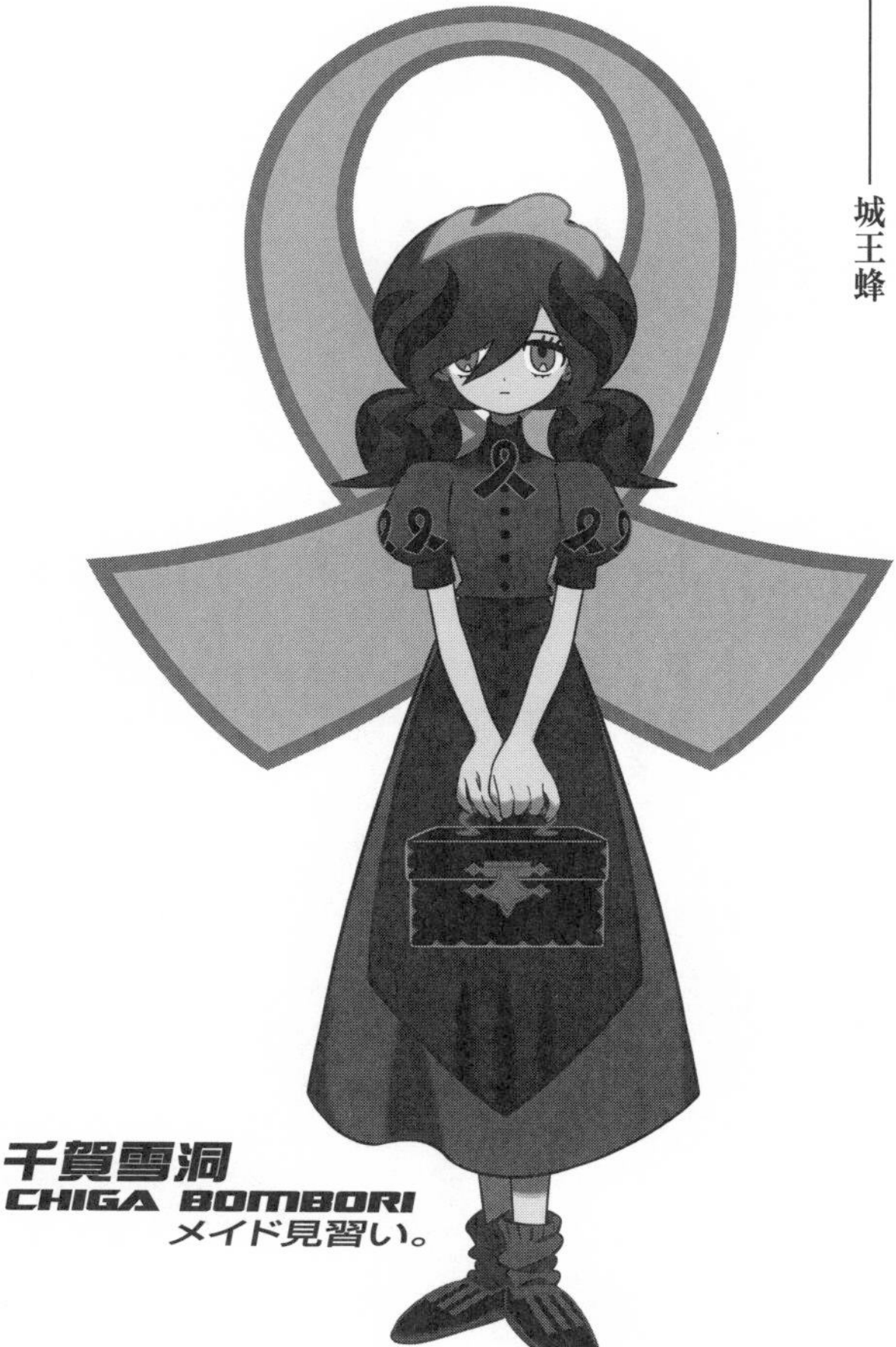
千賀雪洞
CHIGA BOMBORI
メイド見習い。

0

かけがえのない代理品であれ。
(パパの戯言シリーズその91)

1

玖渚城。

私は京都生まれ京都育ちなので(私立澄百合学園のある外れを京都とは定義しない、仮想の強火担との議論をここで繰り広げるのもなかなかエキサイティングかもしれないけれど、外れだけに、本筋から外れること著《いちじる》しいので先の機会を待とう。琵琶湖《びわこ》が京都へ浸食してくるくらいの先の機会を)、お隣さんとは言え兵庫県の地理にはまったく詳しくないのだけれど、しかしそれでも、世界遺産に指定されたかの城砦《じょうさい》については、あくまでも一般常識の範囲内だが、把握していた。わざわざ自慢するようなことじゃない、このインターネット全盛の時代には当然だと言われるかもしれないけれど、スパルタな母の教えに従って、テレビジョンさえろくに見ることのできない私にとって、遠方の情報は、そうはたやすく入手できるものではない。

ママの絶対法則。

機械に触るな。

ところで、この絶対法則と、パパの戯言シリーズその1を組み合わせると、娘はグレようがなくなる。もしかしたら我が子に悪事を働かせないための、もっとも適切な手法なのかもしれない。要するに、この個人情報が何よりの財産となるこの時代に、自ら匿名性を放棄するということだし、機械に触れずに法に触れるというのも難しい……、クラシックカーにでも乗らない限り。

ちょっと話が逸《そ》れたけれど、要するにそんな世間擦れしていない、言ってしまえば無知な子供である私でも、教科書や写真集で、国連教育科学文化機関が指定する世界遺産のひとつであり、また天守が現存する十二城のひとつである玖渚城を知っているということ自体が、かの城の偉容を示していると言えるだろう。

地元愛あふれる私としては、京都にだって二条《にじょう》城《じょう》があるぞと声を大にして主張したいところだが、どうやらあの場所からは、天守、と言うか、城は失われているらしい。ぐぬう。ないじゃないか、二条城。小声にならざるを得ない……、なんとか再建してくれないかな。もしかして、京都タワーが『建物』ではなく『工作物』である理由の景観条例に引っかかるのだろうか。なんだかしっくり来ないけれど……、考えてみれば、日本には焼失した天守閣が多過ぎる。だからこそ、現存する城が貴重なのだろうし、また万難を排して保存すべきレガシーなのだろう。

ゆえに。

間違っても個人が所有すべき不動産ではないし、また家族団欒《だんらん》の場所に選ばれるべきでもない……、まして、誘拐してきた人質を監禁するアジトにするなんて、もってのほかだ。戦国時代かよ。

「ほいほい、到着ー。ワールドレコード出しちゃったかな、また」

潤おばさんは陽気にそんなことを言いながら、玖渚城の外堀に対してドリフト気味に、さながら遊園地のティーカップのようにスーパーカーをスピンさせながら、縦列駐車を決めたのだった。

あまり上品な比喩ではないけれど、交通事故に遭った直後の私にとってこの最後の回転はほぼとどめで、危うく脳を嘔吐《おうと》するところだった。こちとらジェットコースターの身長制限に引っかかるような背《せ》丈《たけ》だと言うのに、シートベルトもなしでこんなアトラクションに乗車させられて、人間大砲のように吹っ飛ぶんじゃないかと思った……、のちのちの展開を想像すれば、大砲くらいで済むのなら、実際にここで吹っ飛んだほうがマシだったんじゃないかとも思われる。

これから城門をくぐって、ティーカップでもジェットコースターでも、フリーフォールでもない、魑魅魍魎《ちみもうりょう》が跋扈《ばっこ》するお化け屋敷《やしき》に這入《はい》ろうと言うのだから。

「あっはっは。それを言ったら盾ちゃんがお化けみたいだけどな、そんな血まみれで」

「誰のせいでこんな血まみれだと思ってるんですか」

「わからん、誰のせいなんだ？　責任者が判明したらあたしに言え、潤おばさんが仇《かたき》を取ってやる」

本当にわからないように潤おばさんは、握ったこぶしを私に示した。どんな事態にも拳骨《げんこつ》ひとつで対処していた人間の決意を感じる……、同時に、どんな理不尽も、拳骨ひとつで押し通してきたのだろう、半世紀にわたって。

本当、私なんて、名前負けもいいところだ。

パパとママは、よく自分の娘に、この人の名前をつけようと思ったものである……、親馬鹿《おやばか》もいいところじゃないか。あなたがたの娘は、どう育成されても、こうはならないよ？　挙句、当事者に誘拐されちゃってんじゃないか。

それでも私は玖渚盾。誇らしき盾。

誘拐されようが死にかけていようが、ここまで来たら、覚悟を決めなければならない。土台、玖渚機関が、私に限らずただの個人をその領地に招待したいとなったら、それを拒《こば》む権利など、誰にもないのである。

ママ以外の誰にも。

「ほら降りろよ、盾ちゃん。おばさんと記念写真を撮ろうぜ。すげーよな、門の外からでも、つーか町中のどこからでも見える天守閣って。ドイツやフランスあたりの歴史ある城とぜんぜん張るぜ。修繕されたばっかりなのか、管理もいいんだな」

「そうですね……、本当の意味で、城下町って感じですね、ここ」

中学の修学旅行は、感染症の蔓延《まんえん》によって中止されていたので、私がこうして府外に観光に出るのは、実はほとんど初めてみたいなものだった。勇を鼓して、大阪に買い物に出掛けたことがあるくらいか。あとは小学生の頃に遠足で、奈良の大仏には行ったんだったかな？　だから、世界を股《また》にかける潤おばさんと違って、私は自分の中に比較対象を持たなかったけれど……、浴びる光をすべて反射しているんじゃないかというような真っ白い城に、一瞬、自分が大怪我《おおけが》をして死にかけていて、そしてほぼ秘密結社みたいなママの実家に誘拐されてきた最中であることを、失念してしまいそうになった。

記念撮影は御免こうむるが。

交通事故の現場写真みたいになっちゃうよ。

「大丈夫？　盾ちゃん。肩貸そうか？」

「ご親切にどうも。自分で歩きます」

幸い、足は見た目、無傷のようだ。足以外が見るからにずたずただと言ったほうが事実に即している気もするけれど、とにかく、歩けないほどではない。

「くっくっく。まるで千姫《せんひめ》のお輿入《こしい》れだな、盾ちゃん。せいぜいあたしが露払いを務めさせてもらうぜ」

「いや、誘拐犯でしょ？」

外堀にかかる橋を渡って、本丸まで歩くというのはうんざりするが、私の胡乱《うろん》な知識によれば、確かこの玖渚城は、実際よりも天守閣が遠くに見えるような、視覚的効果が施されているはずだ。敵国に攻め入られたときに相手の士気をくじくために仕掛けられた遠近法のトリックで、実際には案外近いはず。

ふらふらの怪我人でも辿り着けるくらいには……、潤おばさんはスーパーカーを、鍵《かぎ》をつけっぱなしにそのまま放置するようだけれど、まあ、違法駐車なんて今更だろう。むしろ、それこそお輿入れじゃないが、クルマに乗ったまま城内に乗り込まなかっただけ、良識的だと言えるかもしれない。

お輿入れ……。

玖渚盾のおなーりー、ってか？

ママの実家が何を考えているのかは、私には見当もつかないけれど……、孫の顔が見たいとか、絶縁した娘との復縁を目論《もくろ》んでいるとか、そういうことではないはずだ。

「おじいちゃんとおばあちゃんは、もうあの城の中にいるんですか？」

第一の城門をくぐりながら、私はおずおずと訊《き》いた。

「さあ。あたしに訊かれても」

「あなたに訊かなきゃ誰に訊くんですか」

「あたしも玖渚機関については詳しくねーんだよ。あそこは四神一鏡と違って、財閥とか良家とかって感じでもねーし、ER3システムみたいに、研究者チームとも違うし。《殺し名《ころな》》とも違うよな」

「？　《殺し名》ってなんでしたっけ？」

「パパは一人娘に、親友の零崎《ぜろざき》くんを紹介していないのかよ？　そりゃ感心だな」

「零崎……？　その名前は確かに初耳ですけれど、あー、そう言えば、私のベビーシッターの前職が、《殺し名》だか《呪い名《まじな》》とか、なんかそういう変なのだったと思います」

「《殺し名》や《呪い名》が、《なんかそういう変なの》で済まされる時代とは、ダイバーシティだねえ。まあ、おじいちゃんとおばあちゃんは、言ってももう現役じゃねーから、先に着いてんじゃねーの？　ほら、玖渚ちんのお兄ちゃんがクーデターを起こしたときに、ふたりとも引退に追い込まれているはずだから」

「もうその時点でお家騒動が起きているじゃないですか」

娘が家出をして、息子にクーデターを起こされて……、そうなると、この誘拐事件の想定しうる最有力の動機は、孫を抹殺しようという復讐《ふくしゅう》じゃないのかしら。

だとすれば、それはもう半《なか》ば達成されていると言えなくもないが……、真っ白な世界遺産を血で汚してしまいそうで、なんだか恐れ多い。

て言うか、ちゃんと遠いな、本丸。

これならトリックの必要なんてないんじゃや……、いや、こうして心と、歩む足がくじけそうになっているのだから、古き叡智《えいち》は現代においても効果的である。

ＣＧなどいらない。

二重の意味で、私には触れられないし。

「まあまあ。もしかしたら、盾ちゃんを玖渚機関の跡取りに指定してくれるってえ、うはうはのおいしい話かもしれねーぜ？」

「うはうはって、最近はあんまり言いませんよね」

「うにうにかな」

ちょっとわかりづらいことを潤おばさんは言ってから、

「玖渚ちんのお兄ちゃんである玖渚直も、クーデター以来機関長を務めて長いからな。そろそろセミリタイアを夢見ているのかもしれんぞ。そうなると、盾ちゃんにお鉢が回ってきても不思議じゃねえ」

などと、私の野心をくすぐってくる。

いや、野心なんてないっすよ。パパ風に言うなら、心があるかどうかも怪しいくらいです。自分が玖渚機関に関《かか》わるなんて、想像もしたことがない……、それどころか、私は上京するってタイプじゃないけれど、将来的には玖渚機関の影響力が比較的薄い、東日本で就職したいとさえ思っていたほどである。

東日本か、あるいはアメリカ合衆国で。

血統からは逃れられないか。

今は出血が止まらないのだけれど。

「興味ねーのか？　金銀財宝に」

「あるように見えます？　お金なんて、ラジオ体操でもらえる判子みたいなものでしょ」

「その台詞がまさしく富裕層のそれじゃねーか。そんなログインボーナスみたいにぽんぽん手に入るもんじゃねーよ、金銀財宝は」

それは失礼。

新イベントをお楽しみのところ、ソシャゲに詳しくなくて申し訳ない。ノリが悪くてすみませんね。

まあ我が家はお金持ちって感じじゃないけれど、しかし飢えに苦しんでいるわけでもない……、特にママは、お嬢様育ちだったんだろうなあと、娘をして思わせる。

パパの戯言シリーズその55。

生活に余裕がなくとも、生活態度には余裕を持て。

余裕と言うか、今は猶予だ。

執行猶予。

処刑台までの道程を歩いている気分である。言っちゃあなんだが、兵庫県の岡山県寄りって時点で、もうどことなく八つ墓村みがあるんだよな。

していうるうちに、上り坂がカーブを描いて、第二の門が見えてきた。もしかしたら私は富士山《ふじさん》を登っている最中だったたっけと、朦朧《もうろう》とした頭で考え始めていたけれど、ここは城らしい。まあ、標高五十メートル以下とは言え、一応は山に建てられている城ではあるそうだが、ガイドブックによれば。

世界遺産の玖渚城は、海外からも観光客が訪れる名所のはずなのだけれど、今日は定休日なのか、それとも悪の秘密結社が私用で借り切っているのか、観光客もボランティアのガイドさんも、ここまで見当たらなかった。さながら無血開城でもしたがごとく……、と、血まみれの私が言っても、適切な比喩にはなるまいが。

それに、そこに門番が現れた。

完全なる無人ではなく……、しかし、鎧《よろい》を着て、槍《やり》を携えた門番というわけではなかった。玖渚城の壮大な雰囲気に飲まれてつい門番と言ってしまったけれど、現れた彼女を、推理小説的にアンフェアにならないよう、極めて忠実に、個人的感情を完全に排して形容するならば、そこに構えて私達ふたりを待ち構えていたのは、いわゆるひとつのメイドさんだった。

メイドさん。

しかもこのメイドさん、狭義の意味でのメイドさんで、エプロンドレスの少女《メイデン》である。それこそヨーロッパの城郭《じょうかく》にこそ相応《ふさわ》しい風貌《ふうぼう》であり、間違っても戦国時代の日本で、門番を務めていたとは思えないアンバランスさだった。

お迎えが来たのかな？

いよいよ霞《かす》んできた視界で、私はそう思った。まっすぐ歩いているようでいて、私は処刑台への道程ではなく、天国への階段を上っていたのだろうか……、それにしては、死の際に見る幻がメイドさんというのは、自分でも漫画の読み過ぎだと思うが。

あるいはその昔、ママがパパのためにしていたコスプレが、残滓《ざんし》のように娘の脳裏に残っていたのかもしれない。いや、実際、あの場面を目撃したことは、私の幼少期のトラウマだ。死ぬ直前に、嫌なことを思い出してしまった。

パパの戯言シリーズその4。

心の中にメイドを雇うのだ。

いや、本当に戯言ですよ、お父さん。そんなのを随分若いナンバリングで語ってくれてるじゃないですか。

これ、マジで言ってんだけど。

私の人格形成に影響を及ぼしたベビーシッターさんとて、メイド服は着ていなかったので、これはカルチャーショックだ。電気ショックかもしれない、ビリビリくるぜ。

幸い、出現したメイドさんは、遠近法を利用した私の目の錯覚ではなく、確かにそこにいた。

お迎えではなく、出迎えだった。

「お帰りなさいませ、玖渚盾さま。そして哀川潤さま」

そう言って彼女は、恭しくお辞儀をした。見る限り、私と同い年くらいか、下手をすれば年下なんじゃないかというような風貌でありながら、惚《ほ》れ惚《ぼ》れしてしまうような恭しさだ。やはり私は幻覚を見ているのではないか。実際には今も、四条河原町の交差点で死にかけているんじゃないかと思った。

ここが純和風建築の城砦でなくとも、十代のメイドという時点で非現実的だし、労働基準法にも児童福祉法にも反している……、道路交通法をあれだけ無視したスーパーカーに揺られて、この地を来訪した私の言うことじゃないが。

「おう」

と、潤おばさんは鷹揚《おうよう》に手を挙げた。人に傅《かしず》かれることに慣れてる、王者の振る舞いである。メイドさんの『お帰りなさいませ』に、まるで怯《ひる》んだ様子もない。

「お前が来てんのか。お母さんは元気にしてっか？あの島で」

「はい。くれぐれも哀川さまに失礼のないようにと、申しつけられております」

どうやら潤おばさんと旧知の間柄《あいだがら》らしいメイドさんはそう言って、それから私のほうに向いた。

「お初にお目にかかります、玖渚盾さま。わたくし、城内におけるあなたさまのお世話を務めさせていただきます、千賀雪洞《ちがぼんぼり》と申します。以後お見知りおきを」

「あ、はい。玖渚盾。誇らしき盾です」

パパの戯言シリーズその1。

まず名乗れ。誰が相手でも。

そして名乗らせろ。誰が相手でも。

しかし、『血が』？　いや、『千賀』か……、一瞬、私の全身からの出血を指摘されたのかと思ったけれど……、『ぼんぼり』だって？

「はい。ぼんやりではなく雪洞です。雛祭《ひなまつ》りで有名な、あの雪洞です」

「はあ……」

個性的な名前だが、多様性の時代だ。十代のメイドもいれば、雪洞という名前のメイドもいるだろう。

そして、エプロンドレスやヘッドドレスといった、ファッションにばかり目が行っていたけれど、彼女は揃《そろ》えた脚の前に両手で、救急箱を持っていた。

千賀という名乗りで私の出血を指摘したわけではなかったようだが、どうやら私が大怪我をして玖渚城を訪問することは、予想済みだったようである。

なるほど、旧知だ。

人類最強の請負人の。

「失礼いたします、盾さま」

そう言って、まずは雪洞さんは甲斐甲斐《かいがい》しくも、同じく用意していた分厚いタオルで私の血を拭《ふ》きにかかる。まあ、血まみれの姿のまま、真っ白い城内に這入られたら困るという配慮でもあるのだろうが……、助かることに変わりはない。私の体内を巡る玖渚の血は無限ではない。

「気が利くねえ。さすがは代々メイドの一族だぜ」

私の出血にまったく責任を感じていない潤おばさんが、横合いから、そんな茶々を入れる。代々、メイドの一族……、なんだろう、場所が城だから思考を引っ張られているのかもしれないけれど、玖渚本家に仕える旗本みたいな一族なのか、千賀家は？

「いいえ、わたくし共は四神一鏡の一神、赤神《あかがみ》家に仕えるメイドの一族です」

雪洞さんは言った。

ごめん、メイドの一族って言うワードが強過ぎて、他の要素が上手に頭に入って来ないんだけど……、要するに赤神家の人間なの？

「はい、仰《おっしゃ》るとおりでございます、盾さま。今はメイドの修行期間で、玖渚機関のお手伝いをさせていただいております」

もしかすると雪洞さんは、修行期間と玖渚機関をかけているのかもしれなかったけれど、やはりメイドの修行期間なる言葉が強い。

花嫁修行のメイド版かしらん？

まさか私が、そんなわけのわからん制度の教材になろうとは……、ともあれ、雪洞さんは手際よく、私の身体から血を拭《ぬぐ》っていく。

制服に染《し》み込《こ》んでしまった分はどうしようもないけれど、タオルの吸水力もあってか、とりあえず、素肌の部分は綺麗《きれい》になった。

今治製《いまばり》かな？

姫は姫でも、あれは愛媛か。

「いくつかの傷は、縫合したほうがよさそうですね。哀川さま、お任せしてもよろしいですか？　わたくし、医師免許は持っておりませんので」

「おっしゃ、任せとけ」

「え？　任せませんよ？　我が身を。あなたには」

潤おばさんだって医師免許は持ってないでしょ？　自動車免許だって怪しい限りなのに。救急箱を用意してくれたのはありがたいけれど、せめて絆創膏《ばんそうこう》をばってんに貼《は》るとか、そういうギャグっぽい処理で済ませてくださいよ。

縫合って。

「わはは。盾ちゃん、てめーは戦場で死にかけてるときに、免許や麻酔の有無なんて問うのか？」

「問いますよ。免許はともかく、麻酔の有無は」

「こちらにお座りください。お嫌でなければ」

私がまだ潤おばさんと揉めているというのに、仕事のできるメイドさんはてきぱきと、その場に四《よ》つん這《ば》いになった……、四つん這いになった？　メイドさんが？

その背中に座れって言うの？

「…………………………………」

な、なんだろう……。

何か、心の中の新しい扉を開かれていくような……、だとしたら門番として優秀過ぎるでしょ、このメイドさん。

でも嫌とは言えない。

スカートや両手が土で汚れるのにも構わず、真顔で四つん這いになっているメイドさんに対して、嫌とは。

「他人を自覚的に意識的に踏み台にできる人間って

のは、なかなかどうして怖いものがあるよな」

そう言いながら針と糸を構える潤おばさんだったが、もしかしてその台詞、何かの冒頭文を引用してます？

私はおずおずと、雪洞さんの背中に腰掛けた。な、なんだかすごくどきどきする。ものすごくいけないことをしているような……、確かに怖いよ、こんなことをできてしまう自分が。

ただ、外堀から思いのほかあった本丸までの距離で、かろうじて無傷だった私の脚にも、限界が来ていることも事実だった。立っていられない。

縫合はともかく、輸血はして欲しい。

私の血液型は、ＡＢ型のＲｈマイナスだ。パパと同じ。

「わはは。そうやって人間に腰掛けている姿を見ると、なるほど、玖渚友の娘って感じがするぜ、盾ちゃん」

「何を言ってるんですか。ママは人を踏みつけにしたりしませんよ」

「そう思ってりゃいいさ」

ちくちくと、まずは私の額の傷（交通事故によって生じた傷ではなく、事故の後に、ハイヒールで踏みつけられたときに生じた傷だ）を縫いにかかる潤おばさん。

悔《くや》しいがいい手際だ。

むろん麻酔なしでの縫合手術に痛みが伴わないわけはないのだけれど、元々全身が張り裂けるように閾値《しきいち》を超えて痛いので、心配していたほどでもなかった。

あるいは会ったばかりの同世代のメイドさんを、傅かせるどころか四つん這いにさせて腰掛けているという背徳的な行為に、脳内麻薬が出まくっているのかもしれない。そこまで計算ずくで四つん這いになったのであれば、雪洞さんには、もう修行は必要ないだろう。

メイドの鑑《かがみ》だ。

「雪洞さんのお母さんは、どこかの島で働いているんですか？　さっき、そんな風に言っていましたけれど」

ほつれたぬいぐるみのように、潤おばさんにあちこちちくちく縫われながら、決して時間を持て余したからというわけではないけれど、私は雪洞さんに訊いた。

「はい。母親は三人とも、京都海の離れ小島、鴉《からす》の濡《ぬ》れ羽島《ばじま》で、ご主人様にお仕えしております。わたくしもいつか、あの島で働くのが夢です」

母親が三人……？

潤おばさんはふたりいると言ってたし、もしかして母親が複数いるのは、そう珍しい家庭環境でもないのか……？

「その夢のためにも、盾さまには誠心誠意、お仕えさせていただきます。至らぬところも多々あるかと思いますが、申しつけていただければその都度正させていただきますので、どうか寛容なお心で、なんなりとご命令をいただければ」

「…………」

なんだか、蝶番《ちょうつがい》が馬鹿になったんじゃと思うほどに新しい扉が開きっぱなしだが（今ならパパとフィストバンプができそうだ）、それはともかく雪洞さん、なんだかものすごく長期的な計画を語っていないか？

私と共に成長しようとしていない？

いえ、すぐ帰りますよ？

あわてんぼうの観光客みたいに、城内をぐるっと一周したら帰る。ヴェルサイユは今日もいい天気ですことと言いながら、走って帰る。脚が復活するやいなや。

ちょっとメイドさんに恭しくされた程度で、私を引き留められると思うな！　ちょっと可愛くて魅力的でチャーミングで私にないものを全部持っているメイドさんに恭しくされた程度で……、おい、人生にそれ以上何を求めるんだ？

「こうしていると懐かしの糸遣いを思い出すぜ。最近は減ったなー、ああいう特殊技能の使い手も。旧式としちゃ、寂《さび》しい限りだぜ」

一方、額の縫合を終えた潤おばさんは、そんなことを呟《つぶや》きながら、胴体のほうの処置にかかる。何やらノスタルジックな風だが、寂しいなんて感情がこの人にもあるのか？

特殊技能の使い手は、他ならぬあなたが一掃したと聞いているが。

他と言えば……。

「他にもメイドさんはいるんですか？　このお城の中には」

雪洞さんの他にもいるようであれば、喜んで這入ろうというわけではなかったけれど、私はそう訊いた。

「いえ、城内におられますのは、玖渚本家の方々だけです。例外はわたくしだけですし、わたくしのことも、いないものとして扱っていただけましたら。家族水入らずでお楽しみくださいい」

いないものとして扱うのは無理だよ。

空気椅子じゃあるまいし。

まあ、さっきの潤おばさんの揶揄《やゆ》じゃないけれど、玖渚一族がみんな、メイドさんに腰掛けているんじゃないならよかった。本当によかった。

ただ、その言いかたからすると……。

玖渚本家の方々……。

パパの戯言シリーズその69。

行間を読め。人間を読むように。

「はい、できあがり。傷跡ひとつ残らないブラック・ジャックの縫合だぜ。癒着するまでは、こうしてマスキングテープを貼っておいてやろう」

「どうして女子の嗜《たしな》みみたいに可愛らしい文具を持ってるんですか。私のおでこをデコらないでください。救急箱にあるでしょ、普通の包帯が」

でも、どうあれ出血は止まったようだ。私の心臓が空っぽになる前に……、メイドさんに腰掛けていたからというわけじゃないが、ちょっと休んで、ぐにゃぐにゃだった視界もだいぶ安定してきた。

冷静に考えられるようになってきたぞ。

冷静に考えてみれば、なんだこりゃというような
状況だが……、今頃実家で、ママの手料理を食べていたはずなのに（これは嘘《うそ》だ。ママは手料理など作らない）。

「食事はご用意しておりますので、どうぞご安心ください」

と、雪洞さんが請け負う。請負人よりもアテになる、たとえ四つん這いのメイドさんの台詞だとしても——そんな失礼なことを思ったからというわけではなかろうが（パパから聞いたところによると、潤おばさんは卓越した読心術の使い手らしい。なぜこんな乱暴な人間が、そんなセンシティブな技術を……）、

「じゃ、あたしはこれで。会えてよかったぜ、盾ちゃん。家族団欒、楽しんで！」

なんて陽気に言って、しゅたっと片手を挙げて、来た道を戻ろうとした——いや、ちょっと待ってちょっと待ってちょっと待って！

「な、何を帰ろうとしているんですか⁉」

「え？　いやだって、クルマ止めっぱなしだし」

「駐車違反を気にしているはずがないでしょう、あなたが！」

「盗《と》られたらどうすんだよ」

「鍵を挿しっぱなしにしておいて……、あなたのクルマを盗む人なんていません。ルパン三世くらいしかいません」

「ルパン小僧ってのもあったな、そういや」

読んでるなあ、漫画を。

峰不二子《みねふじこ》との子供だったたっけ？

「なんだよ、文句でもあるのかよ。ぶっ殺すぞ」

「治療した直後に殺さないでください……、どんなマッチポンプですか」

「仕事が済んだんだから長居は無用だろうよ。あた

しが請け負ったのは、玖渚友の娘を、この玖渚城に連行するところまでなんだから。雪洞に引き渡したところで、任務完了だぜ。意外と珍しいんだぞ、あたしがパーフェクトに任務を完了するのって」

この状況を、パーフェクトな任務完了と評価するかどうかはさておくとして、それも誰かに聞いたことがある。人類最強の請負人の任務達成率は、どう贔屓目《ひいきめ》に見ても、半々くらいなんだとか……、私が交通事故という形で体感した通り、如何《いかん》せん仕事が雑だというのがその主な理由だとは思うが、それだけでもないのだろう。

強過ぎるパワーはギアが噛《か》み合《あ》わず、困難な状況を解決するどころか、状況そのものを破壊しかねないという理屈である……、その意味では、少なくとも生きた状態で、依頼人の孫を、どうあれ中継地点にまで運んできたというのは、依頼を達成していると言えなくもない。

しかし、言えなくもないからと言って、まるで立つ鳥跡を濁《にご》さずと言わんばかりに立ち去ろうとされても、挨拶に困る。

「挨拶に困ると言われてもな。普通に、またねでいいんじゃねーの？」

「また会えると、とても思えないような状況に私を置き去りにしようとしているじゃないですか。攫《さら》ってきた友達の娘をですよ？」

「引き留めるねえ、あたしを。いーたんと玖渚ちんは、娘をそんな甘えん坊に育てたのか？　安心しろ。お前はもう十分に強い」

「十五年間会いにも来てくれなかった人が、師匠ポジションみたいなところに落ち着こうとしないでください」

次のレベルまでに必要な経験値を訊いたわけじゃないんだから……、まだ何も教わっていないですよ、あなたから。

まだレベル３くらいです。

「ここで帰られたら、潤おばさん、本当にただ、友達の娘をクルマで轢いて、力尽くで誘拐しただけの人になりますよ。ただの人攫い、いや、もはや人買いですよ」

「かっかっか、警報ブザーでも持っときゃよかったな、盾ちゃん」

「今時の警報ブザーはGPSも組み込まれているから、迂闊に触れないんですよ、私は」

ママのルールが防犯精神と相反している。防犯ブザーを持っていたからと言って、この人買いの魔手から逃れられたとは思えないけれど。

「まあ本音を言うと、あたしも盾ちゃんをこのまま城内までエスコートし続けたいところなんだけれど、そういうわけにもいかねーんだよ。あたしにもできることとできないことがあるんだ」

と、潤おばさんは謙虚なことを言った。

白々《しらじら》しいことを言いやがって、と、縫合された傷口が開くんじゃないかと思ったが、

「なにせ世界遺産だからな。あたしはこれ以上這入れないんだ。この第二の門まで送り届けただけでも、実は結構なリスクを冒している」

と、彼女は雪洞さんが守っていた門を指さす。

「盾ちゃんくらいの歳《とし》の頃から言われていることなんだけど、『哀川潤が踏み込んだ建物は、例外なく崩壊する』――からな。これ以上世界遺産を破壊するのは、心苦しいんだよ」

「…………」

あー……、それがあったな。

この人には。

それは話半分の噂とか、半信半疑の伝聞とかじゃなくって、歴史的事実として知っている……、哀川潤の踏み込んだ建物は、例外なく崩壊する。愛すべき地元・京都で言えば、この人は清水《きよみず》の舞台をぶっ壊している。日本に現存する数少ない天守閣を、まさか二条城のような『城跡』にするわけにはいくまい。

これ以上世界遺産を破壊するのは……。

むしろこれまで、どれだけの世界遺産を破壊してきたのだろう、この人は。パパやママと連《つる》んでいた頃は、しかしそんなことを気にしていなかっただろうことを思えば、半世紀を生きて、潤おばさんも多少は大人になったのかもしれない。歴史的建造物に敬意を払えるくらいには。

そうなると、十五歳のガキである私とて、『いやいや、世界遺産なんてどうなってもいいから、このまま私のボディーガードとして一緒に来てくださいよ』とは言えない。こうして文章にしただけでも、その手前勝手さに震えるくらいの小心者である。

「納得してもらえたようだな。なあに、盾ちゃん。お前のパパなんて、十三歳の頃には単身で、玖渚機関を敵に回して遊んでたんだぜ。それを思えば、祖父母からの呼び出しくらい余裕余裕」

そう言って、潤おばさんは止めていた歩みを再開する。たぶん、そうやって歩みを止めてくれていたことが、昔の友達の娘に対する、せめてもの配慮だったのだろう。私個人には人類最強を止める力も、資格もないのだから。

名前の読みが同じだけだ。

あるいは、潤おばさんの母親と。

「じゃーな。縁が《合ったら》、また会おうぜ。お互い、生き延びたらな」

彼女は彼女で、これから容赦のない死地に赴くようなことをさらりと言って、そして人類最強の請負人は私に背中を向け、悠然と手を振りながら、課せられた役割を終えたカメオ出演のスペシャルゲストのように、世界遺産から退城していったのだった。

2

「哀川さんは元よりああいう人ですから、どうかお気になさらず。わたくしが言うのもなんですが、人類最強の請負人と数時間を共に過ごして、そうして生きてらっしゃるだけでも幸運なくらいですよ」

　私が潤おばさんを引き留めている間、変わらずずっと四つん這いになって身じろぎもしないまま、椅子であり続けてくれていた雪洞さんが、私があまりに物憂《ものう》げな顔でもしていたのか、そう励《はげ》ますようなことを言った。

　まあ、その通りだ。

　実際、死んでいてもおかしくなかったわけで……、ただ、私が物憂げな顔をしていたのは、潤おばさんに置き去りにされたような気分だったからというだけではない。それもあるが、それだけではない。

　ちょっと考えてしまったのだ。身体中の傷口が縫合され、ようやく脳に血が巡るようになったとも言えるが。

　なるほど、客観的に見れば、私という娘を誘拐するにあたって、哀川潤を機動させるというのは、酷くコストパフォーマンスの悪い経営判断をしているようでいて、しかし針の穴を通すように的を射ているのも事実だった。パパにとっても、ママにとっても、人類最強の請負人は、友達であると同時に、頭の上がらない数少ない人間でもある——逆に言えば、潤おばさん以外の誰が、青色サヴァンと戯言遣いの娘を誘拐しうるだろう？　しようとさえ思わないだろう、普通なら。

　普通ではない潤おばさんだからこそ、面白がって(仕事全部と言っていたが、絶対面白半分だ。面白全部でもおかしくない)、玖渚機関のお家騒動に首を突っ込むのだ……、だが、それは同時に、何をするか、どう動くかもわからない不確定要素を、事態に引き入れることになりかねない。

大袈裟でなく、玖渚機関そのものの存続に関わりかねない。私の通う澄百合学園をかつて廃校に追い込んだときも、受けていた依頼は『いち生徒の救出』だったはずなのだ。いったいどんな風にその依頼を達成したら、学園が廃校になるんだ？

四神一鏡をして、再建まで五年を要したと聞く……。

つまり、依頼人であるおじいちゃんやおばあちゃんとしては、実家に帰る直前のタイミングで私を誘拐してきてはほしいけれど、それ以外のことは何一つしてほしくないというのが偽らざる本心であるはずだ。ただ、この本心を潤おばさんに直接告げるのはうまくない。短い付き合いではあるが、あの人は間違いなく、他人が嫌がることをするのが大好きだ。余計なことをしないでと言ったら、余計なことしかしなくなりかねない。

だから。

だから――玖渚城なのか。

本家ではなく、それ以外の別荘でも別宅でもなく、世界遺産の玖渚城。

潤おばさんが、自らの自由意思で撤退するであろう人類の至宝を、家族団欒の場所に選んだ……、まかり間違っても彼女に、私のエスコートをさせないために。

「…………」

あくまでも仮説でしかないけれど……、ちょっと……、なんて言うか、嫌な感じの計算高さだ。天衣無縫であり傍若無人であり鎧袖一触《がいしゅういっしょく》である哀川潤を、つまりアンコントローラブルな請負人を、いわば手玉に取るような手腕には、本来、さすが玖渚機関だと感心すべき場面かもしれないけれど……、さすがママの実家だと、誇らしくさえ思うべき場面かもしれないけれど……、でも、やっぱり、嫌な感じだ。

盾という名を持つ者として、哀川潤のいいとこ取りをしようという姿勢に対して、はらわたが煮えくりかえるような思いを抱いている。殺されかけておいておかしな話だが……、いや、私自身が潤おばさんのリスクを負ったからこそ、ノーリスクで実を得ようとしている祖父母に、不満を、そして憤懣《ふんまん》を憶えるのかもしれない。

なんとか一矢報《むく》いたいと言うか、賢い大人に対して、子供を代表して、鼻を明かしてやりたいという気分になる。

なので、極めてドラスティックに策を巡らすのであれば、潤おばさんが（玖渚機関の目論見通りかどうかはさておくとして）舞台を去った今、私もこの玖渚城から全速力で逃げだすという手もないではないのだけれど、私は若気の至りで、思いついておきながら、その案を採用する気には、まったくなれなかった。

いや、輸血を受けたわけではないので、今のコンディションで全力疾走なんかしたらどんぐりのように堀に落ちるというのもあるし、確かに私は悪魔の子かもしれないけれど、鬼ではないので、治療中、四つん這いの椅子になってくれた健気《けなげ》なメイドさんを振り切って、一目散に逃亡を図るほどの不義理は働けない。

軽量級の女子とは言え、ひとりの人間が長時間座ってもびくともしない体幹の持ち主である雪洞さんを、振り切れるとも思えないし。

更に付け加えると、玖渚城から出奔しない理由はもうひとつある。望むべくもなかった家族団欒を迎えるならば、ここがいいと思う理由が……、世界遺産であり、同時に何百年もの時代を経た歴史的建造物であるこのお城ならば、私はルールを破らずに済む。ママのルールを。

機械に触るな。

ひょっとして、それを含んでの、中立地帯なのかな？　だとすれば、お気遣《きづか》いには痛み入るけれど、口実を着実に封鎖されているようで、どうしたっていい気分とは言えなかった。

ふんだ。

機械には触れずに済むかもしれないけれど、その代わり触れてんのかもね。

逆鱗《げきりん》に。あるいは気が。

これ、マジで言ってんだけど。

3

開いた扉は西部劇の酒場のドアのごとく、もう閉じなくなってしまったかもしれないけれど、さりとて、いつまでも雪洞さんの背中に座っているわけにもいかない。このまま日暮れまで座っていても、忠実なるメイドさんは顔色ひとつ変えなそうだが、腰を据えて立ち上がろう。

私は玖渚盾。誇らしき盾。

潤おばさんがいなくなった途端急に強気になった二枚舌に見えていることだろうが、戯言遣いの娘の舌が二枚程度のわけがない。ジャイアンがいないときの強気なスネ夫タイプなのだ、私は。

パパの戯言シリーズその18。

矛盾を恐れるな。

ダブルスタンダード、必ずしもダブルバインドならず。

「では、ご案内します。こちらへどうぞ。このまま、盾さまとお呼びし続けて構いませんか？　それとも、ご主人様と改めたほうがよろしいでしょうか」

何食わぬ顔で立ち上がり、スカートの膝《ひざ》の辺りの土を払い、上品なハンカチで丁寧に手をぬぐったのちに、雪洞さんはそう訊いてきた。同級生くらいとおぼしきメイドさんに澄ました顔でそんなことを訊かれたらどぎまぎしてしまうけれど、生憎《あいにく》、私はご主人様という器ではない。

「そのままで結構です、雪洞さん」

由来からしてあまり好きな名前じゃなかったし、今日、ネタ元の請負人と邂逅《かいこう》したことでその思いはより強くなったものの、盾さまと呼ばれると不整脈を起こして目眩《めまい》がするというほどではない。

むしろ他人事《ひとごと》のようにクールだと思っていた玖渚姓のほうに、暗雲が漂ってきた……、いじられていた小学生時代を彷彿《ほうふつ》とさせる。のんきに格好いい字面だとか言っていられない。

「畏まりました、盾さま。わたくしのことは、雪洞と呼び捨てにしてくださっても結構なのですよ」

「はっはっは」

空笑い。

それも器じゃないな、私の。

「こちらへどうぞ」

言うが早いか、足音もなく門をくぐる雪洞さん。所作が綺麗すぎて、後に続くにしても、真似できない。たとえ体調が万全のときでも。

と、先刻から、メイドさんとかメイドさんとかメイドさんとかメイドさんとかメイドさんとかメイドさんとかメイドさんとかに気を取られて、すっかりお城のほうから目を切ってしまっていたけれど、門をくぐって、エッシャーの無限回廊みたいな登り道を折れてみると、斜め下の角度から、玖渚城を見上げる形になった。

急に近くになったみたいな距離感だ。

これはまあ、圧巻と言わざるを得ない。もちろん、二条城が現存していたらこれくらいの迫力ではあったはずだと、京の者としては強調しておきたいが……、いや、二条城のありし日の姿がどんなだったか、私は知っているわけではない。

「あのー、雪洞さん。雪洞さんは、ご存知なんですか？　私のパパとママを」

さりげなく天守閣に背を向けて、私は先を行くメイドさんへと問いかけた。当てずっぽうの質問ではなく、さっきの『鴉の濡れ羽島』という地名に、実は聞き覚えがあったのだ。それよりも三人の母親とかメイドの一族とかいうワードがよっぽど強くて、話がそっちに持って行かれてしまったが……、確か、パパとママが、その島に旅行に行ったことがあるはずだ。

「はい。存じ上げております。お会いしたことこそありませんが、母達がとてもお世話になったと聞いております」

母達……。

みんなメイドなら、私の両親はむしろ、お世話をされた側なんじゃないのかな？

「ですのでわたくし、心より楽しみにしておりました。伝説のふたりのご息女に、こうしてお仕えできますことを」

「はあ……、それはそれは」

がっかりさせて申し訳ありませんと、危うく謝りかけてしまったが、すんでのところで思いとどまった。

あんまり弱いところを見せるべきではないかもしれない。お仕えとか言っても、雪洞さんの雇い主は、あくまで私ではなく玖渚本家である……、ここでの会話は筒抜けになりかねない。

しかし、言うに事欠いて伝説って。

ろくな伝説残してないでしょ、あのふたりは。

「私も嬉しいです、雪洞さん。パパは本当にメイドさんとお近づきになれて。雪洞さんみたいな素敵なメイドが好きで……、きっと雪洞さんのお母様方に、優しくしてもらったからなんでしょうね」

背中に座ったあとでこんなおべんちゃらを言っても無駄かもしれないけれど、むしろ雪洞さんから情報を引き出せないものかと思って、私はそう揉み手をしながら切り出した。

メイド好きはともかくとして、パパの得意技はこういうやりかただったと聞く。敵を裏切らせるプロフェッショナルだったそうだ。本当、褒《ほ》められたもんじゃない。

「雪洞さんと仲よくなれただけでも、この玖渚城にやってきた甲斐がありました。正直、もう帰ってもいいくらいですが、新しいお友達を紹介してくれた祖父母には、感謝してもし切れません。あれあれ？　そう言えば祖父母は、どういう理由で私を誘拐させたんでしょう。些細《ささい》なことですが気になりますね。雪洞さん、何か聞いていません？　どんな小さなことでもいいんですが」

最後の部分がついつい刑事さんの聞き込みみたいになってしまったけれど（パパの友達に、京都府警の本部長がいる）、果たして、忠実なるメイドさんは、

「わたくしが申しつかっておりますのは、滞在中、盾さまに何不自由のない暮らしを提供することだけでございます」

と、つれなかった。

ツンデレの逆みたいな感じだ。振る舞いは恭しいのに、肝心要《かなめ》のところが木で鼻をくくったような物言いである。

畜生、好きになってしまう。

ただまあ、今の受け答えだけでも得られた情報はあった……、『滞在中』というワード。つまり、私をこの世界遺産に、滞在させるつもりだということだ……、すぐに京都へ帰してはくれない。どころか、ニュアンスからすると、長期間の滞在さえ想定されている。

それだけでも、潤おばさんが言っていたみたいな、孫の顔がひと目みたいみたいな牧歌的なホームドラ

マは、期待できそうにない。

「そうですか、雪洞さんはプロ意識が高いんですね。もっと砕《くだ》けてくれてもいいのに、寂しいなあ。でも、此度《こたび》の仕事はともかく、普段雪洞さんがどんな風に働いているのかには興味がありますね。玖渚機関でメイドの修行中ということでしたけれど、雪洞さんの雇用者である祖父母はいったいどんな人達なんでしょう？」

「秘密保持契約を結んでおりますので、いくら孫娘さまと言えど、玖渚機関の内実をお話しするわけには……」

「やばっ！　もしかして私、雪洞さんに探りを入れてるみたいな感じになっちゃってました!?　あっちゃー、これはあらぬ誤解をさせてしまった私が悪かったです！　もお！　純粋で可愛いんだから、雪洞さん！　そんなつもりはまったくなかったのに！　私ってパパと違って口下手で、言葉の真意がうまく伝わらないんですよねー。本心は、雪洞さんともっと仲よくなりたいだけなのに、ただそれだけなのに！　本当に私、あのパパの娘なのかしら」

「どうでしょう。わたくしが母達から聞いているお父様の口ぶりと、そっくりですが」

心外だ。

海外では言えない悪口を言われたのかと思った。

パパがメイドの一族の間で、どのように語り継がれているのかも気になるところである……、それはともかく、そう反応してくれるのであれば、アプローチを変えて畳みかけよう。

「ママにはどうです？　似てますか、私？　一緒に来ていれば、比べてもらうことができたんですけどねー。不思議だなあ、どうしておじいちゃんやおばあちゃんは、私だけを呼んで、ママを呼ばなかったんだろう。潤おばさんに頼めば、ママだったら誘拐するまでもなく、友人として連れてこられたでしょうに。雪洞さん、どういう意図があるんだと思いますか？」

「わたくしはどのような意図があろうとも、ご主人様に従うだけでございます」

「雪洞さんも会ってみたくなかったですか？　伝説の、私のパパやママに」

素敵なメイドさんの塩対応にもくじけず食らいつく私に、根負けしたのか、それとも哀《あわ》れに思ったのか、雪洞さんは、

「確かに、盾さまのお父様には、叶《かな》うのであれば、一度、お目通りしたいものですね」

と言った。

ん？　なぜにパパ限定？

「……雪洞さんはおいくつなんですか？」

なんにせよ、埒《らち》があかないと思ったので、一旦《いったん》引いて、私はそんなことを訊いた。これはこれで興味のある事項だ。勝手に同い年くらいと思っているけれど、こうして話していると、結構な風格と言うか、貫禄《かんろく》も感じる。

もしかして十代に見えるだけで、かなり年上だったりするんじゃ？　だとしたらさっきから、ですます調なだけでほぼタメ口みたいな口を利いている姿勢を改めなければ。どう改めても、背中に座ったことを取り返せはしないだろうけれど。

「今年で十四歳になります」

年下！　その可能性もそりゃ考えてはいたけれど、年少の女の子を椅子にしたというのもイメージが悪いな！

「もしかすると二十四歳かもしれません」

そんな私の心中を察したわけでもあるまいが、雪洞さんはなぜかよくわからないとぼけかたをした……、いや、仮に年上だったとしても、二十四歳ってことはないだろう。

私はその発言を笑って流して、

「十四歳ですかー。一個違いですね。道理で親近感が湧《わ》くわけです。私って一人っ子なんですけど、もしも妹がいたら、雪洞さんみたいな感じだったのかもしれませんね」

と、探りを入れる本筋に戻った。

一人っ子である私を誘拐した犯罪事実がパパとママを苦しめるぞと罪悪感に訴え、証言を引き出そうという姑息《こそく》なテクニックだったが（マジで言うと、私が誘拐されたことを、パパとママがどのように受け止めるかは見当もつかない。帰省する予定は知らせているから、たぶんいつまでたっても到着しない私を心配してくれているんじゃないかとは思うものの、確信はない。あのふたりの特殊な成育歴を思うと、子供時代に誘拐されることくらい、買い食いのための寄り道と大差ないと捉《とら》えられる可能性もある）、しかしここで雪洞さんは意外な反応を見せた。

　ここまでずっと、四つん這いになっているときさえ整ったお澄まし顔だった彼女が、急に取り乱したように振り返って、

「な、何を言うんですか、わ、わたくしが盾さまの妹だなんて！　母達と盾さまのお父様の間に、十五年前、そんな爛《ただ》れた関係が生じたなんて、なんの証拠があって仰るんです、いい加減なことを言うのはやめてください！」

と声を大にして喚《わめ》くように詰め寄ってきた。

え、めっちゃ怖いこと言ってない!?

なんでママの実家に誘拐されたところで、パパの不貞《ふてい》を知る展開になるの!?　うちのパパ、よそんちのメイドさんと浮気して、こんな可愛らしい子をもうけたの!?　だから雪洞さん、パパにだけ会いたいって言ってたの!?

「なんて、冗談《キディング》ですよ」

と。

ころっと、雪洞さんは澄まし顔に戻った。

「盾さまがあまりに品なく、根掘り葉掘り訊いて来られますので、メイドとして、お灸《きゅう》を据えさせていただきました」

「やーめーてーよー！」

すんげーびびったじゃん！

ガチで真実味あったしさー！　パパ、メイド好き

だしさー！　やりかねないんだよあの人、娘としてあんまり言及したくないけど、若い頃十歳の少女を奴隷にしてたこととかあるしー！　その人がのちのシッターさんだしー！　前半の山場みたいな感じで、衝撃の事実が明かされたのかと思ったー！

「盾ちゃん心臓止まるかと思ったー！　いや違うよ、雪洞さんが妹だったらいいなって気持ちに嘘はないけれどさー、パパが三人のメイドと不倫してたって冗談《キディング》はショッキング過ぎるってば！　時期的に逆算したら、私の出産直後の出来事になるしー！　不倫は全部駄目だけど、中でも駄目駄目な不倫を匂わせてくるじゃんー！」

　考えるだけでも気持ち悪いっすわ！

　親の割にはグレずに育ってきたつもりの私だけれど、それが事実だったら、私が絶縁娘になるところだったよ！

「うふふ。これに懲《こ》りたら盾さま、人様のプライバシーを探るような下世話な行いは、控《ひか》えめになさるように、お心がけください」

「肝に銘じます……」

　年下に窘《たしな》められてしまった。

　いやいや、でも、そこまでの罪だったかな、誘拐された動機に関して、被害者として、探りを入れる程度のことが……。

　酷い目に遭った。

　交通事故より酷い目に遭った。

　身も心もずたずただ。我ながら最低だったよ、人を裏切らせようだなんて。三人のメイドと浮気するほどではないにせよ。

「悪趣味な冗談ですよ。あの、別に疑うわけじゃないんですけれど、一応雪洞さんを信じるために確認させてほしいんですが、あ、ぜんぜん探りを入れるとかじゃなくってですね」

　無茶苦茶慎重になってしまいつつ、再び歩き始めた彼女の背中に、私はおっかなびっくりで訊いた。

「私のパパが雪洞さんのパパじゃないとしたら、雪洞さんのお父さまは、どんな……」

見様によっては懲りずに、人様の家庭に首を突っ込もうとしていた私だったけれど、しかしながら、千賀家の事情に関して、それ以上関与することはできなかった。パパの戯言シリーズよりもよっぽど金言である『うちはうち、よそはよそ、人は石垣、人は城』じゃあないけれど（ん？）、さすがに、余所《よそ》様の家庭を野次馬している場合じゃなくなった。


天守閣の石垣を迂回《うかい》するように折れ曲がったところに、ママがいたのだ。

え？


私はぽかんとしてしまう。開いた口が塞《ふさ》がらないを通り越して、顎《あご》が外れたかと思うくらいだった。

先だって、どうして祖父母は、私だけを誘拐し、元祖絶縁娘であるママを玖渚城に招待しなかったのかと雪洞さんに執拗《しつよう》に質問したけれど（その結果、危うく心臓発作を起こすところだったけれど）、しかし、むしろ私よりも先に、ママはここに来ていたと言うのか——否。

断じて否。

そうではなかった。

さすがに自分の母親のことだ。寮生活でほんの数ヵ月、離れていたとは言っても——そしてママのルールに従うことで、ルームメイトや他の寮生が、こっそりやっているような実家とのリモート通話もできなかったとしても、それでも身内なのだ。凝視するまでもなく、小天守と言うのか櫓《やぐら》と言うのか、角を折れた辺りに不意に現れた彼女が、私のママじゃないことは明白だった。

第一。

私のママである玖渚友があんな風に——あんな風に、青髪碧眼《へきがん》だったのは、もう遥か昔のことである。

私よりも小柄《こがら》な上半身をまるごと包むような青いロングヘア、そして声も出せないでいる私を、じっと見つめる青い両眼。

母じゃないことはわかる。

だけど、パパにアルバムを見せてもらったことがある。今時レトロなスナップって奴だが……、十九歳の頃の母に、彼女はそっくりだった。

むろん、十九歳の頃の母は、世界遺産であるこの城に（エプロンドレスと違って）お似合いな、十二《じゅうに》単衣《ひとえ》みたいな和装に身を包んではいなかったけれど……。

まさかのタイムスリップ？

いや、『ハリー・ポッターと呪いの子』の向こうを張ろうなんてつもりはまったくありませんよ？　そんな恐れ多くも身の程知らずな……、と、私が戦々恐々としているうちに、

「……うに」

と。

若い頃の母親もどきな彼女は言って、踵《きびす》を返した……、私と雪洞さんから逃げるように、天守閣を大回りに迂回するように駆け出した。駆け出したと言うか、妖精《ようせい》が風に吹かれて、ふわっと飛んだ、みたいな、ファンタジックな動作だったが――対して私は、本能的に追ってしまう。

身体中に縫合手術を受けた直後であることも忘れて、短距離走の前傾姿勢で雪洞さんを追い抜き、天守閣の更に先の角を折れる。

違う、そんなわけがない。

ママは玖渚本家と本格的に手を切るときに、特別な子供の証明である、青い髪と青い瞳《ひとみ》を失っている――ほとんど失っている。

かろうじて片目にオッドアイを残すだけだ。

先程、私は雪洞さんの年齢を確認したけれど、まるで童女のように成長が停止していた頃のママには、逆に、あえて年齢を確認する人はいなかったかもしれない。

その頃を知る者は口を揃えてそう言う。

妖怪《ようかい》のようだったと。

ママ本人でさえ、自虐的にそう言った……、娘としては、そういう写真写りなんだろう、なんならママお得意の加工をしてからプリントアウトしたんだろうと思っていたし、そこまで本気にしてもいなかったが、歴史的建造物の中心部というシチュエーションもあって、そのもの怪談の目撃者になった気分だった。

「ママっ……」

すぐに追いついた。

と言うか、天守閣、第二の角を曲がったところで、青い妖精は、あるいは妖怪は、足を止めていた——もうひとりの妖精と、あるいは妖怪と、並んで。

もうひとりも青髪碧眼だった。

「…………っ！」

一瞬、分身の術かと思ったくらいだった。ここは滋賀県や三重県の忍者城じゃあないだろうが、そう思った。

ママがふたり……、いや、正真正銘のママを含めれば、これで三人。

三人のママ？

はいはい、よく聞く話ですね。

あるあるなのかな？

だけど、新たに現れた『三人目のママ』は、更に時間を遡る……、十二単衣姿の『二人目のママ』に対し、青い薔薇柄《ばらがら》の、透けているんじゃないかと思うほどに薄衣《うすぎぬ》の浴衣を着ているのはともかくとして、そのヘアスタイルは、ベリーショートだ。

二人目と同じく、二人目と寄り添って、両眼ともが青い瞳で、まだ息の整わない私をじっと、探るように——根掘り葉掘り、眼球をえぐるように見つめてくる。

豊かにも程があるロングヘア時代とは違い、その髪型のママは写真には残っていない。ベリショにしたことなんてないから、ではない。

ママがそんな風に青い髪を刈っていたのは、彼女が恐るべき大犯罪者だった時代のことだからだ——写真の加工どころか、あらゆる記録から己の容姿を消去していた、それこそ伝説の『チーム』の、首領だった頃のありよう。

死線の蒼《デッドブルー》。

地獄という地獄を地獄しろ。

「…………」

咄嗟《とっさ》に追いかけてきてしまったものの、怯んでしまった。ふたりのママを前に……、それも、過去のママを前に。

ロングヘアが十九歳の時代だとしたら、ベリーショートは十五歳の頃か？　まさしく私と同い年の……、いや、玖渚友を前に、年齢を問うことなどただひたすらに無意味だ。

青髪青眼。

特別な子供。

生まれついて、黒髪黒眼の私とは違う——特別な子供。

「——うに」

「うに——」

またしても。

またしてもママは、そしてママは、足並みを揃えて駆け出した。私から逃げるように。小石ひとつ落ちていない世界遺産の地面を、土踏まずもなさそうな裸足で颯爽《さっそう》と、天守閣の更に向こう側へと。

ぞくりとする。

いや、再度咄嗟に追いたいところだけれど、次に追いつけば、更にママが増殖しているんじゃないかという恐れを抱かないわけにはいかない。

誇大妄想もいいところだが……、でも、既にママを、それも若い頃のママを、ふたり続けて目撃しているのだ。二度あることは——

パパの戯言シリーズその86。

二度あることは二度とない。

「——何が『うにっ』よ！」

増えられるものなら、三人にでも四人にでも増えればいい。どんなに増えても、どんな時代だったとしても、ママはママだ。恐るるに足りない、いや怖いけど。でも私のママだ。どういう時代だろうが――決意を込めて、私は天守閣を回り込んだ。

果たして、そこにいたのは。

「初めまして。高貴な私の、高貴な姪っ子」

四人目のママ、ではなかった。

ごく普通の大人の男だった――少なくとも、二人のママを目撃した直後に会うにしては、ちゃんとした、普通の、和装ですらない、胸ポケットにハンカチーフを入れた、折り目正しいスーツ姿の、ばっちり大人の男性だった。

整髪料で整えられた髪も、眼鏡《めがね》の奥の瞳も、私同様に、真っ黒である……、いや、髪に関して言えば、年齢から考えると、白髪染めを施している可能性はあるが……。

そんな大人の男性の左右の手を取って、妖怪か分身かとおぼしき過去ママふたりは、ポジショニングしている。そこが彼女達の定位置であるかのように……。

「……直おじさん」

私は呟いた。

まだ名乗られたわけでもなかったけれど、これは確信があった。玖渚機関の機関長は、企業誌の表紙を飾る有名人ということはないけれど、しかしその隠然たる存在感は、少なくとも西日本の住人ならば、会えばそれとわかる。

別に血縁だからでもない。

姪っ子と呼ばれたからでも、彼がママの実兄だからでもない――

「――初めまして。玖渚盾です」

私は玖渚盾。誇らしき盾。

不意打ちのように現れられても、まず名乗る。

それに——不意にだろうとなんだろうと、彼がこうして、直おじさんだけに直々に登場してくれたことで、ふたりの若きママの正体もおよそ知れたのだから。

「紹介しましょう」

ダンディに微笑んで、玖渚機関の機関長は左右の青い少女を、順繰りに示した。自らの『妹』にそっくりな、そっくりそのままな、ロングヘアとベリーショートを、順番に、公平に。

「玖渚遠《とお》と玖渚近《ちか》。高貴なあなたの高貴な従姉妹《いとこ》ですよ、盾さん」

一日目（3）――玖渚家の一族

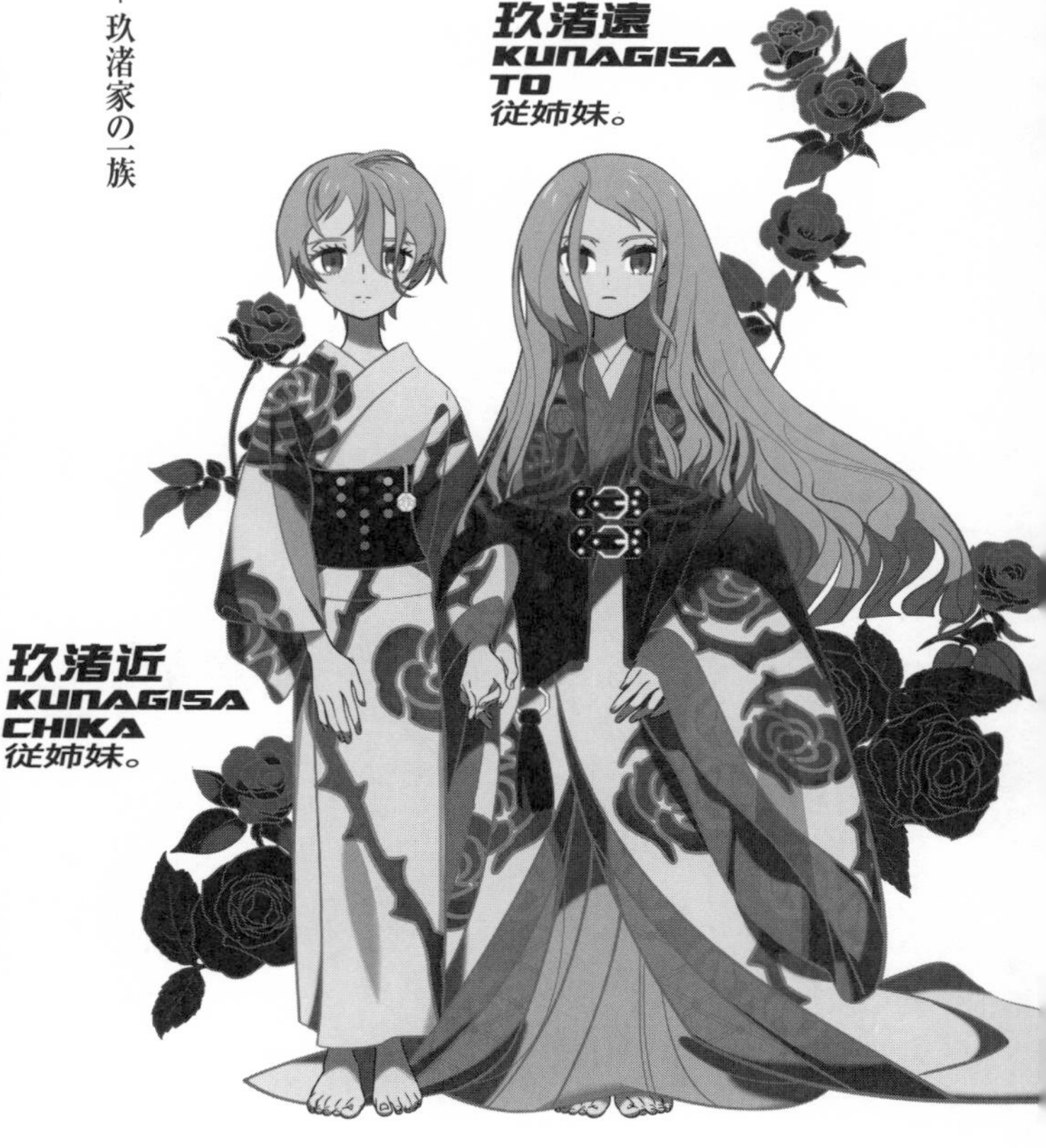

玖渚遠
KUNAGISA
TO
従姉妹。
玖渚近
KUNAGISA
CHIKA
従姉妹。

0

『あ』から始まる言葉を大切に。
ありがとう、愛してる、会いたい。
飽きられてもいい、呆れられてもいい、
争ったあとも、諦めたあとも、
あるがままに、あなたのままで、
甘んじて、あちらに向かい、
歩き続けろ。
(パパの戯言シリーズその49)

1

来てみればさほどでもなし富士の山、と言う。あるいは名物にうまいものなし、とも言う。名物も名所も、噂に聞いたり本で読んだりしているくらいがちょうどよくて、実際にその場を訪れて体験してみると、期待という名のイメージばかりが先行していたがために、んー、こんなものかな、と、取り立てて不満があるわけではないけれど、想定していた満足に、ちょっくら及ばないみたいなことはある。

家に帰るまでが遠足であるように、旅は準備をしているときが一番楽しく、帰宅した際には、やっぱり家が一番だというわけだ。

何が言いたいかと言うと、間近で見た世界遺産の玖渚城には確かに圧倒されたし、その偉容は教科書や写真集で見ただけではわからない迫力があったけれど、とは言え天守閣の内部に這入ってしまうと、まあこれは標準的な和室だなという受け止めかたができた。

いえ、中の襖《ふすま》とか畳とかは、我らが二条城本丸の勝ちだと思ったわけではありません……、それに、城内に這入るまでのイベントが怒濤《どとう》過ぎて、まだ気持ちを整理できていないところがあった。

「ここでしばしお待ちください、盾さま。すぐにお取り次ぎ致しますので」

と、雪洞さんは私を、天守閣一階の、待合室みたいなところにぽつねんと残して、どこかに行ってしまった――言うまでもなく、初対面の伯父と、ついさっきまで存在していることも知らなかったふたりの従姉妹も、ここにはいない。どうもあの三人は天守閣そばの櫓に控えていたようだ。

天守閣最上階におわすらしい、ママの両親――私の祖父母への、それが畏敬《いけい》の示しかたなのだろうか？ 潤おばさんじゃないのだから、建物に這入ることで崩壊させることを恐れているわけではあるまい――だけど、あの『ふたりのママ』にとっても、祖父母は祖父母であるはずなのに。

クーデターを起こした機関長としては、先代に対して、単に気まずいのかもしれないが。

「……従姉妹、か」

話の流れによる軽口とは言え、そしてその報いは十分過ぎるほど受けたとは言え、ひとつ年下の雪洞さんを妹扱いするというきゃっきゃしたやり取りがあった直後だけに、衝撃は大きかった……、もしかすると、門をくぐったときにタイムスリップして、全盛期のママ達と邂逅したのだというSF的展開よりも、驚いたかもしれない。

その衝撃はまだ体内から去っておらず、世界遺産の中で行儀が悪いにもほどがあるが、大の字に寝転んでしまった。まあ怪我人だし、横になるくらい許されるでしょ。

パパの戯言シリーズその38。

命よりも大切な遺産なんてない。

「…………」

どうやらあのカズンズも、別に妖怪の振りをして私をマウンティングしようとしたわけじゃなくって（だとしたらふたりも手鞠《てまり》をつくくらいの演出はしただろう）、誘拐されてきた私がどんな奴なのか、それこそ『ひと目見ようと』、櫓から出てきて、天守閣の周りをうろうろしていたということらしい……、直おじさんは、そんなふたりを探していたとのことだ、父親として。

父親……。

直おじさんのことは、ママからもパパからも聞いていたけれど、結婚していたとは知らなかった——いや、結婚しているとは限らないか？　母親の姿は見当たらなかったし、もしかするとシングルファーザーなのかもしれない。

こんな世界遺産に家族旅行と洒落込んでいて、世間一般で語られるシングルファーザー像とは大いに乖離《かいり》するけれど、それでもシングルファーザーはシングルファーザーだ。

雪洞さんの言葉を思い出す。

城内におられますのは、玖渚本家の方々だけです——あの持って回った言いかたからして、祖父母以外の玖渚姓の者もいるんじゃないかとは思っていたけれど、本命も本命、玖渚機関の機関長がおられようとは。

巨大な建造物とは言え、ひとつの建物に、これだけの人数の『玖渚』が集まるというのも珍しい、と言うか、非常に希有《けう》なのではないだろうか。祖父母、伯父、ふたりの従姉妹、そして私……。

六人の玖渚。

うーむ、それにしても、こんな形で会うことになるとは思わなかった。今の今の今まで、存在を知らなかったカズンズにはもちろん、直おじさんにも。

別に不仲な兄妹《きょうだい》だったわけではないとほうぼうから聞くし、どころか、直おじさんにとってママは、一貫して（グレている頃も）可愛い妹だったそうなのだが、ママが玖渚本家と、二度にわたり絶縁したこともあって、兄妹間のコンタクトは難しかったそうだ……、まあ、それ以前はまだしも、特に直おじさんが機関長となって以降は、立場というものもあっただろう。

ママでさえ二十年近く会っていない実兄に、まさか私が会ってしまうことになろうとは……、世の中ってのは、本当に何が起こるかわからないな。

何が眠っているかもわからない。

五歳くらい年上だからってことを差し引いても、パパやママに比べて、まともな大人であるように思えた。

ただし、実の娘をママそっくりに育てていることについては、言いたいこともある……、親族だからたまたま似ているというレベルでは、あれはなかった。

明らかにわざと寄せさせている。

ロングヘアのほうが遠ちゃんで、ベリーショートのほうが近ちゃんらしい……、雪洞さんの件でもそうだが、どうやら私には、年齢当ての才能がないようで（『いくつに見える？』）、十九歳とか十五歳とか適当なことを言ってしまったけれど、あのふたりは、ふたりとも十三歳の双子だそうだ。

十三歳。

パパとママが、出会った頃の年頃か……。

聞いた話ではママの成長は、その辺りで一時停止したと言うから、私の読みも、あながち的外れだったわけではない。

十三歳の戯言遣いと、十三歳の青色サヴァン。

早く大人になりたいと願った父と、一生子供でいたいと夢見たママ……、いや、どんなエモーショナルに言葉で飾ろうとしても、やっぱり普通に気持ち悪いな。

自分の娘を、妹みたいに育てる兄って。

私はそれでも実の娘だから、ママと遠ちゃんと近ちゃんとを見分けることはできるけれど、分身の術は言い過ぎでも、あれじゃあ影武者を育てているのかと思ってしまうくらいである。

仲のよかった兄妹と言うか、あれじゃあただのシスコンだ……、昨今のコンプライアンスからすると、身内への過剰な愛情というのは、家庭内暴力の要件を満たしかねない。

二十年前の良識はどうだったか知らないが……、もしかすると、そのあたりで直おじさんは、パパと気が合ったのかもしれない。そちらは故人だが、パパにも憎からず思う妹がいたそうだし。その妹と、ママを重ね合わせたのだっけ？

みんなの妹・玖渚友か。

十代の頃ならまだしも、いい大人になってもその扱いのままなのだとしたら、ちょっとキツいな……、雪洞さんにあんなことを言ってしまったけれど、私は一人っ子でよかったとつくづく思うよ。

でも、これで可能性がひとつ消えた。

可能性以前の、取るに足りない潤おばさんの揶揄でしかなかったけれど、玖渚機関の跡取りとして、ご落胤《らくいん》である私が呼び出しを受けたという仮説は、綺麗さっぱりなくなった。厳密には落胤という言葉は、やんごとなき『男性』の、正妻ではない『女性』との子供のことを言うらしいので、私の立場からすると真逆だが、そんなジェンダーバイアスのアップデートに取り組むまでもないということである。私なんてご落胤じゃなくて娯楽要員ですよ、という自虐ネタじゃなく。

だって、青髪碧眼だ。

ありし日のママを思わせる特別な子供が、しかもふたりもいると言うのに、黒髪黒眼な凡庸代表の出る幕などない。

双子ってのも初めて見たけれど、あんなに似ているものなんだな……、写真を並べられたら、十代の頃のママとの区別はつくだろうけれど、遠ちゃんと近ちゃんに関しては、二分の一の確率でしか言い当てられないかもしれない。

服装や髪型が、ああも露骨に対照的であってさえもだ。指紋まで一緒じゃないのか、あのふたり？

これ、マジで言ってんだけど。

または反対側から考えるべきなのかもしれない。

ママもそうだが、玖渚の血統に流れる青髪碧眼の遺伝子の発現は、ああも強く表に出るのだと……、個性が強過ぎて、個性を埋没させるほどに。

私がよく読む漫画だったりでも、あまりに強過ぎるキャラクター性は、テンプレートになりかねない危うさも孕《はら》んでいる……、そうなるとことは『キャラがかぶる』なんて問題では収まらず、作品そのものを無個性にしかねない。

それはミステリー小説で言うなら、『シャーロック・ホームズ』が、もはや名探偵の代名詞になってしまうようなもので……、ぜんぜん違う東洋の島国で描かれる探偵像でさえ、ホームズ味を醸《かも》し出《だ》してしまう……。

潤おばさんは、私をママにそっくりだと言った——髪と眼以外は、そっくりだと。実際、それは自分でもそう思う。

だけど、玖渚本家はそうは思わないだろう。

青髪でも碧眼でもない玖渚盾を、玖渚友とそっくりな見た目だとは、毛ほども思うまい。思ってくれまい。どこの馬の骨だと思うだろう。どこの駄馬の遺伝子だと……、本当にあの天才児の娘なのかと、疑われていても仕方がない。

おっと、こんなことを言うと私が髪や虹彩の色に関し、ママにコンプレックスを抱きながら幼少期を過ごしたがゆえに、そのトラウマで親元を離れた寮生活を送っているのだと解釈され、カウンセリングを勧められることになりかねないけれど、マジな話、それはあんまり気にしたことがなかった。

私の知るママは、もう髪も一本残らず黒かったし、かろうじて片目に青を残すだけだった……、特別な子供の特別性を、ほぼすべて失っていて、それが当たり前だった。

外見だけじゃない、中身も『普通の大人』だった。青色サヴァンがあれだけ『なりたくない』と夢見ていた、『普通の大人』。

奇矯《ききょう》な言動も特殊な技術も失われた。

記憶喪失になったわけじゃないので、そこそこパソコン関係の知識はあるが、しかし如何せん日進月歩のＩＴ業界である。全盛期にはまだ一般的でなかったタッチ決済の電子マネーなんかは、ママはもうよくわからないようで、設定をパパにしてもらっていたくらいである。

なので、私はそういう意味でもマザコンではない。青髪碧眼だった頃の写真を見たり、噂を聞いたりしても、ああ、ママにもイケイケだった頃があったんだねと思うだけだった。

少なくともパパがそうだったように、ママの天才性に当てられて、劣等感で人格を形成してきたなんて歴史は私にはないのだ……、自虐ネタは嫌いじゃないけれど、最早《もはや》そういう『どうせ私なんて』の時代でもないしね。

多様性を認める世界。

私みたいな奴がいてもいい。

実際のところ、二十年近く機関長を務めている直おじさんにしたって、青髪碧眼ではなかったわけだし、逆にママは（自業自得とは言え）青髪碧眼だった時代に絶縁されているわけだから、必ずしも玖渚本家では『特別な子供』が重宝される伝統があるわけじゃないのだろうし。

……ただ、そう思ってはいても、ああして青髪碧眼の子供を、しかもふたり同時に目にすると、圧倒されずにはいられなかったのも、偽らざる本音である。

なんかこう、理屈を越えてくるね。

ガチの特別って佇《たたず》まいは。

結局、直おじさんがすぐに櫓のほうへ連れて帰ってしまったから、取り立てて大した話はできなかったのだけれど（と言うか、遠ちゃんも近ちゃんも、『うに』としか言っていなかった。『うにうに』だ）、それでもなんと言うか、あれだけの、遭遇とも言えないようなすれ違いで、格付けが済んでしまった感がある。

なので、ない。

私が玖渚機関の跡取りとして、玖渚城にご招待を受けたという展開は……、まったく期待していなかったけれど、豆鉄砲を食らうかと思っていたところに肩透かしを食らったような気持ちが微塵《みじん》もないと言えば、それは嘘になる。

本当に自己肯定感の低い十五歳だったら、もう帰ってもおかしくないような場面だが、私の場合、ここまで来たら、にもかかわらず天下の往来で誘拐された理由に、興味が出てくる。

玖渚機関の膨大なる財産を受け継ごうとは思わないけれど、お年玉くらいはもらって帰らないと割に合わない。

今日は元旦ではないけれど、十五年分のお年玉をいただくとしよう。

「お待たせしました、盾さま。羸《るい》さまと絆《ほだ》さまのご準備が整いましたので、玖渚城の最城階、もとい、最上階へとお連れいたします」

ここまで流れに流されるままだった流浪の私に、ついに目的ができたところで（『お年玉をもらうぞ！』）、さすが十四歳にしてプロフェッショナルと言うべきであろう、見計らったかのようなタイミングで障子《しょうじ》を開けて、メイド一族の末裔《まつえい》にして生粋、千賀雪洞さんがおいでなすった。

それに比べて、ひとつ年上の私と来たら、スカートなのに大の字に寝そべっているところを見られて恥ずかしい限りである。雪洞さんなら、四つん這いになることはあっても、大の字になることはないだろう。

第二の門で門番を務めていたときには、救急箱を抱《かか》えていた彼女だが、今回は木製で円形のお盆を持っていて、その上に湯飲みと水差しを載せていた――あとは錠剤。

痛み止めかな？

やっと私に麻酔をかけてくれる気になった？

「抗生物質です。哀川さまの縫合は完璧ですが、しかし存在自体が免疫である人類最強の請負人とは違い、盾さまの傷口は膿《う》む公算が高いですので」

雲上人である祖父母との面会を前に、無茶苦茶リアルな話してんじゃん。

まあ、潤おばさんにクルマで撥ねられて、かろうじて一命を取り留めたものの、その後、破傷風で死んだなんてストーリーは、目も当てられないくらい失望的だ。

ありがたくいただいておこう。

「口移しでもらえたりする？」

「おやおや。またわたくしの母達と、お父さまとのラブソングをお聴きになりたいのですか？」

「すみません、図に乗りました」

ご主人様に従うだけがメイドじゃないってわけね……、私は上半身を起こして、抗生物質の錠剤を二、三粒、喉《のど》の奥に放り込んで、用意してもらった水で飲み下した。

「……誘拐された御身にしては、出されたものをあっさり口にされるのですね。薬にしても、水にしても。毒かもしれないと、お思いにならないのですか？」

それもメイドとしての、プロフェッショナルな質問だったのだろうか？　私からは無神経に、あれこれ探りを入れてしまったけれど、思い起こしてみれば、雪洞さんのほうから私への個人的な質問というのは、これが初めてかもしれない。

毒殺。それは考えもしなかった。

雪洞さんのことを心から信じていますからと言って、いいところを見せてもよかったけれど、本当に、特に何も考えていなかったというのが正直なところだ……、そうだな、跡取りとして呼ばれたわけじゃなくっても、その可能性は、考慮してしかるべきだった。

危機感が足りなかった。

絶縁したはずの玖渚友の娘が相続権を主張して、玖渚機関の財産（『お年玉』？）をくすねんとすることを恐れて、先手を打って始末しようとする何者かがいる可能性……、読んだのは随分昔なので、『八つ墓村』や『犬神家』がどのようなどろどろだったか、そのあらすじを私も正確には説明できないのだけれど、玖渚機関のお家騒動となれば、人がひとりくらい死んでも、ぜんぜんおかしくないことはわかっていたつもりだ。

だが、交通事故で死にかけておきながら、自分が殺される可能性は想定外だった。もしかしたら人類最強の請負人に誘拐を依頼したのは、私が死んだとしても、それはそれで構わないという気持ちがあったからとか？

にわかに緊迫してきた。

「…………」

「……冗談《キディング》です、ご安心ください。れっきとした抗生物質ですよ。少なくともこれで、盾さまが、破傷風で亡くなることはなくなりました」

そう言って雪洞さんは、私に立ち上がるように促《うなが》した。どうやら、彼女は無意味に私を脅したわけではなく、此度の『冗談』は、いよいよ面会に臨もうとする私の、気を引き締めさせるための忠言だったらしい。

そりゃあ誘拐された被害児童が、大の字で寝ている姿を見たら、気が緩《ゆる》んでいると心配されても仕方がない……、従うだけがメイドじゃない、か。

パパの戯言シリーズその4。

心の中にメイドを雇うのだ。

実はこれが一番いい戯言かもね、パパ。

「よーし。じゃ、マジで行くか」

「お供致します、盾さま」

「ところで、羸とか絆とかって、もしかしておじいちゃんおばあちゃんの名前？」

「まさしく。先代の機関長であられる名誉機関長の玖渚羸さまに、本玖渚城の城主であられる玖渚絆さまにございます」

「ふうん。変な名前」

2

パパの戯言シリーズその9。

他人の名前を笑うべからず。

変わった名前は、考えられた名前だ。

これこそがシリーズその1ともセットで扱うべきパパの戯言だが、しかし変かどうかはともかく、雪洞さんに確認を取ったその瞬間まで、あろうことか私は、自分の母方の祖父母の名前を知らなかったことを、自覚していなかった。

パパの戯言シリーズその19。

すべてのものには名前がある。

これもセットで勘案すべきか……、思い出してみれば、ママは、そしてパパも、玖渚直というお兄ちゃん（義兄）の話は、ふとした瞬間の夕食時にでも、今でも出すことはあるけれど、おじいちゃんやおばあちゃんについては、つまりママの両親（パパにとっては義両親）については、驚くほど言及していない。

私にそれを意識させないほどにだ。

もちろん、ママが実家と義絶していることは知っていたから、あー、やってんなー、ママの田舎《いなか》、とは思っていたけれど、まさか自分の娘に、両親の名前さえ教えてなかったとは、結構な結構である。

結婚は家同士のうんちゃらかんちゃらと言うのは、夫婦別姓とやらを最後の砦《とりで》とする、もう旧態依然としたシステムなのだろうけれど、それにしたって……。

玖渚贏。

玖渚絆。

ただ、ママが、おそらくは意図的に祖父母の名前を伏せた気持ちも、こうしていざ知ってみると、わからなくもなかった。

私は反抗期真っ只中ではあるけれど、今時の親に理解のある子供でもあるのだ……、実際に名前を知ってみると、その存在が実在へと変わる。

いや、実在していることは当たり前だし（でなければ、私が存在していない。サークル・オブ・ライフだ）、潤おばさんから依頼主を聞いた時点で、存命であることもわかってはいたのだが、それでも、名前を知ると、単なる続柄ではない『人物』として、認識できた。

認識できてしまった。

こうなると、意識しないことは難しい……、パパが戯言シリーズのその1に、『まず名乗れ』を持ってくるのも、むべなるかなだ。

逆に言うと、匿名性を命よりも重んじたパパは、名乗らないことで、誰にも見えない、意識もされない幽霊みたいになろうとしていたのだろう……、知ってしまった以上、無視はできない。

漠然とした祖父母、イメージとしてのおじいちゃんおばあちゃんではなく、玖渚鸁と玖渚絆なのだから。

選択肢は最後の最後まで残しておきたかったけれど、こうなると、もう祖父母に会わずに退城するわけにはいかなかった。たとえママが、この状況をまったく望んでいなくとも。

ごめんね、ママ。

とは言え、名前に言及したくもないほど会って欲しくないのであれば、『祖父母に会うな』と、そうきっぱり言いつけておいてくれればよかったのだ。

それだけで私は従った。

なのにママの絶対法則はひとつだけ。

機械に触るな。

この一文が現代社会ではあまりに厳し過ぎるがゆえに、お嬢様育ちで我儘《わがまま》放題、周囲にちやほやされることが当たり前で、みんなにおねだりするのが基本姿勢のママをしても、それ以上のルールを、私に課せられなかったのだとしても……、である。

そんなわけで、決意も新たに私は玖渚城の階梯《かいてい》を昇る。見取り図をもらったわけではないので、漠然と理解するしかないけれど、天守閣の一階から最上階……、雪洞さんが言うところの最城階へは、廊下や階梯を、螺旋《らせん》の軌道で昇るコース取りになるようだ。城全体が、巨大な螺旋階段みたいな構造なのだろうか？

もしかしたら廊下もゆるやかな登りになっているのかも……、お城に限らず、昔の建造物というのは、ハニカム構造でツーバイフォーのＩＨ完備に慣れている現代人からすると、カルチャーショックを受けざるを得ないな。

日本人なのに日本文化にカルチャーショックだ。

当然ながらエレベーターもエスカレーターもあるはずがないので（どころか、階段はほぼ梯子《はしご》みたいな角度だった。バリアフリーという概念もない。バリアだ）、最上階である五階（五重塔《ごじゅうのとう》？）まで向かうには、怪我人には、結構な時間と体力を要した。

新たにした決意もむなしく、雪洞さんのサポート（介護と言ってもいい）なくしての登頂は不可能だったかもしれないくらいだ。

「差し出がましいようですが、盾さま、わたくしでよければおんぶしましょうか？」

「はっはっは」

魅惑的な誘いだったが、プライドをかけて固辞した。おんぶでも相当危なそうな梯子だし、四つん這いの背中に座らせてもらっておいて、プライドも固辞もあったものじゃないだろうけれど、汗一つかかずに澄ました顔で登るメイドさんに、もやしっ子と思われるのは回避したかった。

もやもやしてしまう。

姉として見栄を張りたい。

いや、姉ではないが、年上として。

……もしもパパがガチで雪洞さんのパパだったらややこしくなってしまっていたけれど、息切れや交通事故の後遺症を誤魔化すために、ここで我が家の家系図でも、思い描いてみようか。今日日すっかり見なくなったけれど、古きよきミステリーのカルチャーを継承するために。

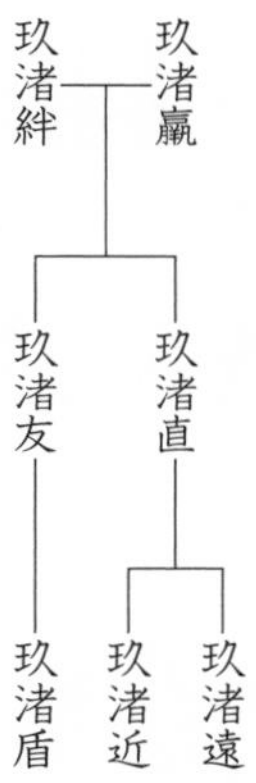

こんな感じか。

私も含めて七人の玖渚姓。いや、だからどうってこともないんだけれど、リアルタイムな筋肉痛が気にならない程度の気晴らしにはなった。親戚付き合いのほとんどない我が家なので、頭の中でとは言え、家系図が書けたこと自体が楽しかったのかもしれない。

そして登頂。

もとい到着、最城階。

エプロンドレスであることははなはだ場違いではあるが、それを感じさせない落ち着いた所作で、「では、盾さま。お覚悟ください」と、まるで介錯《かいしゃく》をつかまつるような言葉と共に、雪洞さんが膝をついて、襖を引いた——密室なんてとても構成できそうもない襖だが、しかしそれでも、堅牢《けんろう》なる開かずの扉が開かれたような印象を、私は受けた。

3

「ややあ。きみが友の子だね。つまり世が世なら余の孫だ。こんな形で会うことになるなんて思わなかったよ。さすがは人類最強の請負人、いい仕事をする。ああ、くつろいで。正座なんてしなくていい、楽にしなさい」

おじいちゃん。

玖渚機関元機関長、玖渚贏は、一段高いところの御簾《みす》の向こう側で、鷹揚な風にそう言った――わざとらしい老人言葉で喋《しゃべ》る、わかりやすい風格を期待していたわけではないけれど、えらくざっくばらんな口調だった。

孫だからというわけではないが、お言葉に甘えて、私は足を崩す――澄百合学園の体育じゃあ剣道の授業もあるので、別に正座が苦手なわけじゃないけれど、最上階までの道中で酷使した足に、これ以上の負担をかけたくなかった。

本当は一階でそうしていたように、大の字になって寝転がりたいのだが、それは楽にし過ぎというものだろう。

「いつまでも子供だと思っていた友が、子供を産むんだから、わからないものだな。えーっと、名前は盾でいいのだよね?」

「はい。玖渚盾。誇らしき盾です」

初対面にしては馴《な》れ馴《な》れしい声色は、あえて言うなら好々爺《こうこうや》っぽい……、ただ、それにしては若々しく、張りもある。

おいくつなんだろう? ママの歳から実年齢は推測できそうだが……、やんごとなき祖父の姿は御簾に遮《さえぎ》られて、胡座《あぐら》をかいていることくらいしか窺《うかが》えない。

まるで時代劇のワンシーンだが、しかしこの一事もまた、孫の顔が見たくて誘拐させたのではないという推理の裏打ちになる。遂《つい》に叶った面会と言いつつ、こちらから向こうの姿が見えないように、向こうからも私の顔は見えていないはずだから。

まさかマジックミラーみたいなSF御簾って線もないわけじゃないけれど……私のためにわざわざそこまでするとは思えなかった。

御簾がかかっているのは、おじいちゃん……、羸おじいちゃんだけじゃない。

隣の、やはり一段高いところにおわす絆さんの席にも、目の細かい御簾がかかっていて、そのシルエットしか窺うことができない。

親類のように親しげに話しかけてくる羸さんとは対象的に、絆おばあちゃんは、

「……」

と、無言だった。

単に無口なのか、それともこういう席では夫を立てるタイプの妻なのか、しかしそれにしては、沈黙の圧が強い。

たとえ日差しの角度で、シルエットが見えていなかったとしても、そこに鎮座《ちんざ》していることがわかるほどに、強烈な存在感のある沈黙だ……、玖渚城城主、か。

こうなると夫を立てるどころか、孫と喋るなんて雑事を、パートナーに押しつけている奥さんとも言える。

奥さんって表現、今は駄目なんだっけ？　昔の小説ばかり読んでいると、言葉遣いが古風になりがちだけど……、こんな大奥までありそうな場所で、奥さんが駄目？　奥様は？　奥様は魔女なら？

結婚願望がないので（将来の夢はお嫁さんというタイプじゃない私であることを、紙面を割《さ》いて主張する必要はないだろう）、究極的には私はこの議論の部外者かもしれないけれど、奥さんが駄目で妻が

オッケーというのも、正直、釈然としない……、刺身に対する妻と、辞書では同じ項目にあると思うのだが。でもまあ、刺身が大根より格上というのも偏見か。

いずれにしても、羸おじいちゃんと絆おばあちゃんの夫婦関係に、うるさく口出しする権利は私にはない。

「初めまして……、お会いできて光栄でございます、羸おじいちゃん、絆おばあちゃん」

馴れ馴れしい口調の羸おじいちゃんと、無口で突《つ》っ慳貪《けんどん》な絆おばあちゃんに対して、どうリアクションするのが正解か計りかねたので、間を取るような中途半端《ちゅうとはんぱ》な挨拶になってしまった。

光栄でございますも何も、ほんのついさっきまで、名前も知らなかったふたりである。とってつけたように親しげに、おじいちゃんおばあちゃんと呼ばれても、面食らうだろう。

距離感が難しい。

「うん。いい声だね、友の子供の頃にそっくりだ。子供の頃の声しか、余は知らんがね」

茶化《ちゃか》すようにそう笑って、

「雪洞もご苦労。下がっていいよ。部屋の外で控えていなさい」

と、私のすぐそばで、足を崩すことなく、姿勢良く立っていた雪洞さんに、羸おじいちゃんは声をかけた。

「はい。かしこまりました、お館《やかた》さま——」

「あ、ちょっと待って。雪洞さん、一緒にいて」

御簾の向こうの羸おじいちゃんに、お辞儀をする雪洞さんを、咄嗟に引き留めてしまった。去ろうとする人をつい引き留めてしまう癖《くせ》でもあるのか、私には。

別れ下手か。

しかし潤おばさんを引き留めたときと違って、今回は切実だった。こんなところにひとり残されたら、命の危険がある。そう匂わせたのは、他ならぬ雪洞さんじゃないか。

「はあ――いえ、そう仰られましても、盾さま。ここは家族水入らずの――」

「お願い。いないものと思っていただければって言ってたじゃん。わかった、いないと思うから、ここにいて」

無茶苦茶な理由をまくしたてつつ、私は雪洞さんのスカートの裾《すそ》を、皺《しわ》になるくらいつかんだ。決して逃がさないという強い意思表明だ。どうしても去りたいのであればスカートを引きちぎって逃げるがよい。

こんな   なりふり構わぬ引き留めをするくらいだったら、さっきおぶってもらっておけばよかったと思わなくもないが、私の気持ち的には、あのとき我慢した借りを、今返してもらおうとしている感じである。

我ながらなんて勝手だ。

「――お館さま」

「いいよ。構わない。孫のそばにいてやってくれ――どうせ、そんな込み入った話をするわけじゃないしな」

果たして、雪洞さんが『お館さま』にどう申し出るつもりだったかは定かではないが（『お孫さんに一言注意してあげてください』だったかもしれない）、先回りするように、羸おじいちゃんはそう言った。

そして、真横の絆おばあちゃんに、

「構わないよね？　母さん」

と問うた。

伴侶《はんりょ》のことを母さんと呼ぶのか。まあ、ママが絶縁されていると言っても、長男である直おじさんとは、クーデターを起こされたり引退に追い込まれたりしつつも、親子関係は現役なわけだし、そこは不思議ではない。

問われた『母さん』は、

「…………………………………………………………」

…………………………………………………………

…………………………………………………………

…………………………………………………………」

と、返答した。

いや、無回答みたいな返答だが、何も言わなかったということは、お許しが出たと思ってよいのだろう。

雪洞さんは「ありがとうございます」と、ふたりにお辞儀をしなおしてから、私のほうを向いて睥睨《へいげい》するように見下ろして、

「今度だけですよ」

と、厳しい表情で言った。

うん、打ち解けてこれて何よりだ。

私は彼女のスカートをつかんだまま（逃がしてなるものか）、祖父母のほうへ視線を戻す……、戻したところで、御簾の向こうが透けて見えるわけじゃないのだが。

しかし、なぜ顔を隠す？

これじゃあ折角じかに会っているというのに、リモート通話と大差ないのでは？　実際にはリモート通話以下だ。顔が見えないのだから。孫の顔を見たかったわけではないにしても……、隠す理由はなんだ？

単に、権威を示すためか。

このシチュエーション、如何《いか》にも大物への謁見という感じだし……、別に、もうその点を蒸し返してあーだこーだ言うつもりはないが、私は自ら望んでここに来たわけじゃないのだから、あえて祖父母の顔を見たいわけでもないのだけれど、それでもこうも露骨に隠されると気になってしまう。

ママに似ているのか、とか……。

どんな髪で、どんな瞳なのか、とか……。

普通に計算すれば還暦を超えているであろう夫妻だ、白髪と考えるのが妥当だろう。それとも、青い髪は、歳を重ねても青いままなのだろうか？

嫁入りなのか婿《むこい》入りなのかも、私は知らないわけ

で……、ママが『特別な子供』扱いされていたことを思えば、このふたりに『青の時代』はなかったと想像するのが妥当だろう。

遠ちゃんと近ちゃんを直前に見たから、やや尺度が揺らいでしまっていたけれど、やっぱり玖渚本家をしても、青髪碧眼はレアケースなわけだ。

だからどうということでもない。ご乱心風に駆けよって、御簾をめくって、自分の推測を確認しようとも思わない。

ないのだが、しかし逆に言えば、祖父母もまた、その点で、私にこだわっていないということでもある。

御簾越しに見る私の、髪の色や目の色を確認しようとしているわけじゃない。むろん、人類最強の請負人に依頼するにあたって、私の顔写真くらい入手しているだろうが……、ヘアカラーやカラーコンタクトで、目立つ特徴を隠している可能性だって考えられる以上、直接、近距離で確認しなければ、断定できないことである。

玖渚友の娘ゆえに、玖渚盾も『特別』かもしれないと考えて、チェックするために、呼び寄せたわけでもない……。

「…………………………………………………………………………」

マジでなんの用？

いきなり絆おばあちゃんの影響を受けて、圧の沈黙をしちゃったよ（半分の圧力も出せなかったけれど）。

まるっきり意図が読めない。家族水入らずでしかできない密談をしたかったにしては、雪洞さんの同席を、あっさり許したし……。

パパの戯言シリーズその28。

意図を見逃すな。もつれているように見えても、編んでいるだけかもしれないのだから。

意図と言えば、もうひとつあった。

パパの戯言シリーズその59。

赤い糸で、人生は結ばれる。

普通のことを言っているようでいて、たぶん『結ばれる』というのが、人生の終わりを表現しているのではないかと、文系脳では読み解ける……、『赤い糸』が『赤い意図』の掛詞《かけことば》であるなら、パパの潤おばさんに対する、無意識下の怯懦《きょうだ》を感じなくもない。

あとは、『懐かしの糸遣い』に対する、無意識下の……。

「さて、孫よ。それでは本題だが」

と。

私が出方を迷っていると、嬴おじいちゃんが、もう十分に場はあったまったとばかりに、そう切り出してきた。

いや、十五年のときを経て、ようやく邂逅した祖父母との初対面であることが前提ならば、まだぜんぜん、お互い打ち解けていないけれど……、メイドさんと違って。絆おばあちゃんの声、一言も聞いていないよ？ しかし私の内心の戸惑いに構わず、

「他でもない、孫よ。おじいちゃんから折り入ってお願いがあるんだ」

と、続ける。

秒刻みのスケジュールで動くビジネスマンが、食事の隙間《すきま》を縫って、喫煙所でミーティングをするときのように、単刀直入に。

「我が機関が宇宙に飛ばしている、九つの人工衛星を修理して欲しいんだが、すぐにやってもらえるね？」

ことはざっくり二十年前に遡る。

私が生まれるよりもずっと前のことだ。私には一切関係のない出来事だ。家族関係が生じる以前の歴史である。

今から約二十年前、玖渚機関の直系であり、青髪碧眼の『特別な子供』、玖渚友が五年以上にわたる逐電から帰還した――玖渚直が実親である玖渚贏に対して起こしたクーデターが成功裏に終わり、絶縁されていた青色サヴァンに、帰るべき椅子が用意されたのだ。

もちろんIT部門トップの椅子だ。

しかし、これまでも軽く触れていたように、この帰還は、ごく短期間のことだった。どうも兄である玖渚直は、それを承知の上で、絶縁されていた妹を連れ戻したらしい……、と言うより、妹を、ほんのわずかの間でも玖渚機関へと回帰させるためだけに、クーデターを起こしたと言ったほうが、事実に即しているかもしれない。

その辺りの詳細は伏せられているけれど、当時、十九歳の玖渚友は、その特別さゆえに、『寿命』を迎える恐れがあったそうだ。だから実兄からの最後のプレゼント、あるいは冥土《めいど》の土産としての、椅子だったのかもしれない。

もちろん、私がこうして生まれていることからもわかるように、結論だけ言うと、ママは死ななかった。そこにはパパの八面六臂《はちめんろっぴ》の大活躍があった、と言いたいところだが、よく知らない。はっきりしているのは、その救命の代償に、またしてもママは玖渚機関を辞めることになったという顛末《てんまつ》だけだ。

回帰ならぬ回折である。

今度は家出じゃ済まない。

出戻りの娘は、生命の代わりに、青髪碧眼を失ったのだから。

もうママは、『特別な子供』じゃなくなったのだから——ありふれた言いかただし、自分の母親に対してこういう決まり文句を言うのは気恥ずかしくて面映ゆいけれど、『少女は大人になったのだ』。

が、ここで注目すべき重要事項は、パパとママの、実の娘としては目を背けずにはいられないほんわかしたラブストーリーではなく、要は玖渚友は、ほんの短期間とは言え、玖渚機関で仕事をしたことがあるという事実である。

お嬢様育ちで、働いたことなんておよそなさそうなイメージのママだけれど（悪事を働いたことはある）、ちゃんと社会経済を回すために、わずかながら貢献していた時期がある。

見直したわ、ママ！

だけどそれが問題だった。社会問題だった。

ＩＴ部門のトップとしての在職期間中に手掛けた数少ない仕事のひとつに、人工衛星の打ち上げがあった——九州地方の種子島《たねがしま》から、九つの衛星を打ち上げた。

名前はそれぞれ、壱外《いちがい》、弐栞《にしおり》、参榊《さんざか》、肆屍《しかばね》、伍砦《ごとりで》、陸枷《ろくかせ》、柒名《しちのな》（仮）、捌限《はちきり》、そして玖渚《くなぎさ》——名目上は地球周辺に撒《ま》き散《ち》らされたデブリをレーザーセンサーで観測し、速やかに回収するための宇宙版ロボット掃除機。社会貢献ならぬ宇宙貢献と言うか、いわば環境保全のための、ＡＩが組み込まれた制御不要のドローン装置という触れ込みだった。

名目。触れ込み。

そんな怪しいワードから推測可能であるよう、これはあくまで、プレゼン資料を作成するとき用の発射目的であり、エンジニアであるママが設計した真の目的は他にあった。

人象衛星《にんしょうえいせい》。

それが九つの宇宙ドローンの正式名称だった。

え？　気象衛星じゃなくって？　そう、気象衛星じゃなくて、人象衛星。その実態を知れば、いっそ現象衛星とまで言ったほうがいいのかもしれないけれど……、気象衛星が地球上の気象を観測するように、人象衛星は、地球上で、人が起こす現象を観測する。

超々高々度のレーザーセンサーで、周回軌道上のはるか高みから、宇宙ゴミではなく、人混《ひとご》みを観測するのだ。

地表を撮影するなら既存の観測衛星や軍事衛星で事足りるが、当時のママが欲したのは、地図を作るための映像ではなかったし、戦争のための連携でもなかった。そういうことができる技術もオプションで搭載されてはいるものの、あくまでサブであり、計測しようとしたのは、人流だった。

人流。文字通り、人の流れ。

気象衛星が雲の動き、風の流れ、気温や降水を観測するように、人象衛星は、人の動き、人の流れ、体温や出生を観測する――ご存知の通り、現代でさえ、携帯電話会社のたゆまぬ協力によって、ようやく近似値が出せるような数値である。交通系ICカードが全国的に出回る以前――ビッグデータの重要性を、個人情報の価値を、位置情報を知られる危険度を、まだ一部の賢い、または悪賢い人間しか気付いていなかった二十年以上も前に、ママはそれらの観測装置を、誰も手を出せない宇宙空間に設置したのである。

何のために？　どうして？

ママにしてみれば、確たる理由があったわけではなく、余生を使った余技余芸だったのかもしれないが、あるいは不義理を続けていた玖渚機関への置き土産だったのかもしれない。IT部門トップの椅子が兄からの冥土の土産なら、九つの人象衛星は、兄への置き土産――置き土産と言うには遥か上空に浮かんでいるけれど。

そして宇宙デブリならぬ、そして世界遺産ならぬ、宇宙遺産と言ったところか――いずれにしてもママはその後、闘病生活の末に生き延びたのだから、締まらない話である。

その後、ママは玖渚機関から完全に抜けて、パパと結婚したわけだけれど、二重の意味で宙に浮いたままの人象衛星は、そのまま玖渚機関によって運用され、明に暗に、満天の星に混じって、運営されている。

人がどういう場所に集まり、どういう時間に移動し、何を欲しがり、何から逃げ、誰と会い、誰の下に集まり、どの場所から離反し、どの場面へ帰還し、どんな速度で進み、どんな家にとどまり、どんな病院に入院し、誰と生き、誰と死ぬか——そのすべてをデータベース化し、アルゴリズム化し、それらをサブスクリプションのように好きなように引き出せるのだ。

なにせ、山奥どころか建物の中にいる人間さえ、どころか地下の防空壕《ぼうくうごう》に隠れている人間さえ感知できる高感度センサーで、世界中の人類を見守っているのだ。携帯電話を持っていなくとも、位置情報発信装置を持っていなくとも、人の形をしていれば、それで感知される。

小説で言えば、『神の視点』で世界を語れるようなものだ。

軍事衛星よりもよっぽど危険性にあふれ、気象衛星よりもよっぽど利便性を有する……、しかもAIは自動的で、完全に自律している。宇宙デブリをエネルギー源とするこの自動運転にパラドックスはない。

このおおよそ二十年間、ママが残したその九つの衛星が、玖渚機関のただならぬ支配力を、更に増大させたことは間違いがなかった。

善行にも使えるし、悪行にも使える。

何よりお金儲《かねもう》けにはうってつけである。

他企業や政府が観測気球を上げて世間の声を慎重に拾う遥か以前に、人流の観測衛星を打ち上げ、全人類の声なき声をひとつ残らず集めていたと言うのだから——唯一、とても些細なことではあるものの、これって法律的にどうなの？　という点が気に掛かるところだが、観測者効果が生じると精密な解答が導き出せなくなる恐れがあるから、よくある宇宙掃除機の名目で打ち上げようというのが、倫理観に欠けたマッドサイエンティスト、つまりママの提案だったそうだ。

惚れ惚れするね、ママ。

まあ玖渚機関はどちらかと言うと法律を制定する側の組織なので、そこはあまり心配しなくてもよいらしい。いくらでもクリアにできる。よかったよかった。

だから事実上、問題はなかった。問題は起きなかった。この二十年間一度も——しかし、自動運転のパラドックスの解決策が、この矛盾なき人象衛星にとっては、とんだ妨害電波になる。

経年劣化で寿命が訪れた。

九つの星の死だ——厳密にはすべては死んでいないそうだけれど、まともに働いている衛星は、九つのうち半分もないらしい。送られてくるデータは乱れ、正確性がなくなり、確実性に欠け始め、アルゴリズムも適切な答を導き出してくれなくなってしまった。

今はまだ、分析官の手で、バグや文字化けの修正がかろうじて可能だそうだけれど、もう終焉《しゅうえん》が見えている。

元より二十年前もの古びた技術が、現役で運用できていたことが驚愕《きょうがく》の極みなのだ。玖渚機関のボーナスタイムは終わり、逐電した娘の遺産は、こうして今年、運用を終える——

「——と、言うのが専門家委員会の見方だが、諦《あきら》めるのはまだ早いと、余は思っていてね。きっちりメンテナンスをおこなえば、まだまだ長期運用が可能だと思っている」

羸おじいちゃんは、何も知らなかった私に人工衛星に関しての説明を一通り終えて、そして最初の台詞を繰り返した。

「だから孫よ。修理してくれ。友——お前のお母さんの作った人工衛星を。必要な機材はこちらでいくらでも準備する。手足がいると言うのであれば、人数も」

あんぐりと。

開いた口が塞がらないとはこのことだった……、このときばかりは、お互いの顔が御簾で遮られていてよかったと思ったくらいだ。

初対面の祖父母に間抜け面を晒すところだった。

雪洞さんのスカートを握る手に、力がこもってしまう。もしも私が怪力の持ち主だったら、引きちぎってしまっていただろう。

マジか。

この老人、十五歳の孫を相手に、ビジネストークを？

いや、わかる。わかりますとも。

玖渚機関に限らず、そしてIT企業に限らず、多くの会社、そして組織が抱える切実な問題である……、高度に発達した科学は魔術と区別がつかないと言うけれど、経済活動の基幹部分に取り入れたシステムを、特定のエキスパート以外誰も理解できず、下手に触ることすらできないという笑い話みたいなことが、実際に起こりうるのだ。

外注してしまったプログラムのメンテナンスやアップデートが、社員の手に負えず、また開発者以外の誰も根っこのところを扱えないため、ずっと同じ特定の一社に、あるいは高額で、依頼し続けるしかない。

別にいいじゃないか、それの何が問題なのかと思われるかもしれないけれど、それでは経済界に健全な競争が起きず、独占禁止法やら何やらに抵触する恐れもあり、そうでなくとも、テクノロジーの進歩にさえ、結果的に支障をきたしかねない……、ママのすごさを思い知るのは娘として、一種痛快な快感でもあったけれど、マジな話、二十年も前に彼女が本業の余技で作ったようなお遊びの人工衛星が、今も通用し、必要とされているという事実自体、異様であり、不健全とさえ言えるだろう？

パパの戯言シリーズその93。

己で修理できないものを手放せ。

それが己の心でも。

これもマジで言ってんだけれど、みんな、自分で直せないどころか、理屈のわからないものを使いまくっている……、『スマートフォンが普及していなかった頃、どんな風に生活していたか想像もつかない』なんてよく言うけれど、それって無茶苦茶やばいことが起きていないか？　それこそスマートフォンが普及していなかった頃の人類が、そんな未来を予言されていたら、全力で回避しようとするんじゃないだろうか。

もっとも、後戻りはできない。

なんかいまいちよくわかんない技術で不安だからと言って、みんなで一斉にインターネットをやめましょう、とはならない。みんなで一斉に核兵器を放棄しましょう、とはならないように。

手放せませんよ、お父さん。

というわけで、理屈はわかる。物わかりのいい娘である私には、そして青色サヴァンの娘である私には。

地球上の全人類の動向を詳細に把握できる特権的優位を、究極の不平等条約を、玖渚機関が放棄できるはずがない。どうにかして現状を維持したい。なんならこのピンチをチャンスに変えたい。転んでもただでは起きたくない。ちょっと衛星が駄目になっちゃったみたいだから、プランBに移行しましょうか、なんて、会議で冗談でも提案したら、クビになるどころか、三代先まで路頭に迷う羽目になるだろう。

それに、いくら玖渚機関が横紙破りがお得意とは言っても、同じようなアルゴリズムを、他の方法で構築しようというプロジェクトを立ち上げるのは無理がある。なんだかんだ言って、やっぱりその昔に打ち上げた衛星だからこそ、運用が許されていたところは否定できない……、潤おばさんの乗るモンスターマシンが、シートベルトなしで公道を走っていいのは、あれが旧式だからだ。冷静に考えたら、なんでシートベルトをしなくていいのかわからないし、道路交通法がもつれているとしか言いようがないのに。

更なる最重要事項は、エンジニアであり、またハッカーでもあった当時のIT部門トップ、玖渚友にすら、それらの老朽化した人工衛星を、修理することはできないということだ。

ママも引退して長い。

あるいは人工衛星以上に老朽化している。とても幸せなことに、ママは歳を取った。『特別な子供』をやめて、大人になった。

天才は二十歳を過ぎて、ただの人になることができた――だから、デジタルリテラシーがアップデートされていない。皮肉にもエンジニアだったママのほうが、現代の技術についていけないのだ。

それは祖父母もよくわかっている。

わかっているからこそ――私を呼んだ。

「聞いているぞ、孫よ。お前は余の娘から、つまりお母さんから、機械に触れることを禁じられているんだって？」

「……はい」

かろうじて返事をする。沈黙に耐えきれなかった。と言うより、このシチュエーションに。この圧迫面接のようなシチュエーションに。

家族団欒？　いやいや。

これは団欒ではなく――談合だ。

「そうだろう、そうだろう。前情報通りだ。大罪を犯したハッカーが、刑務所やその後の保護観察期間において、パソコンに触れることを禁じられるように――お前が只者《ただもの》でないことはわかっている。なにせ余の孫だしな。そして友の娘だ」

「…………」

ママの絶対法則。

機械に触るな。

「本来は余の娘がするべき不始末の始末だが、それができないというのであれば、親の因果《いんが》が子に報いるしかないだろう。いや、お母さんと連携を取ってくれてもぜんぜんいいのだがな。もちろん、これはお前にとって悪い話でもないぞ。不具合をきたしている人工衛星を、ひとつでもメンテナンスすることに成功したならば報酬ははずむぞ、月面宙返りのように。奨学金に頼らず好きな大学に進学することもできるし、逆に、一生遊んで暮らすこともできる」

はっはっは。

そりゃお年玉どころじゃないね。

ああ、なんてことだ。

これは就職活動だったのか……、大人の事情で長らく分断されていた、祖父母と孫の触れ合いではなく。

感涙しながらハグし合うようなホームドラマを期待していたわけじゃまったくなかったけれど、しかしこんなの、『八つ墓村』でもなければ『犬神家』でもない。

お仕事ドラマだったなんて。

まさか世界遺産に呼び出されて、ご立派な企業理念を聞かされるとは思わなかった……、エントリーシートを書いた憶えもないのに、入社説明会に紛《まぎ》れ込《こ》んでしまったみたいな気分だ。

またはカスタマーセンターか？

ママへの苦情を私が受け付けているのか？

そう言えば、冒頭で面接試験みたいに確認したきりで、嬴おじいちゃんは私の名前を呼びもしない。

そこは大して重要じゃないと言うように。孫という、情実採用をアピールするばかりだ。本来なら、と言うか、最初はママに頼むつもりだったみたいなことをさらっと言っているのも怖い。

対立し、家出し、駆け落ちし、家出した娘に対して、能力さえあればまた玖渚機関のために働いてもいいよと、これを機会に雨降って地を固めるみたいなことを……、もしかしてこの人達、絶縁の意味、わかってないの？

「………………………………………………」

………………………………………………

………………………………………………

………………………………………………

絆おばあちゃんは、その間、ずっと沈黙を保っている……、夫の発言をフォローしたり、やんわりとわかりやすく言い替えたりしない。

パパの戯言シリーズその61。

黙っているのは、賛成しているのと同じ。

あるいは、死んでいるのと同じ。

「突然の申し出であることは承知している、じっくり考えるといい。その間に正式な契約書を用意させよう。印鑑は持ってきているか？　まあ、結論は決まっていると思うがね」

「……確かに結論は決まっています、考えるまでもなく」

印鑑のくだりは冗談だったのかもしれないけれど、私は言った、沈黙せず。雪洞さんのスカートはしっかりと持ったままだが、御簾ごしに、羸おじいちゃんをまっすぐに直視して。

「やりません。できません。触れません」

「……？」

シルエットでも、羸おじいちゃんが首を傾げたのがわかった。立場上、不慣れなのかもしれない……、名誉機関長として提示した条件を、辞退されるという事態に。

命令に逆らわれるという事態に。

息子にクーデターを起こされておきながら、なおそうだというのだから、本当、人間っていうのは、変わらない……。

長きにわたって人類を見守る神々みたいなことを、私は思った。実際に、長きにわたって人類を見守っていたのは、ママの作った九つの人工衛星だったたにせよ。

「嬴おじいちゃんは誤解しています、たぶん絆おばあちゃんも。私はママと違って――ママの若い頃と違って、コンピューターのエキスパートなんかじゃありません。『特別な子供』なんかじゃないんですよ？」

この髪と目を見ればおわかりでしょ、と言いかけたけれど、そうか、御簾で見えていないんだったか……、あるいは、老眼鏡が曇っておいでなのかもしれない。

「蛙の子は蛙と言いますが、『特別な子供』の子供が『特別な子供』とは限りません。と言うか、違います。いけてる二世タレントも大勢いますけれど、私はそのタイプじゃないんですよ。ママが私に機械に触ることを禁じているのは、私が卓越したハッカーだからじゃなくって、単に、自分と同じ間違いをしてほしくないからなんです」

ママは十代の頃、道を外れた。

コンピューターを使い、仲間を募《つの》って『チーム』を結成し、電子の世界で悪事の限りを尽くした。当時は新しいテクノロジーに法が追いついておらず、規制されていなかったところも多いとは言え、倫理観に沿った超党的な社会貢献だと思いながら、ママ達は活動していたわけではないだろう。

「公平に見て、ティーンエージャーの頃の玖渚友はいっぱしのワルでしたし、だからこそ一人娘を、ありとあらゆる機械から遠ざけたんです。娘を、悪に染めないために」

パソコンから、ワークステーションから、携帯電話から、液晶タブレットから、アプリから、ハイテクカーから、スマートスピーカーから、テレビジョンから、メインフレームから、電子マネーから、タッチパネルから、航空機から、電子書籍リーダーから、ウォークマンから、粒子加速器から、ネット通販から、ハードディスクレコーダーから、鉱石ラジオから、プレイステーションから、マザーコンピューターから、ＤＴＭから、アップルウォッチから、サイクルコンピューターから、３Ｄプリンターから、ブルートゥースから、空撮ドローンから、炊飯器から、自動ドアから、プロジェクションマッピングから、カメラ付きの自動販売機から、ＡＩ搭載接客ロボットから。

宇宙船から、遠ざけた。

まるで性教育に敏感な教育ママのように、愛娘《まなむすめ》をポルノから遠ざけるごとく、私を機械という機械から遠ざけた。

同じ失敗をしてほしくない、と。

一時期、ありとあらゆる金属に触れることさえ禁じられていたけれど、さすがにそれは行き過ぎで日常生活に支障をきたすと、パパと喧嘩になった結果、まあ、旧式のクラシックカーには乗れる程度の妥協案に落ち着いたというわけである。

「あなた達の孫は極めて凡人です。残念ながらね。そしてそれを心から誇らしく思っている、正しい道を歩んでいると感じているから。何の取り得もない、どこにでもいる女子高生であることで」

だから断る。たとえ大金を積まれても。

たとえ命を脅かされても。

なにもママの絶対法則を、必ずしも意固地になって遵守しようとしているわけでもない。また、仮にポンコツになったスーパー監視カメラをメンテナンスできる技術が私にあったとしても、ここは固辞しなければならない場面だ。

言ってしまえばその九つの人工衛星は、ママの十代における最後の仕事であり、法を超越した悪事の集大成みたいなものである——始末をつけないことこそが、娘としてできる唯一の貢献だろう。

「ではこれにて失礼します、嬴おじいちゃん、絆おばあちゃん。会えてよかったって感じじゃいまいちありませんでしたけれど、あえてそう言っておきましょう。こういうお話以外でしたら、いつでも連絡してください、携帯電話は持ってませんが。老婆心ながら忠告させていただきますと、その人工衛星に関しては、もう余計な手出しはせずに、そのまま放っておいたほうがいいですよ。あるいは、戦術核で撃ち落とすとか。それで世界から、核兵器が一発なくなりますし……、なまじ拘泥し続けると、たぶん、ロクなことになりませんから」

そう言って、私は雪洞さんのスカートを手がかりに、立ち上がった。正座せずに、足を崩していてよかった。

痺《しび》れてないから、すぐに立ち去れる。

足も。脳も。

一日目(4)————九つ墓村

0

攻撃は最大の敗北。
特に先制攻撃は。
(パパの戯言シリーズその11)

1

十五年会わなかった孫を、あろうことかビジネスパートナーとして自陣に招こうとした祖父母に、がつんとかましてやった私が、玖渚城を悠然と立ち去り、その後、新快速に乗って京都の実家に帰り、パパとママにちょっと聞いてよ酷い目にあったんだから主にママのせいでと愚痴ったというのが本章で描かれる展開だったら、それはそれでホームコメディだけれど、大方の予想通り、そうはならなかった。

そもそも、私は新快速には乗れない。新幹線にもだ。トロッコならまだしも、現代の電車には、コンピューターが組み込まれているので……、自分で操縦するわけではないゆえに一両目でなければセーフという解釈もできるから、ママの目の届かないところでこっそり乗ったことがないとまでは言わないグレーゾーンだけれど、実家に帰るときに使うのはNGである。

そんなわけで私は、玖渚城地下の座敷牢《ざしきろう》にいた。

座敷牢。マジか。

そんな設備があるのか、世界遺産。

いや、半ば隠居したとは言え企業人である蠃おじいちゃんの名誉のために言っておくと、目上の親族に逆らった罪状で、孫が地下牢にぶち込まれたわけではない。断じてない。

その昔、パパとママは、とある秘密の研究所の牢屋に閉じ込められたことがあると、ふたりの共通の友人から聞かされたことがあるが(その友人も一緒に閉じ込められたらしい)、この場合、私は自らの意思でこの座敷牢でくつろいでいる。

さながら空条承太郎《くうじょうじょうたろう》のように。

順を追って説明しよう。玖渚盾だけに。

これが映画だったら、確かに傲慢な老人からの誘いをぴしゃりと断った若者は、次のシーンでぱっと実家に帰っていてもおかしくはないけれど、残念ながら現実の世界では、場面転換なんて便利なシステムはない。

現実は絶え間なく継続する。就寝中ですら。

私の無礼千万な言葉を受けて、果たして、羸おじいちゃんは、

「まあまあ、そう結論を急ぐものじゃないよ、孫よ。若いっていいねえ。どうやらなぜか怪我をしているみたいだし——しゃっきり立ったつもりだろうが、ふらふらしているぞ——、折角だからゆっくり休んでいきなさい。話し合いはまた改めてということでいいだろう、詳しい資料も見たいだろうしね。雪洞、孫に食事と風呂《ふろ》と寝床を用意してあげなさい。着替えもね」

と、特に気分を害した風もなく、子供のわがままをいなすようにそう言って、私からのリアクションを待つこともなく、雪洞さんにそう振った。

「かしこまりました、お館さま。抜かりないように致します」

雪洞さんがそう頷《うなず》いてしまったら、私が退城するわけにはいかない——無理を言ってここにとどまってもらった雪洞さんだ。

彼女のお澄まし顔は潰《つぶ》せない。

なるほど、うまいね、元機関長。

この辺は企業人や二十四時間働けるビジネスマンと言うよりも、さながら政治家の手腕とも言える……、きっぱり断ったはずなのに、のらりくらりとかわされてしまった。

若人の意見が通らない。

まさかそのために、雪洞さんの同席を許したわけ

じゃあないだろうけれど、そうじゃないかと疑ってしまうほどにはポリティカルだ。そうじゃなくても、スカートを一心不乱に握っておきながら、「メイド修行中のあなたの評価がどうなろうと、私の知ったことではありません」とは言いにくい。

気のいい私には。

忸怩たる思いではあるけれど、交通事故の怪我が完治していないのも本当だ。当たり前である、私が真っ赤なスーパーカーに轢かれてから、正味、まだ半日も経《た》っていない。

寝ていいのなら寝たい。大の字で寝たい。

少なくとも、今のボディコンディションで、徒歩で京都まで帰るなんて、伊能忠敬《いのうただたか》でないと無理だ。たかだか私では無理だ。

「では、また後日、体調のいいときに、いいミーティングを。謙遜《けんそん》なんてしなくていいんだよ、冷静に考えたら、余の頼みをきいたほうがいいとわかるはずさ。こちらも報酬は勉強しよう。エクセシオール！」

マーベルファン？ そうとわかっていれば、もっと別の話ができたかもしれない——いや、事前調査で、私の就職希望先の大きなひとつがマーベルコミックスであることを知っていたのかも。私がママの言いつけで、機械に触れないのを、知っていたのと同じように。

もしかすると、カフェのファンなのかもしれないけれど……、それにしたって、肝心のところが調査されていない。

私はママと違って機械のエキスパートではなく、それゆえに機械への接触を禁じられているわけではないと、あんなにはっきり言ったのに、それでも伝わっていない。

謙遜？ 確かに私は慎ましい人間だけれど、できることをできないと言ったりはしない。が、『私はママ以下の欠陥製品です』という言葉を、繰り返す気にはならなかった。

孫を買収しようとする祖父相手には。

ゆえに議論は再燃することなく、そして私と祖父母との、熱烈なハグもエアキスもない、御簾越しの面会は終わったのだった。

消化不良に終わったのだった。

あまり後味がよいとは言えないけれど、少なくとも羸おじいちゃんと（結局、終始無言だった）絆おばあちゃんは、孫を座敷牢にぶち込めと、雪洞さんに命令したわけではない。

ゲストルームはあらかじめ、玖渚城の三階に用意されていた。食事も着替えも寝床も、純和風の高級旅館のように整えられて――メイドさんが優秀なのか、それとも、最初からこういう計画だったのか。

つまり、私がうんと言うまで、この城から出さないつもりだったのか……、何日貸し切りにするつもりなんだ、世界遺産を。

夏休み中？

「それではおやすみなさいませ、盾さま。お近くに控えておりますので、ご用がおありの際は、お手元の鈴を鳴らしてお呼びくださいませ」

雪洞さんは、まだ応急処置段階だった私の、お風呂上がりの傷口に、清潔な包帯を巻き終えてからそう一礼して、客室から退室していった――おやすみなさいを言うにはまだ早い時刻だったが、歴史的建造物である玖渚城には電気というインフラは完備されていない。シーリングライトなんて望むべくもない。

だからと言って、世界遺産の内部で、綿密な時代考証に則《のっと》り、燭台《しょくだい》に松ヤニで火を灯《とも》すわけにはいかない。あの哀川潤でさえ崩壊させることをよしとせず身を引いたと言うのに、まさか現存する数少ない天守閣を全焼させるわけにはいかない。京都人として、ここを二条城とおんなじにしてやりたいという気持ちはないのかと責められるかもしれないけれど、歴史を重んじる気持ちは、我々はどの都道府県民にも負けない。

注・奈良県と佐賀県を除く。

まあ最悪火をつけて逃げるという手はあるとしても、この城から今すぐ、何が何でも無理をして脱出しなければというような空気でもない。命の危険はなさそうだ……、むしろこの満身創痍で無理をするほうが命にかかわる。全快するまでとは言わないにしても、ひとりで立って歩けるようになるまでは、養生したほうが利口である。

まったく、潤おばさん。

交通事故はギャグじゃ済まないよ。

そんなこんなで私は、早めに布団に這入ったのだが、うまく寝られなかった。枕《まくら》が変わると寝付けないというようなデリケートな人間ではないつもりだけれど（そうでなければ、寮生活でルームシェアなんてできない）、高級過ぎるゲストルームが逆に落ち着かないのか、あるいは縫合が疼《うず》いて落ち着かないのか。

それとも、一丁前に傷ついているのか。

縫合できない心の傷か。

突っ張っているようでいて、そんなことがあるわけないとわかっていながら、祖父母との感動の出会いを、切望していたとでも言うのだろうか——そんな切望が裏切られてショックを受けているのか？

ママの両親ならあんなところだろうに。

むしろ想定していた最悪よりはマシなくらいだ——最悪のほうがよかったというのはいくらなんでも贅沢《ぜいたく》だろう。

「……散歩でもしよっかな」

鈴を鳴らしてメイドさんを呼び、眠くなるまで少牌《しょうはい》マイティに付き合ってもらおうかなとも思ったが、この城内に麻雀牌《マージャンパイ》があるとは限らなかったし（花札ならあるかもしれないけれど、ルールを知らない）、この時間からもうひとり面子《メンツ》を集めるのは難しそうである。

ならば高校生らしく、世界遺産の探索でもさせてもらおう。家系図もいいけれど、ミステリーと言えば、やっぱり見取り図だろう。お城の構造を利用した物理トリックが決まれば、江戸川乱歩賞《えどがわらんぽしょう》間違いなしだ。

本屋大賞にもノミネートされるかもしれない。

ちょうどいいや、夏休みの宿題で出されていた社会科のレポートのテーマはそれにしよう……、世界遺産のフィールドワーク。

夜歩く。

と言っても、最上階は『お館さま』と『女城主』のお部屋だろうから、探検ルートは階下に限られる……、天守閣から外に出るのはまずいかな？　刺股《さすまた》を持った城兵に取り押さえられるかもしれない、城兵がいるかどうかは知らないが。

パパから受け継いだそんな知的好奇心に勝てず、いや実際にはただの暇潰《ひまつぶ》しで、私は玖渚城の三階ゲストルームから、誂《あつら》えられた長襦袢《ながじゅばん》みたいな格好で、抜き足差し足忍び足で校外学習へと打って出て——それで最終的に辿り着いたのが、地下の座敷牢だった。

格子状の木製の柵《さく》と、石造りの部屋。部屋と言っていいのか、いっそ洞窟《どうくつ》のようでさえあるが……、いや、せいぜい壁龕《へきがん》だ。

壁龕……、碧眼？

武者隠しという小部屋を、城内に複数見つけたときにも驚いたけれど、あるんだ、座敷牢……、知識としては、それこそ時代小説とかでこういう設備を知ってはいたけれど、実物を見ると、ごめんなさい、ちょっと引いてしまうな……。

明かりがまったくない地下だから（まったく明かりがなければ見えるはずがないので、実際にはどこか石垣の隙間からでも、採光はされているのだろうが）そう感じるのかもしれないけれど、もっとも警備の厳重な刑務所でも、もう少しホスピタリティは行き届いているだろう。

ましてさっきまでいたゲストルームとは比べるべくもない……、格子にはぶっとい閂《かんぬき》が設置されていたけれど、錠はかかっていなかった。

これがコンピューター制御の電子ロックだったら、それでも私は指一本触れることはできなかったけれど、木製の閂をずらすくらいなら、ママも目くじらを立てたりはしない。

オッドアイの、右目でも左目でもしない。

格子状の扉を引いて、座敷牢の中に這入る。

自ら不気味な牢獄《ろうごく》に足を踏み入れるなんて、振り返ればおよそ正気とは思えないような行動だけれど、どういうわけか、それが自然なおこないのように感じたのだ。

ドン引きする空間だが、それでもなぜか、三階のゲストルームよりも、私にとっては居心地がよさそうに思えたのである。

これもパパの影響かな？

狭い場所のほうがよく寝られると言っていた。学生時代は四畳のアパートに住んでいたとか、富裕層のお屋敷に招待された際は物置で寝起きさせてもらっていたとか。

変なパパだ。そして私は変な娘だ。

椅子はないし、椅子になってくれるメイドさんもいないので、座敷牢の床、と言うか、ほぼ地面みたいな床に腰を降ろす。薄い襦袢じゃ腰が冷えるが、しかし打撲が冷やされるようで心地よくもあった。

真冬だったら凍え死《こごし》ぬかもしれない悪環境だが、夏ならば——いや、昼間は蒸《む》し焼《や》きになるかもしれない。しかし、西日が差す心配はなさそうだ。

今夜はここで眠ろう。

当たり前みたいにそう決めた。腰を落ち着かせたことで、気持ちも落ち着いた——いい夢が見られそうだと思った。

2

「お爺《じい》さまからの仕事を断ったの？　ひいさま」

体操座りのまま壁にもたれて（さすがに座敷牢で大の字になるほど、ふてぶてしくもない――世界遺産の座敷牢に、勝手に這入っている時点でふてぶてしいかしら）、うとうとしかけたところに、そう声を掛けられた。

ひいさま？

ＴＰＯを弁《わきま》えた古語と言うより、お城の中でももはや死語みたいな呼びかけをされては、目覚めざるを得ない……、とは言え、寝入りばなを起こされたところで、器の小さい私はつい睨《にら》むみたいに、声のした方向――格子の向こう側――を見てしまったけれど、その人物を目視したことで、はっきりと目が覚めた。

眠気が吹き飛んだ。

とにかくいつでも眠かった中学生時代、寝坊したときにママから叩き起こされた際の記憶が甦《よみがえ》ったからだ――もちろん、まるで看守――牢番《ろうばん》のようにいつからかそこに立っていたのは、ママではなかった。

玖渚友ではなく。

玖渚遠だった。

……玖渚遠、だよね？

セサミストリートに登場するビッグバードの、２Ｐカラーみたいな青のロングヘア……、明かりのない地下でも、そのブルーは、そのものが輝いているように、よく映えていた。

私を見つめる碧眼も。

暗闇《くらやみ》で光る肉食獣の瞳のように。

「どうも、遠ちゃん……、昼はろくに挨拶できなかったよね。遠ちゃんも眠れなかったの？　だけど人違いしてない？　ひいさまって……、私は」

「玖渚盾。誇らしき盾よね？」

先回りされた。

こういう場合はどうすればいいんですか、パパ。

「わたしは玖渚遠。玖渚友に程遠い者よ」

「……やば」

私を前に、青髪碧眼でそれを言います？　黒髪黒眼で機械に触れない娘が傷ついたらどうするのよ。これ以上傷ついたら。

「え？　じゃあ近ちゃんは、玖渚友にもっとも近い者なの？」

「そうね。わたしよりは近いかも」

つんとした顔で、遠ちゃんは、双子の妹をそう評した——なるほど、こうして話してみると、やっぱりママとはキャラが違うって感じだ。

青髪碧眼だった頃のママは、なんというか、かなり人なつっこい性格だったと聞いている……、行き過ぎた社交性というのも、一種のコミュニケーション不全だそうだが、格子の外の遠ちゃんからは、ママには決してなかっただろうものを感じる。

敵意。

の、ようなもの。

「けれど、近も決して玖渚友じゃないのよ、ひいさま」

「…………」

「近いということは、違うということ。同じように育てても、同じようにはならない。十三歳の頃の玖渚友は、実際にはもっと小柄だったと聞くしね」

言われてみれば、こうしてそばで見ると、第一印象のときほど、遠ちゃんは小さくなかった。あれ、もしかして、十三歳なのに、私よりも背丈がある？　少なくとも、アトラクションの身長制限には、引っかかりそうにない。

遠近感のトリックで、近くで見たら意外と圧倒されるサイズだったこの天守閣と、その観点からすると同じだ。

遠ちゃんがそうなら、近ちゃんもそうだろう。

「だから本質的には、玖渚近の『近』は、『近い』の近じゃないわね。『近親憎悪』の『近』かしら。

それとも『近親相姦《そうかん》』の『近』かしら」

もしかするとそれが双子の姉妹間でのお決まりのジョークなのか、つんとしていた遠ちゃんは、そこでくすりと笑った。そうして笑うと、『たけくらべ』の件はさておくとして、十三歳という年相応にも見える。

少なくとも十九歳ではないだろう。

もっとも、一人っ子としては笑えないが。

「お父さまはわたし達を、妹のように愛したかったようだけれど、残念ながら、デザイナーズベイビーの技術も、十三年前じゃあ、この辺りが限界というわけよ。当時と今じゃ、栄養状態も違うしね……、玖渚友のような偏食生活を、玖渚機関の内部で育ったわたし達は送っていないというのもある。もっとも、わたし達にとっておばさんにあたる玖渚友が機関にい続けてくれていたら、たとえ十三年前でも、もっと厳密なクローン人間は作り得たんでしょうね」

笑えない私に、笑顔のままで遠ちゃんは続けた

――デザイナーズベイビー？　クローン人間？　どういうSF小説の話だ？

近親憎悪――近親相姦。

「もちろん冗談《キディング》よ。あなたにとってはね、ひいさま。それに、わたし達姉妹を称するならば、デザイナーズベイビーではなくエンジニアリングベイビーと呼ぶべきだし、クローン人間ではなくドローン人間と言うべきだわ」

この座敷牢へも自動運転で来たようなものだし、と、遠ちゃんは周囲を見渡すようにした。彼女にとっても、ここは物珍しい空間なのだろうか？　お似合いの十二単衣を着ていても、まさかこの城に住んでいるというわけでもあるまい。

……じゃあ、なぜ呼ばれた？

直おじさんと、ふたりの娘は、この城に。

言うなら私の打ち合わせの席に。

「……近ちゃんは、一緒じゃないの？」

「あの子は櫓で就寝中。双子だからって常に一緒に

行動するわけじゃないの。お父さまの前では、それっぽく振る舞っているけれど。遠ちゃんと近ちゃん。ふたり合わせて、玖渚友の一人前って」

「……昔の、玖渚友でしょ?」

「そう簡単に切り捨てられるものじゃないでしょ、昔とか、過去とか、少年少女時代とか。若気の至りで済ませられはしないわよ、全人類を手中に収める人工衛星の打ち上げなんて」

いつまでもデビュー作で語られるベテラン漫画家みたいなものよね——と、遠ちゃんは意地の悪いエスプリを利かせてきた。

私が漫画編集者志望だって、そんなに知られてるの?

「だからわたしは、子育てママの玖渚友ではなく、あくまでも青色サヴァンを模《も》しているのよ。彼女のヒット作をね。そして近は、いわばインディーズ時代の活動の、《死線の蒼《デッドブルー》》のデッドコピーってわけ。うにー」


はいはい。

確かにママも、さすがに四十歳を越えてからは言ってないよ、『うに』とか『うにー』とか『うにっ』とか。パパが幼稚園児だった私に言わせようと無理《むり》強《じ》いしたことがあったけれど、断固として拒否した。思えばあれが、我が家の最初の児童虐待だ。

嫌なことを思い出してしまった。

「そう。わたしのお父さまは、今でも自分のことを『高貴な私』とか言ってるけれどね。あれ、娘として超恥ずい」

言ってたな。

私のことも、『高貴な私の高貴な姪っ子』とか。ご自身はともかく、私を高貴と言ったのは、直おじさんの、実妹に対する配慮だろう。

「ところで、何かご用かしら、高貴な直おじさんの高貴な遠ちゃん? 私も、いるって知らなかった従姉妹ちゃんと、是非仲よくなりたいんだけど、どう考えても、時間と場所を改めたほうがいいとは思わない？　明日の昼に三の丸広場に茣蓙《ござ》を広げて、近ちゃんと三人で少牌マイティやりましょうよ」

「どう考えても？　考えることに関して、あなたから指示を受けたくないわね、ひいさま。それとも、お姉さまかしら？　何も考えずに十五年も生きてきた癖に」

きついなー。

鈴を鳴らしてメイドさんを呼んで、助けてもらおうかな。ああ駄目だ、あの鈴はゲストルームに置いてきた。たとえ持っていても、地下の座敷牢で鳴らしたところで、その音色は届くまい。

「遠ちゃんと苦労を共有したいから言うんだけれど、玖渚友の娘として十五年間生きるのは、何も考えずにできるほど楽じゃなかったわよ？　ママに似てないことにかけちゃ、遠ちゃんよりも近ちゃんよりも、私のほうが上だわ」

似てなさに上下をつける意味があるとも思えないが、そのレースならば私が断トツだ。他の追随を許さない。

潤おばさんくらいだ、似ていると言ったのは。

そしてたぶんあの人は適当に言った。

「そうかしら、ひいさま？」

「ひいさまってのは、マジでやめてよ。ルームメイトには、ジュンチャンかタテチンって呼ばれてるんだけど。両方麻雀の役で、複合させることも――」

「あなたは玖渚友の娘。目の中にいれても痛くない、大事な大事なお姫さま。そうやって、誰に言われたわけでもないのに、それが自然みたいに安らかに、座敷牢に収まっているのがいい証拠よ」

興味のない人を麻雀に誘う虚《むな》しさを嚙《か》み締《し》めつつ、なんだって？　私がどうして座敷牢に、頼まれもしないのに自ら這入ったのか、その理由に心当たりがあると言うなら、是非教えて欲しいものだぞ？

そりゃあ座敷牢で安眠しようなんて、我ながら正気の沙汰《さた》とは思えないが……、当人にも不明なその理由を、遠ちゃんは知っているの？

「え？　ちょっと待って、冗談《キディング》でしょ？　本当に何も知らずに、ひいさま、自分自身を投獄してるの？」

「マジな話よ」

「……じゃあ、あなたの母親でありわたし達のおばである玖渚友が、生まれてからの十年間、その座敷牢で閉じ込められて過ごしたことを、知らないっていうの？」

3

知らない。聞いたこともない。

ママの若い頃の武勇伝に関してはパパから、そしてふたりの友達からあれこれ、あることないこと聞いているけれど、そんなエピソードは初耳だ——似たような話さえ聞いていない。

ただ、それをもって、だから嘘をつけと、遠ちゃんを糾弾することは難しかった。それこそ、まるで母親の胎内であるかのように、この座敷牢に腰を落ち着け、心安らかにいたことと言い、それ以前に、導かれるようにこの地下へと辿りついたことと言い……、この空間がママと無関係の壁龕であると考えるなんて、そっちのほうが無理がある。

壁龕。碧眼……。

それに、私が知らずにいたことにも説明はつく。

だって、その事実を知るのは——それが事実だったたとして――身内のみだろう。生まれてこのかた、玖渚本家と断絶し続けていた私には、その密室で何が起きていたかを知るすべはなかった。民事不介入の家庭内暴力――否、城内暴力。

玖渚城城主――玖渚絆。

私の祖母にして、ママの母親。

「………………」

偉いもんで、パパが私のメイドさんの父親であるというフェイクニュースが齎《もたら》されたときとは違って、驚きはしているけれど、そのとんでもない情報を、あっけなく受け入れてしまっている自分がいる。

反発心が起こらない。

この座敷牢が、しかも歴史的にはつい最近まで実際に使用されていたと聞かされても、そのおぞましさに、汚らわしい物体に触れたときのごとく反射的に、立ち上がろうという気にまったくならない。

てっきり狭い部屋が落ち着くのは、パパの遺伝子だと思っていたけれど……、なるほど、遠ちゃんの言う通り。

確かに私は玖渚友の娘なのだろう。

黒い髪でも黒い眼でも、機械に触れなくてもね。

「……それはともかく、何のご用ですかって、もう百回くらい訊いたっけ？　質問が重複していたら申し訳ないけれど、ほら、私、怪我人だから」

「それはともかくってすごいわね。ひいさま、実の母親の監禁生活に関して、じっくり掘り下げたくならないの？」

「一両日中に実家に帰ったら、本人にそれとなく訊いてみるわよ。機嫌がよければ教えてくれるでしょ……、そんなことよりも、私がここに来たのはママの遺伝子に導かれてだとして、遠ちゃんがどうしてこの座敷牢に来たのかが気になるの。やっぱりママの遺伝子？」

「お察しの通り、お爺さまの差し金よ」

もうちょっと勿体ぶるかと思ったが、遠ちゃんは言った。いきなり本題に入った、その『お爺さま』

よりは、手順を踏んでいるが。自己紹介や共通の知り合いの話題で、ここまで楽しく盛り上がった。

「ゲストルームを訪ねたらもぬけの殻だったから、たぶんここだろうと推測して、参上したってわけ。正確には、お爺さまと夕食をご一緒なさった、お父さまの差し金かしら」

つまり、直おじさんの差し金か。

おじさんと言うと牧歌的だが、玖渚機関の機関長からの差し金であるということだ……、お正月でもないのに親戚が集合したのは、一発で私を説得できなかったときのための、二の矢三の矢としてってことかな。

私みたいな三の膳《ぜん》相手によくやるよ。

怪我人がようやく眠りかけているところを起こして議論をふっかけるという手法も、いい搦《から》め手《て》だ。そう言えば搦め手って、城の裏口のことを言うんだっけ？

「焦《じ》らしたんでしょ？　ひいさま。正解よ。お爺さまに自分を高く売り込むためには。わたしなんて、好かれようと思って素直にはいはい大人達の言うことを聞いてたら、こんな使いっぱしりみたいな役割を負わされちゃってるんだから」

「よく見て、その青い目で。私が人工衛星をちゃちゃっと修理できるキャリアウーマンに見える？」

「うに。正直に言うと見えない」

「私もマジで言ってる。ご覧の通り、私はどこにでもいる平凡な、何の取り柄もない女子高生よ」

「女子高生にも見えない。襦袢を着て囚《とら》われている町娘に見える」

「ありがとう」

「でも、ほら、リアリティショーなんかであったじゃない。町娘が職人の技術を駆使して、宇宙船を飛ばす奴」

「……町工場？」

「それだわ」

じゃなくって、と、遠ちゃん。

ボケたんじゃなきゃ、ユーモアのセンスは将来有望だ。画を想像してしまって、この緊迫した状況下で、危うく笑かされるところだった。

「だけど、見た目と中身が一致しないのは、わたし達姉妹の存在が証明しているわけよ、ひいさま。髪が青くて碧眼だったら、みんなが玖渚友ってわけじゃない。周囲をがっかりさせ続けながら生き続けなければならない」

「そんな自虐ネタを続けないでよ。私には、遠ちゃんも近ちゃんも、『特別な子供』に見えるんだけど」

「どういたしまして。機械に触らないのは、卓越したスキルがあるからじゃなくて、単なるお母さまの教育方針だって？」

褒め言葉が軽く流された。

マジで言ったのにな。

「そうよ。だから私のデジタルリテラシーは、十五歳女子の平均値を、むしろ大きく下回るはずだわ。なにせ、物心ついてから一度も、機械に触ったことがないんだから」

「一度も」

「……揚げ足取らないで。うっかりミスはあるでしょ、そりゃ。意外なものにさらっとコンピューターが組み込まれていたりするんだから。ぬいぐるみとかね。あと、どうしても不可避なものもある。だから、意図的には一度もって意味」

「いえ、わたしが取ろうとしたのはその揚げ足じゃなくってね。どうしてひいさまは、機械に一度も触ったことがないのに、自分にはデジタルリテラシーがないって断言できるのかしら？」

そんなの、やってみなくちゃわからないでしょう。

と、遠ちゃんは言った。

「いえ……、だって……」

そりゃできるだろうと言おうとして、言葉に詰まる。『一度も』機械に触ったことのない人間が人工衛星をメンテナンスできるはずがないというのが理屈なら、『一度も』機械に触ったことのない人間が人工衛星をメンテナンスできないとは限らないというのも理屈だ。

できない証拠はない。

いやいや、言いくるめられてどうする。

羽がなくてももしかしたら空が飛べるかもしれないじゃないと言って、ビルから飛び降りる奴がどこにいる？

いてもすぐいなくなるだろう、そんな奴。

「あなたはまだ自分を試していないでしょう？　それに引き換え、わたしと近は、既に己の無能を証明している」

「……証明？　どうやって？」

「遠隔コントロールによる人工衛星の修理に失敗して、よ」

うっかり合いの手で訊いてしまった質問に、即答されてしまった……、しかも、知りたくなかった答だ。

気まずくなる。

「つまり、遠ちゃんと近ちゃんのセカンド・アクトとして、私はここにお呼ばれしたってことなのかな？」

「いいのよ、ひいさま。言葉を選ばなくっても。前座であるわたしと近の尻拭《しりぬぐ》いにって、はっきり言ってくれても」

そう肩を竦めてから、「うに。おおむねその通りよ」と頷いた。

一貫して敵意を感じるのは、そういういきさつ……、そういう因縁《いんねん》があったからか。遠近姉妹にしてみれば、私は彼女達の仕事を奪うお邪魔虫というわけだ。

そのお邪魔虫が、ごちゃごちゃ大物ぶって仕事を拒んでいるというのだから、こんな風に絡んでくるのもわかる。

「誤解よ、遠ちゃん。あなた達の仕事を奪おうってほど、私、労働意欲に溢れてないの。むしろ是非そのまま、ふたりでメンテナンスに取り組んで欲しいって、心から応援しているわ。遠ちゃんと近ちゃんはあなた達双子という、開発者である実妹のコピーなら、きっとすぐにできるって信じているわ」

「すぐに？」

「そ、そう。すぐに。すぐにって言っても、そんなすぐにじゃないかもしれないけれど、絶対すぐにできるわ」

「十三年かけてもできないのに？」

「そう、十三年かけてもできなくても、すぐに──今、なんて？」

十三歳の双子が、十三年かけて？

どこかで時系列に関する叙述トリックが使われたのだろうか？　本当は三年かけてできなくてもと言ったのかも──それだって、十歳の頃から取り組んでいることになり、労働基準法とリアリティを無視していることに違いはないが。

「待ってよ──それじゃあまるで、玖渚友ＩＴ担当部長が、一時的に機関に復帰した際に打ち上げた九つの人工衛星のメンテナンス担当として、直おじさんはあなた達双子という、開発者である実妹のコピーを『生産』したみたいじゃない」

「そうじゃないって言った？」

4

　玖渚友という、失われた希代の才能を、再現したいという欲求は理解できる。と言うか、私でもそう考えるだろう。ヒットした映画のパート２を欲して署名が集まるように、あるいは滝壺《たきつぼ》に落下して亡くなった名探偵の、掟《おきて》破りの生き返りを望んで葬列を歩むように、ポスト玖渚友を、いわば玖渚友二世を求める気持ちはわかる。漫画でもよくある話だ、人気キャラの再登場の熱望は。たとえ不自然なリターンズでもいいから。

　それに、直おじさんが、溺愛《できあい》する妹そっくりにふたりの娘をデザインしたという話も、それが倫理や道徳を遥かに超越した愛情ゆえであるならば、生理的に気持ちが悪いけれど、一種の美談として認められなくもない。悲しい追悼なのだと。

　だけど、これは違う。

　人工衛星を修理するために、子供を作った？　エンジニアをなぞるような子供を？　機械である以上、将来的に、いつか経年劣化で調子が悪くなることはわかっているから、それを見越して、あらかじめ、青髪碧眼の子供を産んでおいた？

　ボクは、ワタシは、いったい何のために生まれてきたのでしょう？　私なんかでも、中学二年生の頃にはついつい考えて、陶酔的な気分に浸ってしまう永遠の問いだが、しかし遠近姉妹に限って言えば、そんな自分探しに間違いのない解答が用意されているのだった。

　アナタ達は人工衛星をメンテナンスするために生まれてきたんだよ、と。

　しかもその試みは失敗している。

　だから私にお鉢が回ってきた。血筋だけで言えば、玖渚友二世である私に……、ポッと出の二世タレントに仕事を奪われてなんかムカつく、どころじゃない。

生きる目的を。

生まれた理由を、私は奪ったのだ。

「……わかんないわ。それが本当なら、人工衛星が打ち上げられて、だいたい七年目にはあなた達を作ったってことになる。計画だけで言えば、もっと前から。経年劣化をあらかじめ想定した用心やリスク管理にしたって、その時点から、そうも非人道的な手を打つ？　どんな贔屓《ひいき》の引き倒しをしても、プランDくらいでしょ？　そりゃ、ママの考えた人象衛星って、当時としては画期的な発想だったでしょうし、今の世の中でもぜんぜん通用する技術でもあるんでしょうけれど、そこまでして修理し続けなければならない対象かって言えば、必ずしもそうじゃないわよね？」

嬴おじいちゃんに対して、戦術核で撃ち落とせばいいみたいな挑発的なことを言ってしまったけれど、あれは大袈裟な物言いだった。

そんな必要もない。

身も蓋《ふた》もないことを言えば、ビッグデータの収集なんて、今日び、他の方法でいくらでもできるのだから……、これまで、その人工衛星で培った玖渚機関の支配力をフルに使えば、人工衛星なしでも同じことができるんじゃないのか？　コストをかけてまで四捨五入を避ける意味がどこにある？　携帯電話の位置情報で探れる人流で近似値が出るなら、それで十分じゃないか？

できないならできないで。

デザイナーズベイビーやクローン人間みたいな、十三年前でも十分危険で、組織の存亡にかかわるような禁断ワードに抵触しなくてもよかったはずである。

にもかかわらず。

「宇宙掃除機どころか……、人象衛星ですらないの？　ママが打ち上げて、嬴おじいちゃんや直おじさんが、修理させようとしているのは」

「勘はいいのね、ひいさま。それはお母さまの血じゃなくて、お父さまの血かしら？　玖渚機関を壊滅直前まで追い込んだ、お父さまの」

そこまでしたの、パパ。

よくまだ生きてるな……。

「人象衛星は人象衛星よ。だけど、ただの人象衛星だったなら、きっとわたしにだって修理できたでしょうね」

人象衛星自体が、私のような門外漢（門外少女？）からしてみれば異様な衛星なので、『ただの人象衛星』とは変な言いかただが……、十二単衣の隙間から、薄い、プレパラートのように薄いスマートフォンを取り出し、顔認証でロックを解除しつつ、遠ちゃんは言った。

「わたしでなくとも修理できたでしょう。このリモコンを使えばね」

スマートフォンではなく、プレパラートでもなく、リモコンらしい。確かに薄暗い地下空間で、そのガラス面は、ぼんやりと光っている——タッチパネルの画面を、それだけ取り外して携帯しているかのようだ。

地球外まで電波が届く、恐らくは自作の通信機器というわけか……、それだけでも、この子がスペシャルなエンジニアであることはわかる。

青髪碧眼の『特別な子供』。

「だけどそうじゃないのよ。いっそ友おばさんも、AIとかじゃなくて、ミサイルを搭載した軍事衛星でも打ち上げてくれればよかったのにね……、未完成なのよ」

「え？」

「結局、途中で永久に引退することになったから、友おばさんは最後までプログラムを組み切らなかったのよ。人工衛星の打ち上げ後に予定されていた後半の作業を放棄して、二度目の駆け落ちをしちゃったの」

メンテナンスや修理だけではなく、そもそもは人象衛星を完成させるために、双子の力は嘱望された？

モーツァルトのレクイエムの続きを、弟子に作曲させるように？

「だから地球上全人類の人流を正確に計測する程度の機能止まりだった。青色サヴァンの最終目標は――いえ、《死線の蒼》《デッドブルー》の究極目標は、完全なる人流のコントロール」

「人流の――コントロール」

「すべての人間の動線を詳細に、しかも長期にわたって把握することができれば、それらのデータを更に詳細に分析することで、ヒューリスティックに動線を用意することもできると思わない？　行きたい場所や会いたい人を――生きたい場所や愛する人を、自由に選ばせられると思わない？」

彼ら彼女らの自由を、玖渚機関の自由にする。

全人類の人生にレールを敷設する。

それが人象衛星『玖渚』よ。

二日目（1）——白老仮面

玖渚盾
KUNAGISA JUN
私。

0

第一の事件が防げないのは仕方ない。
第二の事件の全責任を取れ。
でないと第三の事件を起こすことになる。
（パパの戯言シリーズその22）

1

言いたいことだけ言って、結局、遠ちゃんは私をさして説得しようともせず、「それじゃおやすみ、ひいさま。いい夢を」と、十二単衣の裾を引きずりつつ、座敷牢から去っていった。別れ際に人を引き留める癖があるらしい私も、このときばかりは何も言えなかった……、それどころではなかった。

いや、若い頃の母がやんちゃな社会不適合者だったのは知っていたつもりだったけれど、まさかここまでとは……。

全人類の動線をコントロールするための人工衛星……、『壱外』から『捌限』までの衛星で人類を観測し、そして『玖渚』で操作する……、宇宙からの電波でラジコンのように人を操るイメージを持つのは、たぶんぜんぜん間違っているのだろうけれど、しかし本質は突いているはずだ。

さながらマウスの迷路実験のように――否、感覚的に近いのは、粘菌の迷路実験のほうか。粘菌は最短距離の経路を発見するが、しかしそのコースを設定しているのは実験者である。

人間を粘菌扱いできる装置。

人が深淵《しんえん》を覗《のぞ》くとき深淵もまた人を覗いているように、人が星々を観測するとき、星々もまた人を観測している……、そして拘束《こうそく》している。

梗塞《こうそく》している。

そりゃあ作るか、子供くらい。

デザイナーズベイビーなクローン人間くらい……、ただメンテナンスするだけじゃなく、玖渚友の機械芸術を、完成させたかったというのであれば。

いや、マジで世界征服じゃん。

気象という自然現象を支配するのと同じだ。

女性の社会進出の視点から言うと、寿退社を素朴にお祝いしていいものかどうかというのは、次世代を担う若者を代表して議論の俎上《そじょう》に載せるべきテーマだけれど、ママに限って言えば、パパと結婚して引退してくれて本当によかったよ。

逆説的に、私に機械を触らせないわけだ。

自分がそんなことをしちゃったからこそ、娘をそうするまいという、ママなりの罪滅ぼしなのかもしれない……。

まあ、仮にママが玖渚機関で、その命が尽きるまで働き続けていたとしても、人象衛星『玖渚』を完成させられたかどうかというのはわからない……、そのために産み出された遠ちゃんや近ちゃんが、十三年にわたって失敗し続けているのは、彼女達が『欠陥製品』だからじゃなくって、そんなコントロール装置、本物にだってできない夢物語だからという線もある。

動線もある。

こんな仮説、大人の都合で産み出された双子の慰めにはなるまいが。

……いずれにせよ、玖渚友が中途で放棄し、遠ちゃんの手にも近ちゃんの手にも負えないまま、運用期間を終えて、宇宙ゴミとなる。

プロジェクトの建前を考えると皮肉どころではないが、それが結末だ。

羸おじいちゃん同様、最後まで遠ちゃんはわかってくれなかったけれど、私には人流をコントロールするプログラムなんて書けるはずがないのだから。

人生で書いたことのあるプログラムなんて、中学生の頃の、体育祭の運営委員だったときのが最後である。

「よかった……、なにひとつよくないけど、よかった」

ほっとした。

それに、遠ちゃんが帰ったあと、パパの遺伝子なのか、ママの遺伝子なのか、いい夢も、悪い夢も見ることなく、座敷牢で泥のようにぐっすり眠ったことで、体調も、気持ち回復した。

ゲージ満タンとは言わないけれど、お城からの脱出ゲームに挑んでみてもいいくらいのコンディションではある。

もしかして座敷牢は私の回復スポットなのか。しかし一方で理性ある自分が、こんな環境で十年も過ごせば、無邪気に世界征服を目論むような、おかしな発想が出てきても不思議ではないと囁《ささや》いてくるので、やはり長居は無用だ。

私くらい無用だ。

抜糸はまだ早いだろうが、今日の分の抗生物質飲んだら、メイドさんに挨拶して帰ろっと。

「盾さま！　ここにおられたのですね！」

噂をすれば影が差す、ではないけれど、雪洞さんのことを想《おも》った途端、雪洞さんの声が地下空間に響いた。

それともメイドさんゆえの技能なのか。

鈴を鳴らすまでもないじゃないか。

しかし、そんなプロフェッショナルにしては、取り乱していた……、まるで、私に妹扱いされたときのように。

しかし、あのときと違って、演技ではなく。

冗談《キディング》でもなく……、本気で取り乱している。

「!?　な、なぜ座敷牢に……？　変な寝癖《ねぐせ》もついていますし……！」

「ちょっとした事情と、遺伝的経緯があるの。寝癖は気にしないで、いつもこうだから」

手櫛《てぐし》で整えながら、私は格子の向こうのメイドさんに「おはようございます」と言う。

「そしてごめんなさい、勝手に移動しちゃって。探させちゃったわよね。そんな息切れするまで……、そりゃ、黙っていなくなったのかって思うわよね。大丈夫よ、お別れも言わずに勝手に帰ったりしないって」

と言いつつ、すっかりお別れを言って帰るつもりになっていた私に、

「落ち着いて聞いてください！　そしてすぐに来てください！」

と、座敷牢全体に響くような大声の雪洞さん。

落ち着くのはそっちだと、格子から腕を突き出し、肩をぽんぽんと叩いて宥《なだ》めようと思った私だが、それに先んじるように彼女は、「盾さまのご従姉妹さまが——殺されました！」と、割れんばかりの大声で叫んだ。

「しかも、首を斬《き》られて！」

2

私の従姉妹が殺された。

どっちの？

3

首を斬られて死んでいるとあらかじめ聞かされて、私は最初から凄惨《せいさん》な現場を予想していた。なにせ玖渚盾はあの二人の――青色サヴァンと戯言遣いの娘なんだから、他殺死体なんて見慣れたものだろうと思われるかもしれないけれど、言っておくが、他殺死体どころか、人の死に触れること自体、これが初体験だった。そりゃ、不思議な経験をしたことはないわけじゃないけれど、あくまで『人が死なないミステリ』で『日常の謎』に接していただけである。天寿をまっとうした大往生すらじかに見たことがないほどで、逆に言うと、だからこそ、リアリティのない絵空事のように――推理小説の中で起きる死を受け止めるように、どこかふわふわした足取りで、雪洞さんに導かれ、現場まで駆けつけることができたのだろう。

その現場というのが、本来、私が一夜を明かすはずだった玖渚城のゲストルームだったことの意味を、考えることもせず。

「――――！」

凄惨な現場を予想していたと言ったものの、そんな素人の覚悟を、現実の現場は軽く超越した――そもそも、雪洞さんの言う『首を斬られて』の意味を、私は捉えきれていなかった。

なんというか、人体の頸部《けいぶ》に走る大動脈とか、気管とかがナイフでスパッと切られて、それが致命傷になったんだと、勝手に予想していたけれど、しかし、そうではなかった。

畳の上に転がっていたのは首なし死体だった。

致命傷と言っても、傷じゃない。
断面だった。
ちょうど、襖を開けてゲストルームに這入ったら、その切断面がいきなり目に入ってくる形で、世間には萌《も》え断《だん》というホットワードがあるけれど、不謹慎ながら、それを思い出した——それくらいすっぱり、少女の首が斬られていた。

「と——遠ちゃん！」

反射的にそう叫んでしまった。

危うく死体に駆け寄り、衝動的に抱き上げたくなってしまった——つくづく凡人の反応だ。数々の殺人事件を解決したことのあるパパだったら、現場保存の原則を重んじて、死体に近付くどころか、部屋に一歩だって、這入ったりもしないだろう。ママだったら？　ママのリアクションは想像もつかない。

幸い、私の暴走は、雪洞さんが、後ろから抱き留めるような形で止めてくれた。抱き留めるはいい言いかたであって、実際には羽交《はが》い締《じ》めのような形である。

「遠ちゃん！　遠ちゃん！　遠ちゃん！」

がっちり固められたまま、背中にメイドさんを感じながら、私はそれでも喚き続けた。凡人の反応ではあるけれど、しかし、凡人にしたって、冷静さを欠いている。死体を見るのが初めてだと言っても、それに、首なし死体の断面を見たことで取り乱すにしても……、昨夜、ちょっと感じ悪いやり取りがあっただけの従姉妹の死体に、我ながら、取り乱し過ぎじゃないのか？

いや、違う。

い、る、こ、と、も、知、ら、な、か、っ、た、従、姉、妹、の、死、体、だ、か、ら、こ、そ——だ。

しかも彼女は、裸に剝《む》かれていた。

あの重たそうな十二単衣を着ていないだけでなく、一糸まとわぬヌードである。たぶん、裸の少女の首なし死体を見せられて、取り乱さずにいることは、たとえどれだけ経験を積んだ名探偵でも不可能だ。軍人でも不可能じゃないのか？

だが——首なし死体。

裸の少女。

であるならば、私の判断は性急過ぎだ。そもそも、何を根拠に、横たわるその死体を『遠ちゃん』だと判断したのか、自分でもわからない——大方、昨夜話したばかりだから、印象がそちらに引っ張られたという理由だろうが。

「遠ちゃん！」

「いるわよ。ここに」

返事があって、私はその場に引っ繰り返るほど驚いた。雪洞さんが羽交い締めにしてくれていなければ、実際に引っ繰り返っていたかもしれない——見れば、私達がいるのと反対側の襖を開けて、十二単衣を着た、ブルーのロングヘアの遠ちゃんが、直おじさんと一緒に、冷めた目で、と言うか馬鹿を見るような目で、こちらを向いていた。

いつからそこに？

最初からに決まっている。凡人のリアクションをそこで見ていたのだ。双子の妹の死体越しに。

遠ちゃんじゃなくて——近ちゃんの死体越しに。

「……遠ちゃん」

小声で、もう一回だけ、彼女の名を呼んだ。

じゃあ……。

首なし死体だからわからなかった。『クローン人間みたいに』そっくりな双子の外見上の区別は、ヘアスタイルでつけられていたのだから。ロングヘアの遠ちゃんに、ベリーショートの近ちゃん……、ああ、それに、死体が裸であることも、愚かな勘違いの要因だった。

脱がされていたのは、いや、脱がされたのかどうかも、考えたら断定できないが、ともかく着ていないのは、重装備の十二単衣ではなく、軽快な、青い薔薇柄の浴衣だったのだ。

しかし……。

「うに」

遠ちゃんは、冷めた目を細めて、双子の妹を見下ろす——なんだその目は？　その青い目は？　動転する私を蔑視《べっし》するなら、それは仕方ないと思うけれど、それに、涙を流して駆け寄るべきだというのは、演出過多の妄想かもしれないけれど——なぜそんな目で、妹の首なし死体を見る？

それが『特別な子供』のリアクションなのか？

ママだったら死体を見たとき、同じ反応をする？

……それを言うなら、直おじさんもだ。

自分の娘が、目を背けたくなるような殺されかたをしているというのに、膝から崩れ落ちたり、涙を流したり、私みたいに、その名を呼び続けたりもしない。

遠ちゃんの冷めた目とはまた違う視線を、娘の死体に向けていた……、本当に同じものを見ているのか？

私と、遠ちゃんと、直おじさんは？

それとも、玖渚機関の人間にとって、玖渚本家の人間にとって、このような出来事は、日常茶飯事だとでも言うのだろうか？

羸おじいちゃんと絆おばあちゃんは——この現場に来てさえいない。

ならば、遠ちゃんか近ちゃんかも混同したまま、駆け寄って抱き上げようとした私のほうが、わざとらしくて、偽善的なのか？

「雪洞さん……、もう大丈夫です、落ち着きました。離してもらって大丈夫です」

「……大丈夫ですか？」

「大丈夫です」

正直、心臓はまだ早鐘を打っているが、遠ちゃんと直おじさんの、冷静なのとも冷淡なのとも違う、ある意味で現実的な反応を見てしまって、私もすんとした気持ちになってしまった。

だけど……。

「あの、だから……、せめて何かかけてあげてもいいですか？　あれはちょっと……、いくらなんでも、酷過ぎます」

昨日会ったばかりで、昨夜やり取りした程度の遠ちゃんだったとしても、ああも狼狽《ろうばい》するのは、行き過ぎだった。まして、近ちゃんとは、ろくに口もきいていない。若い頃のママに似ているとは言っても、たぶん話してみれば遠ちゃんと同じで、そのパーソナリティは大きく相違していたに決まっているのだ……、たとえクローン人間でも、指紋が違うように、性格も違う。

それでも、裸の女の子が首を斬られて死んでいたら、普通、シートくらいかけるだろう。現場保存の原則？

寝言は寝て言え。

「……承知しました、盾さま」

言って、雪洞さんは私から手を離し、どうするのかと思えば、背中に手を回し、自分のエプロンをほどきにかかった。

「よろしいですね？　直さま、遠さま」

そうしながら、雪洞さんは向かいのふたりに、つまり、被害者の身内に確認した。父親と姉に。

遠ちゃんは返事をしなかったが——首なし死体を見つめたまま身じろぎもしなかったが、直おじさんは、

「ああ。ありがとうございます、雪洞さん。それに盾さんも。高貴な私の高貴な娘を、高貴な私達に代わって、慮《おもんぱか》ってくれて」

と、微笑んだ。

微笑んだ。

「高貴な私は、そういう気回しが本当に苦手でして。そうは見えないかもしれませんが、悲しんでいるのですよ、これで。心の中では慟哭《どうこく》しているのです、高貴な私も、高貴な私の高貴な長女も」

白々しく聞こえてしまうのはなぜだ。白々しいからだろうか。むろん、悲しみの表現の仕方なんて人それぞれだし、もっと言えば、悲しみを表現しなければならない義務もない。

ただ、そうフォローされても、それが聞こえていないかのように妹の死体を、睨みつけるように見続ける遠ちゃんの姿はやはり異様だった。

まるで。

自分自身の死体でも見ているようだった。

「――――……」

雪洞さんがしずしずと近ちゃんの首なし死体に近付き、純白のエプロンをかけてあげているのを目にしながら、私は、どうしてそんなことを言いたくなったのか、わからない。

だから、遠ちゃんならまだしも、ろくに話もしていない近ちゃんが相手なのに……、その遠ちゃんから聞いていたからか？　彼女達、私の従姉妹達が何のために、何を目的として生み出された『特別な子供』なのかを。玖渚友のやり残しの仕事を担当させられるために作られた青髪碧眼の少女も、ある意味では、ママの娘みたいなものだからか？　そして、『ママの娘』と言えば、私みたいな者が誘拐されてきてしまったがゆえに、彼女達はお役御免の失業者になったからか？　だから労いたくなったのか、ひとりの少女の人生を？


わからない。

わからないまま、私は言った。

誰にも聞こえないような小さな声で、今度は取り乱すことなく、哀悼した。

「近ちゃん、お疲れさま」

ばいばい。

さようなら。

おやすみなさい。

4

「大変な損失だね、これは。まるでこれまでの投資に見合わない。悲嘆に暮れずにはいられないよ、余は」

世界遺産、玖渚城の天守閣、その最城階。

に、一同が揃っていた。まるで推理小説の謎解《なぞと》きシーンのようではあるけれど、しかしながら、実際には私達はまだ、この悲惨極まる出来事に、どのような謎があるのかさえはっきり理解してはいない。

玖渚嬴。玖渚絆。玖渚直。玖渚遠。

そして私、玖渚盾。

もちろん、千賀雪洞さんもいる。

雪洞さんだけは立っているし、嬴おじいちゃんと絆おばあちゃんは、昨日と同じで、一段高いところの、御簾の向こう側にいるけれど、六人が形の上では円になっている。

あらましは、第一発見者である直さんが話した――朝起きたら、櫓からいなくなっていた次女をあちこち探して、私のゲストルームを訪ねたら、近ちゃんが殺されていたのだと。

嬴おじいちゃんにそう報告する直さんの口調はやはり落ち着いていて、それだけでなく、自分の父親に対するものとしては、どこか丁寧過ぎると言うか、よそよそしくもあった。

親子にしてはビジネスライクと言うか……。

かつてクーデターを起こした側と起こされた側の溝があるのかもしれないが、そうでなくとも、この親子はそんな関係なのかもしれない。

ミーティングのように。

家族会議が、実業家同士の会議とイコール。

報告を受けての、嬴おじいちゃんの所感を聞くと、尚更そう思えた――損失。

投資に見合わない。

……一応、悲嘆に暮れてはいるらしいが、御簾越しではそれも本心かどうかは計りかねるところだった。

絆おばあちゃんも、

「……」

と、一貫した無言であり、孫の死に動揺しているとは思えない。昨日会ったばかりのポッと出の孫じゃなく、十三年、育ててきた孫が死んだというのに……。

どう育ててきたかはともかく……。

こうなってくると、同調圧力で、私がおかしいんじゃないかとも思えてくる。ズレたことを言ってるのは、私なんじゃないかって。

しかし、

「結局、何の役にも立たなかったね、近のほうは。悲しいよ」

という嬴おじいちゃんの言葉には、どう圧力をかけられても、同調することはできなかった。いや、そこで声を荒らげて反論したわけではないので、同調したも同然なのかもしれない。

パパの戯言シリーズその61。

黙っているのは、賛成しているのと同じ。

あるいは、死んでいるのと同じ。

とは言え、死んだ妹をそんな風に言われても、眉《まゆ》ひとつ動かさなかった遠ちゃんが、何を思っていたのかはわからない。現場のときから一貫してそうだったけれど、まったく別のことを考えているようにも見える。

あのときも、妹の死体を一心不乱に見ているようでいて、実際にはまったく別のものを見ていたのでは？

青い目で。

「だがまあ、逆に言えば、生きていても何の役にも立たなかったのだから、死なれても特に困らないということでもあるか。ここは前向きに考えよう、皆の衆。投資に見合うリターンは得られなかったが、しかしこれ以上投資する必要がなくなったのだから、余達は損切りに成功したとも言える。そうだな？　直」

「ええ。高貴な私の高貴なお父さん。その通りです」

元機関長と現機関長の親子の会話を聞きながら、私は考える——聞きたくなくとも聞こえてしまうのだから仕方ない——損切り。

首斬《くびき》り。

「——あの、ちょっといいでしょうか」

私は挙手をして、言った。

大人の会話に強引に割り込むのは礼を失していたけれど、なにも、これ以上ふたりの話を聞いていられなかったから、挙手したわけじゃない。

そうではなく。

「なんだい？　孫よ。意見があるなら聞こうじゃないか」

「はい……、えっと、最初にあの死体を、遠ちゃんと取り違えた私が言うのもなんなんですけれど……、あれって、本当に近ちゃんの死体なんですか？」

死体を『あれ』と言うのも敬意が足りないかもしれなかったが、他に言いようもない。敬意を払うには、あまりに凄惨だった……、かと言って、『ご遺体』という言葉も、従姉妹に対してはよそよそし過ぎる。

従姉妹だったなら。

「首なし死体で、裸だったから、その……、まったく別人の死体だってことはないんですか？」

ご従姉妹さまが殺されましたと雪洞さんに言われたから、まず遠ちゃんだと思ったし、遠ちゃんじゃないのなら近ちゃんだと、消去法で考えてしまったけれど、首なし死体ということは、顔がわからないのだ。

そもそも推理小説の文脈で言えば、首なし死体とは、被害者の身元を隠蔽するために、首を切断されるのがベースである。

近ちゃんじゃない他の少女の死体だったらいいのにと思っているわけでは断じてないけれど、あれが《死線の蒼《デッドブルー》》のデッドコピー、玖渚近だと断定するのは、性急なんじゃないのか？

「近よ。断定するわ、わたしが」

と。

遠ちゃんの声を、本日、初めて聞いた。

「だって、近の指紋だったもの。さっき、ちゃんと確認したわ」

「え……？」

目を細めて、首なし死体を見ていたのは、あれは首なし死体の手指を凝視していたのか……？　私なんかが思い至るよりずっと前に、被害者の『入れ替わり』の可能性を検証していた？

いやいや、でもでも、ソーシャルディスタンスを保ったあの距離で、しかも目視で、人間の指紋を確認なんてできるわけ……。

「できますよ。高貴な私の高貴な娘ですから。ピースサインをする写真の指紋だって、頭の中で鮮明にフィルタリングできます。遠は」

ちなみに近にもできました、と、直おじさんが補足した……、娘の性能を自慢する、子煩悩なところもあるのか。あるいは、『妹』の性能を自慢したのかもしれないけれど……、写真記憶に関して言えば、確かにママも、若い頃には、似たようなことはできたかもしれない。

最近はふと立ったときとか、何のために立ったかを失念することもあるらしいが……、まあそれは、普通の老化だ。

「盾さま。差し出がましいようですが、参考までに申し上げますと、わたくしもあの首なし死体は、近さまだと考えます」

雪洞さんが、引き継ぐように言った。

「確かに、首なし死体である以上、相貌《そうぼう》からの特定は不可能です。しかし、あの通り、裸にされていましたので」

「？　だから、言ってるんだけど。服装からも特定できないって言うか……、あの浴衣を着ていてくれたら、そうとわかったのに」

いや、十二単衣ならともかく、浴衣なんて、死体が相手でも、着替えさせやすいくらいだ。仮に浴衣を着ていたとしても、近ちゃんだと断定することはできない。もしかすると、そういう偽装工作かもしれないのだから……。

私が寝間着にしていた長襦袢にしたってそうだろう。ゲストルームに駆けつけたときはまだしも、さすがに今は、澄百合学園の制服に着替えさせてもらったが。

「裸だからわかりました。男性もおられる前ではいささか憚《はばか》られる話題ですが、わたくしは近さまの身体に覆《おお》いをかける際に、間近で確認させていただきましたので」

「あ。そっか」

皆まで言われなくても十分だった。これは私が無神経だったと、そんな場合でもないのに、赤面してしまう。青髪の少女と言っても、毛髪だけが体毛なわけじゃない……、特殊な成育環境を差し引いても、十三歳というのが微妙だが、この場合、身元の確認としては、それで事足りる。

青髪碧眼の子供はこの城にふたりしかいない。もしかすると、日本中探しても、ふたりしかいなかったのでは——そのひとりが指紋の確認をしていたのなら、指紋を確認されていたのは、もうひとりのほうだと、断定できる。

DNA鑑定をするまでもない。DNA鑑定をしたら、ママの死体とされてしまう恐れもあることも含めて。

「でも、だとしたら、どうして近ちゃんの首は斬られたの？　そして、どこに持って行かれたの？　さっき見た限り、部屋の中にはなかったみたいだけれど——」

　間抜けな発言をしてしまった失態をどうしても取り戻したかったわけじゃないが、私は誰にともなく、そう訊いた。

　誰にともなく——首なし死体に論理的な理由を求めようとすること自体、玖渚本家の面々と同じくらい、ズレた発想なのかもしれないが、それにしたって、あの断面。

　時代劇じゃないんだから、それにコンコルド広場じゃないんだから、人間の首を両断するなんてのは、簡単じゃないはずだ。わざわざそれをしたのなら、理由がなければ。

「ああ、それは確かに、首は探したほうがいいな。見つからなかったら仕方がないけれど、一応、一通り城内を探しておかないと、観光客に発見されでもしたら厄介だしね」

　羸おじいちゃんがそんな嚙み合わないことを言ったし、嚙み合わない以上に、なんか軽い……、伝わってないのかな、私の言いたいこと？

　昨日もこうではあったが……、はっきり言わないと駄目なのかもしれないと思い、私は直截的《ちょくせつてき》な物言いをすることにした。

　敬老精神は一回忘れよう。

「探すのは警察に任せたほうがいいと思います。それよりも、誰かこういうことをしそうな関係者に心当たりがあるかないか……、入れ替わりや身代わりじゃないのなら、死体損壊は被害者に深い恨み、でなくとも、強い感情を持つ人物だと想定できますから——」

　半可通みたいなことを言ってしまっている。おいおい、十三歳の少女に対して、深い恨みってなんだ？　現在、全身のあちこちに大怪我をしている私が言うのだから、これは検死医が言うのと同じくらい信用してくれて構わないけれど、裸に剝かれてはいたものの、近ちゃんの素肌に、乱暴されたような形跡はなかった——怨恨《えんこん》や情念による犯行ならば、もっと複数箇所が青痣《あおあざ》や切り傷だらけになっているんじゃないのか？

首を斬りたいだけ。首だけを斬りたい。

語弊はあるかもしれないが、そういう印象だ。

「警察？　そうだな、警察を呼ぶのを忘れていたよ」

と、贏おじいちゃん。

私が座敷牢で寝こけている間にとっくに通報されていると思っていたけれど、まだしていなかったのかと驚いた――しかし、本当に驚いたのは、その後の発言だった。

「世界遺産の中で身内が殺されたとなれば、揉み消すのは簡単ではなさそうだから、そこはうまく頼まないとな。それとも世界遺産の中で、身内だからこそ、隠蔽工作はしやすいのかな？　どう思う？　直」

「近は戸籍もなければ、世間的には存在も知られていません。玖渚機関内でも表向きの役職にはついていませんので、事件化はたやすく防げるかと。警察やメディアよりも、いずれ来る観光客のほうが口止めのしようがありませんので、仰る通り、それまでに現場の清掃を終えておく必要があるでしょうね」

え？

テキパキと、できる男達が話を進めていくけれど、揉み消すとか隠蔽工作とか言った？　近ちゃんの首なし死体を（そのときは遠ちゃんだと思っていたが）、抱き上げようとしてしまった私が、また現場保存の原則を承知の上で無視をして、首なし死体に覆いをかけてもらった私が言うのもおかしいが――現場の清掃だって？

警察を呼んで、ミーティングをおこない、内々に済ませようとしている、この事態を？

――戸籍がないから？

「…………っ!?」

思わず、雪洞さんを振り返ってしまったけれど、彼女はここでは、唇《くちびる》を一文字に結び、口を挟むつもりはなさそうだった。いや、口出しなんてできないのか。修行中のメイドとしては、玖渚本家の決定事項に。

名字こそ玖渚姓だが、玖渚本家の人間とも言えない私も、トントン拍子で進んでいく揉み消しの段取りに、おいおい、おふたりさん、ちょっと待ってくださいよとは言えない。

「タイミング的にはちょうどよかったとも言えるな。近の娘の娘が、こうして現れた日だったのだから。近の仕事をスムーズに、そのまま引き継いでもらえばいいだろう」

「そうですね。だとすると、高貴な私の高貴な次女のパーソナル・デバイスを、盾さんには継承してもらいましょう。きっと近も喜んでくれることでしょう。何よりの贐《はなむけ》になるはずです」

トントン拍子。

仕事を断ったはずの私まで、今後のスケジュールに組み込まれている。自動的に。

いや、わかる。わかりますよ。

もしもこの事件がおおやけになれば、青髪碧眼のデザイナーズベイビーやらクローン人間やらの怪しげで危うい単語のみならず、玖渚機関が宇宙空間に所有する、九つの人工衛星の存在さえ表沙汰《おもてざた》になりかねない。

人象衛星。

プライバシーどころか人権そのものを無視した、監視衛星。

たとえ法的な問題をクリアしていたとしても、そんな星々が知れ渡れば、玖渚機関にとって、取り返しのつかない大きな傷になりかねない……、この二十年、玖渚機関を後押ししてきた装置が、そして更なる改良を目論んでいたプロジェクトが、逆ベクトルに働いてしまう。

だとすれば、法的な問題を、別件でもクリアしてしまうほうがローリスクだという経済観念は、理解できる。

損得勘定なら、通報するのは損だ。

だが、感情はどうなる？

首だけでなく、感情も損切りするのか？　首だけでなく――

「あ……」

そこで気付いてしまった。

殺人事件を事件化しない理由……、生きているときも、その存在をひた隠しにされていた近ちゃんの、死すらも秘匿する理由。

出生の事情や人象衛星の存在が露見するのもまずいが、もっとまずいのは、玖渚本家の人間が、世界遺産で身内を殺した犯人だったケースなんじゃないのか？

たとえば、直さん。

第一発見者だという玖渚機関の機関長が、己の隠し子を殺したなんてのが真相だったら……、取り返しのつかない大きな傷、どころじゃない。長く西日本を支配してきた玖渚機関の、存亡にかかわる。日本という国のありようにさえかかわるだろう。

犯人がこの中にいる、としたら……。

……そりゃ私も、そんな大きな話にしなくても、身内が殺人犯かもしれないと思えば、通報はためらう。それに、わっかりやすい正論をここで並べるのは簡単だけれど、そもそもうちのパパとママだってロクなもんじゃない。今日《こんにち》の玖渚機関がこんな事態の渦中にあるのは、もとを正せばお前の両親のせいだろと言われたら、その両親に学校へ通わせてもらっている私には、正論どころか、反論もできない。

ママがわけのわからん人工衛星を打ち上げなければ、パパがそんなママを寿退社させなければ、玖渚近ちゃんは、生まれてさえいなかった。

生まれていなければ。

殺されることもなかった。

「――冗談じゃないわ！」

私は勢いよく立ち上がった。そのまま最城階から、翼がなくても空を飛べるんじゃないかというくらいに勢いよく。

大人の会議が中断され、一斉に場の視線が私に集まる。機関長の、名誉機関長の、城主の、従姉妹の、メイド見習いの目が——私のような取るに足らない者へと集中する。ビビリな凡人は一瞬ひるみかけたけれど、足を踏み鳴らして、己を鼓舞した。傍目《はため》にはヒステリーを起こしているようにしか見えなかっただろうし、実際、ヒステリーである。

「この中に殺人犯がいるかもしれないっていうのに、こんなところにいられるか！　助けが来るまで、私はひとりで座敷牢にでもこもらせてもらうわ！」

5

一度は言ってみたい推理小説の台詞と言えば、『あなたが犯人です』だったり、『私にはこの事件の謎が最初からわかっていました』だったり、『初歩だよ、ワトソンくん』だったり『イピカイエ』だったり、『quod erat demonstrandum』だったり、『一同を集めて探偵、さてと言い』だったりするだろうが、私がそのとき口にしたのは、第二の被害者になる登場人物の台詞だった。

我ながら、まさかそんなモブキャラムーブを、青色サヴァンと戯言遣いの娘がすることになるとは思わなかった。

とことん雑魚だな、私。

しかし、そんな己を恥じることなく誇らしき盾は、一同のリアクションを待たずに、天守閣の最上階、謁見の間からすたこらさっさと脱出し、螺旋状に玖渚城の廊下を降下して、居心地のいい地下牢へと一直線に帰還して、意味はないかもしれないけれど内側から門を通し、壁龕の、奥の隅《すみ》に膝を抱えて、立てこもることに成功した。

ふう。

一息つけた。

要するにあれ以上、大人の会話を聞いていられないから、私は子供として、全子供を代表して、あの場から逃げたわけだ——実際のところ、本当にあの中に、近ちゃんを殺した犯人がいると思ったわけじゃない。

ただ、命の危険を、生まれて初めてリアルに感じたのも事実だ。……潤おばさんにスーパーカーで撥ねられたときには感じる暇もなかった、命の危険。

戸籍がないからと言って、デザイナーズベイビーだからと言って、ああもシステマティックにその死を隠蔽されようとしていた、玖渚近……、実際にできるのだろう、玖渚機関の権力をもってすれば、戸籍のある一般人の死だって、消しゴムでもかけるように、揉み消すことは。

自動運転のパラドックス。

なにがあろうと絶対に安全運転を遂行するＡＩが開発されれば、誰も横断歩道を守らなくなる——このパラドックスは、実は逆転させることもできる。

つまり。

いくら人を轢いても人を撥ねても、老人に重傷を負わせても子供を殺しても、絶対に罰されないのであれば、赤信号を守る自動車なんて一台もない。

我らが潤おばさんが、まさにそういう立場なわけだが、罰を受けることもなく、批判されることもないのであれば、法を破ることを躊躇《ちゅうちょ》する者なんているはずもない——だから。

もしもママの実家である玖渚機関がそういう組織であるならば、ただその中にいるだけで、命の危険は常にある。私を殺したとしても、誰も、何も困らないのだから。

そういう意味じゃ、昨日の私の行動は危なっかし過ぎた……、玖渚機関からの依頼を、その場で断るというのは、命知らず過ぎだ。

あんなビジネストークをかまされてなお、身内意識が抜けていなかったと言われればそれまでだが、しかし絶縁やクーデターが当たり前の家系図で、まさか愛らしい孫娘に危害を加えたりはしないだろうというのは、あまりに呑気《のんき》である。

仕事を断るには、私は知り過ぎている。

知らされ過ぎている。

赢おじいちゃんも遠ちゃんも、なんであんなぺらぺら、会ったばかりの私に、玖渚機関の秘密を喋るのかと不思議だったけれど、断られたら抹殺したらいいだけだし、くらいの感覚だったんじゃ……、いかん、ガチで疑心暗鬼になってる。

これじゃあの台詞を、本気で言ったのと変わらない。

だけども、仕事を断ったから殺されるというのが被害妄想だとしても、しかしああも当たり前に話し合われていた『揉み消される対象』に、私が入っていないと、なぜ言える？

現実的には、裸に剝かれた近ちゃんの首なし死体なんてのは、どこぞの変質者の仕業に違いない。けれど、その事実をことごとく抹消するために、身内であって身内でない私を、生かしておく理由がどこにある？

機械に触れもしないのに……。

役立たずも甚だしい。

コストパフォーマンス的に、私を生かしておく理由があるの？　投資に見合うだけのリターンを、機械音痴は返せるの？

パパの戯言シリーズその23。

命を大切に。

誰の命でも。お前の命でも。

「……助けて。パパ。ママ」

膝に顔を埋めて、力なくそう呟いて――私は正気に戻った。

ふう。

と、ふた息目。

まあまあ、助けが来るまで座敷牢にこもるとか言ったものの、あの両親が京都から、新快速に乗って駆けつけるということはない。『ないだろう』じゃなくて、『ない』。愛する娘のためにすべてを擲《なげう》つとか、そういう人達じゃない。

引退し、絶縁したとは言え、玖渚友は、あの玖渚一族の生粋だし、はっきり言って、パパはそれ以上だ。

その人生の半分以上を自ら揉み消してきた戯言遣いが、娘だけは何よりも優先するなんて感動的なストーリーは、脚本会議で、真っ先に却下されるものだ。

娘が死んだら、パパは三日くらい地獄の底みたいに懊悩《おうのう》して、その後、誰かに励まされて立ち直って、なんか独《ひと》りよがりな成長をしたりするんだろう。

ああ、そうそう、その間に、軽く謎なんか解いたりするのかも。あるいは私が殺された謎を……、正気に戻ったと言ったものの、そんな未来図を想像すると、いっそ腹が立ってきた。

これは親の責任だろ。誘拐されたところから全部。なのに、どや顔で助けに来られたり、謎解きなんかされたら、その辺の男と駆け落ちするぞ、私は。

……謎解き。

近ちゃんを殺したのは誰なのか？　どうして近ちゃんは首を斬られたのか？　なぜ斬られた頭部は持ち去られたのか？　着ていた浴衣はどこへ行った？あてがわれた櫓の部屋ではなく、ゲストルームで殺された理由は？　首を斬られて死んだ？　それとも切断は死後におこなわれた？　そもそも――犯人の動機は何？　よりにもよって世界遺産での犯行だなんて、馬鹿じゃないの？

五月雨式に羅列するだけでも、疑問点が山ほどある。そして重要なのは、これらすべてのミステリーを、解明する必要など『ない』ということだ。むしろ解明など、余計な真似でしか『ない』。

玖渚本家の人間が犯人であろうと、変質者が犯人であろうと、この殺人事件はなかったことにされる。玖渚近という被害者が生きていた記録さえ、綺麗さっぱりデリートされる。念入りに洗い流される。だから、真犯人を突き止めることで、私の身の安全が保証されたりはしない……、真相を探ろうとすることで、暗殺されるリスクが高まることはあっても。

だから、私が天才ならば、このまま座敷牢の奥で膝を抱えて身体を丸め、嵐《あらし》が過ぎ去り、上のほうの人達がいい感じにまとめてくれるのを待つのが、最善策だと判断するだろう。

「…………………」

でも解く。私は。馬鹿だから。

謎があると解かずにはいられない知的好奇心の塊だから、ではない。降りかかる火の粉を払うためでもなければ、倫理観や正義感にのっとり、法を執行したいからでもない。昨日会ったばかりの従姉妹の仇を討つためでもない。ママのデッドコピー？　知ったことか。

そう、知らない。知らない子だ。

首が斬られていたら、誰なのかもわからないほどの……、遠ちゃんは指紋から、雪洞さんはにこ毛から同定していたが、あれだって、私にはできない。

できないが、同時に思った。

デザイナーズベイビーだろうとクローン人間だろうと、無戸籍だろうとなんだろうと、指紋があったり、にこ毛の処理がおろそかだったり……、生きている人間だ。全身がつるつるのフィギュアじゃない。特別な子供じゃない。

青い妖精じゃない。

登場人物でもキャラクターでもない。

だったら普通に、ごく普通に、ありきたりに普通に、地球のどこかで見知らぬ少女が殺されたニュースを知ったときと同じくらいには、犯人を許せないと憤ってもいいはずだ。
他に誰も憤らないのなら。
パパの戯言シリーズその53。
許せないと感じる人間を、許せ。
許されると思っている人間を、許すな。

二日目（2）——双生児はささやか

0

目的を統一するより、敵を統一しろ。
（パパの戯言シリーズ42）

1

「ややあ、高貴な私の高貴な姪っ子。先程は失礼しましたね、高貴な私の高貴な一族が、見苦しいところをお見せしてしまって。謝ろうと思って来たのですよ」

自ら立てこもった座敷牢で、私が熱い決意をたぎらせているところに、ひょっこり直おじさんが現れた。てっきり、ここに最初に来るのは雪洞さんだと

いう甘えた考えを持っていたので、ちょっと面食らった――と言うより、決まりが悪かった。

あくまで仮定とは言え、『もしもこの中に犯人がいたら』と考えたとき、私が一番最初に疑ったのがこの直おじさんだからである。

気まずい。

別に、実の父親を相手にクーデターを起こすような息子だから、自分の娘を斬首《ざんしゅ》しても不思議はないんじゃないかと思ったわけじゃない。いや、本当は思った、ちょっと思った、かなり思った。パパは妻の兄を思い出して語るとき、人格者のように言うことが多かったけれど、人を見る目において、あの戯言遣いはアテにならない。信頼した人間は総じて犯人だっただろ。

ただまあ、理性的にジャッジするなら、実父に反旗を翻《ひるがえ》すことと、娘を裸にして斬殺&惨殺することは、同日には語れまい。

一方で、双子の片割れが殺されたというのに、そ

れをどう揉み消すかの打ち合わせに執心していた実業家を、心から信頼するというのもなかなか難しい話だった。

「……こちらこそ、見苦しいところをお見せしました、直おじさん。あんな風に取り乱しちゃって、お恥ずかしい限りです。玖渚友の名にかけて、もう落ち着きました」

とりあえず、ポジショニングは座敷牢の奥から変えないまま、さりげなく直おじさんが溺愛した妹の名前を出すことで、ふたりの間に仮想の安全弁を作った。

壁とは言わないまでも、弁を。

まあ、直おじさんが犯人だった場合、そのママのデッドコピーを殺したことになるので、遺伝子的に半分しか共通していない誇らしき盾など、失敗したガリ版刷りを破り捨てるがごとしだろうが。ただ、できることは破れかぶれだろうと、なんでもするべきなのだ。

「そうそう、ママはいつも直おじさんのことをあれやこれやと褒めていましたよ。直おじさんのお陰《かげ》で今の自分があるんだと、ことあるごとに言います。私はママは、直おじさんと結婚したらよかったのにと思っています」

ごめんねパパ。

あなたの娘は生き残るために必死なのよ。

「そうですか。ふふっ。いつまで経っても子供ですねえ、高貴な私の高貴な妹は」

満更でもなさそうだ。まさかこんなおべんちゃらが通じるとは……、心配だよ、こんな人格に日本の半分が運営されているなんて。

「……遠ちゃんは？　ひとりにしてしまって、大丈夫なんですか？」

「？　何がですか？」

訊き返されるとは思わなかった。いや、双子の妹があんな風に殺されてショックを受けている娘さんについてあげていなくていいんですかとか、姉もまた、変質者の毒牙《どくが》にかかるかもしれないんですから、見ておいてあげないといけませんよとか、そういう意味だったんだけど……、そこから説明しないと駄目なの？

日本のことは東日本に任せようか。

「誤解しないでください、盾さん」

直おじさんは優雅な口調で言った。

そう言えば、この人は私を、ちゃんと名前で呼んでくれる。嬴おじいちゃんと違って。まあ、取るに足らない相手の名前を覚えるというのは、単にビジネス上のテクニックかもしれないが。詐欺師《さぎし》のテクニックかもしれない。

「確かに高貴な私と高貴な父の会話を表面だけ聞けば、玖渚機関があたかも命を軽んじる集団のように思わせてしまったかもしれません」

表面だけ聞けば？　深層の芯層まで、そうだったように思わせてもらったけれど。

「生存本能より上に企業防衛を置いていることは否定しません。しかし、高貴な私達は、その高貴さゆえに、いつ、どんな理由で殺されても当然だと思いながら、日々を生きているのです。私もあなたくらいの頃には恐るべき殺し屋に命を狙われたことがありましたが、狙われないほうが不自然だと思っていました。幼いながら、近もまたそうだったはずなのです」

それが玖渚機関のノブレス・オブリージュなのです――と、玖渚直は真摯《しんし》に、そして紳士に、私に向き合った。

格子越しではあるが。

私も自分の身を守るように、腕をクロスして肩を抱えているので、なんだか和風『羊たちの沈黙』みたいだが、怖がっているのがこっちだというところが違う。

それにしても、ノブレス・オブリージュと来たか……、五十近くになって、高貴高貴と言うだけのことはある。そうした覚悟をしているがゆえに、娘の変死に、いちいち立ち止まったりはしないのか。

　引きこもった私とは対照的だ。

「そういう話を聞くと、私はやっぱり、玖渚本家の人間じゃないんだと思いますよ。私、どこで誰がどういう風に死んでも、可哀想って思いますもん。死ななくてよかったのにって」

「それでいい。そういう平和な思想を守るために、玖渚機関はあります」

　社会貢献を社是みたいに言っている、全人類を監視する、末はアルゴリズムでコントロールする人工衛星を運用している組織の長が。

「えーと、まとめると、直おじさん達、玖渚機関の面々は、いつ、どんな理由で殺されても当然だと思っているから、近ちゃんがあんな風に殺されてもやっぱり当然だから、その理由もどうでもいいってことですか？」

　おっと、皮肉っぽい物言いになっちゃったかな？　恐れをなして座敷牢に逃げ込んだ奴にしては。でも、意外と納得できる論理だ。

　ただ、応用の利く論理でもある。

　殺されてもいいと思っている者に、殺してはいけないと、どう教えればいい？　どんな理由でも殺されていいと思ってる人は、理由なんてなくとも、人を殺すんじゃないか？

　消しゴムのたとえで言えば、単に消しゴムの効きを確認するためだけに、それをごしごし、消す必要のない文章にかけるように……。

「どうでもいいとまでは言いませんよ。再発防止のためのシステムを作らなくてはなりませんからね。玖渚一族がひとり残らず殺されても当然だからと言って、近の双子の姉である遠を、殺して欲しいと思っているわけじゃありませんから。父親がそんなことを思うわけがないでしょう？」

　そんな文脈を想像した私のほうが邪悪だと言わんばかりの論調で、こういうネゴシエーションで組織を拡張してきたのだとすれば、やはり一筋縄ではいかないおじさんだ。

　要するに、ゾンビ映画だったら、どれだけ人間の形をしていても、ゾンビを銃火器でぶっ飛ばすことに倫理的瑕疵を問われないように、クローン人間だからミステリーの文脈で首なし死体にされても、悲しんだり葛藤《かっとう》したりするシーンは必要ない——と言いたいわけではないという主張だ。

「なるほど、そうだったんですね。はいはいはいはいはい、腑《ふ》に落ちました。すみません、急に皆さんであんな話をするから、私もカルチャーショックを受けちゃって。でももう完璧に理解しました、玖渚本家の事情を。高貴な皆さんの遠い親戚であることを、愚民を代表して心から誇りに思います。大変な重圧だとは思いますが、これからもご活躍のほど、何卒《なにとぞ》よろしくお願いします。帰っていい？」

「駄目です」

　ちぇ。よく聞いてるな、最後にうまくねじ込んだと思ったのに。

「盾さんは、高貴な私の高貴な父から、仕事を依頼されているでしょう。人工衛星のメンテナンスという……、昨夜、高貴な私の高貴な長女が、ここに説得に訪れたはずですよ」

「ええ、はい、そうなんですが……」

　殺人事件が起きたからと言って、うやむやになってなかったか。

　遠ちゃんは確か、直おじさんに言われて来たと言っていた……、ツンケンしたやり取りにはなってしまったけれど、彼女も組織の一員として、ちゃんと上司にホウ・レン・ソウをしたようだ。

「説得できたとの報告を受けましたよ」

「嘘ついてんじゃねーか！」

　任務が未達成に終わったことを誤魔化すどころか、できなかったことをできたって言っちゃってるよ……、ガチで子供の嘘じゃん。

　無茶苦茶危ないことするなあ……。

「嘘なんですか？」

「嘘と言うか……、嬴おじいちゃんにも遠ちゃんにもきっぱり言ったんですけれど、私はママとは違うんですよ。違う風に、育てられました。どうしてみんなわかってくれないんだろう……」

それだけママが異質だったということか。あれだけの才能が遺伝しないわけがないと、周囲に思わせるだけの存在だった……。

「ご覧ください。青髪でも碧眼でもないでしょう？　実はこれはカラーリングで黒くしていて、黒いカラーコンタクトを嵌めていたなんてオチはないんですよ」

「能ある鷹は爪《つめ》を隠してないのですか？」

「ノワール鷹です。真っ黒です」

黒髪黒眼の普通の子です、と言いかけて、口を噤《つぐ》んだ……、昨夜とは違って、話している相手は、青髪碧眼の少女ではない。私と同じく、黒髪黒眼のおじさんである。

白髪染めを使っているにしても……。

「気を遣わなくて結構ですよ、盾さん。高貴な私は高貴な私の高貴な妹のように、青髪碧眼になりたいと思ったことはありません。妹を孤立させないために、それこそカラーリングしたことはありますが、あれは今から思えば高貴な私の高貴な若気の至りでした。だって私は『特別な力なんてなくとも特別な存在になれる』系の主人公ですから」

「そうですか」

私もそれかな？　いや、私はどう足掻《あが》いても、玖渚機関の機関長にはなれない。

でも確かに、公平に見て、私のママと直おじさんの、どちらのほうが社会に貢献しているかと言えば、全会一致で後者だろう。人工衛星を打ち上げたのはママでも、それを活用しているのは直おじさんなのだから。

直おじさんは行き過ぎたシスコンじゃああるのだろうが、劣等感という意味でのシスコンではない……、のかな？

「そうだった頃もありますよ。しかし、今の高貴な私があるのが、高貴な私の高貴な妹のお陰なのは、間違いありません」

さっき私が吹いた法螺《ほら》にかぶせてこられた。心が痛む。クルマに轢かれたときより痛い。ママはあんなこと、一言も言っていない。

私の中の気まずさが増大したので、玖渚兄妹に逸れた話題を、従姉妹と人工衛星へと戻した。

「というわけで、遠ちゃんのを見せてもらいましたけれど、プレパラートみたいな近さんのパーソナル・デバイス？　を、私に譲られても、顕微鏡に置くくらいしかできません」

顕微鏡は使える。

電子顕微鏡じゃなければ。

「なので、余計なお節介《せっかい》かもしれませんが、もっと遠ちゃんに期待をかけてあげてくださいよ。デバイスと共に、殺された双子の妹の遺志を受け継いで、大義を成し遂げてくれるんじゃないでしょうか」

「それが問題なんですよ、盾さん」

と。

ただメンテナンスの仕事を、断固拒否するだけでは玖渚機関に抹殺されるかもしれないという恐れを抱いた私は、遠ちゃんの顔を立てることで危機を乗り越えようと企《たくら》んだけれど、しかしそこが藪《やぶ》の中だった。

待ってましたとばかりに、直おじさんはそう言ったのだ——嵌められたぜ。

「本来、高貴な私は高貴な私の高貴な姪っ子に、この場でデバイスを授与する戴冠式《たいかんしき》をおこなうつもりだったのですがね。あなたを正式に、玖渚機関に引き入れるために」

「そんな重大な展開が、私のまったく与り知らぬところで決まって……、サプライズパーティ、嫌いなんですけど」

「サプライズは、そのデバイスの行方がわからないことです」

直おじさんは。

まるでそれが、近ちゃんの首がいまだ発見されていないことよりも問題であるかのように、そう言った。

「櫓に用意された彼女の部屋にも、荷物の中にも……、殺されていたゲストルームにも。基本的に肌身離さず持ち歩いているはずなのに……、まるで身体の一部のようにね」

パーソナル・デバイス。人工衛星を遠隔でメンテナンスするため、双子の姉妹が作成したオリジナル装置。スマートフォンのようでもあり、モバイルパソコンのようでもあり、リモートコントローラーでもある。

人工衛星のメンテナンスのために生み出された、玖渚友の模造品である遠近姉妹にとっては、まさしく身体の一部だろう……、あるいは頭脳よりも重要な器官かもしれない。

「……犯人に盗まれたってことですか？　もしかして……、犯人の目的は、あのプレパラートだったとでも？」

あんな薄っぺらいガラス板のために人を殺すなんてとんでもない、と言いかけて、あれが地球上の全人類を支配下に置くための鍵だということを思い出す。

もしかして、裸に剝かれていたのは、あのリモコンを物色するため……？　確か遠ちゃんも、十二単衣の隙間からプレパラートを取り出していた。薄い浴衣にだって、それ以上に薄いデバイスであるなら、隠し持てるだろう……、いや、それでも、近ちゃんの首を斬ったことに説明はつかない。

いくら薄くて、小型化に成功していると言っても、スパイ映画みたいに歯に埋め込んだり、舌の裏に隠すわけにはいかない。精密機械だし、何より、ガラスだよ？

「いえ、盾さん。説明がついてしまうんですよ、それが。デバイスが紛失したことで高貴な私には、高貴な私の高貴な次女の、首が斬られた理由がわかったのです。頭が持ち去られた理由が」

は？　なんて？

事件をもみ消そうとしていた癖に、この人、謎を解いちゃったの？　やる気がないそぶりで事件を解決しちゃうパターンの名探偵か。いるいる。

返してよ、私のたぎらせた決意を。

「それはですね、盾さん――」

「待って待って直おじさん、自分で解くから。えーっと……、タブレットと首が、同時に紛失する、合理的な理由？」

うーん。首なし死体でありながら、身元を隠すという役割はまったく果たしていないわけだから――人工衛星のリモコンと連結するフックがあるとすると……、ああ、わかったぞ！

脳だ！　脳が欲しかったんだ！

人象衛星をメンテナンスするためだけに生まれた少女の、いわば『玖渚』専門頭脳に電極を差し込み、コンピューターで解析することで、デバイスの使いかたを引き出すのだ！　脳をハッキングするなんて、すごいぞ、現代の科学！

「……じゃなくて、顔認証ですね？」

いくら機械音痴でも、現代の科学がそこまで進んでいないことは知っている……、現代のスマートフォンには、インカメラによる顔認証機能があることを知っているように。

昨夜、遠ちゃんがデバイスを私に見せびらかすとき、これ見よがしに顔認証でロックを解除していた……、なるほど、衛星の、ひいては人類のリモコンの奪取が目的だったとするなら、顔そのものを盗むことには、合理的な意味がある。

顔認証を解く鍵として。

十三歳の少女を斬首した。

ゲストルームに転がっていた首なし死体は、必要な部位が奪われた残骸でしかなかった――鍵の取り外されたキーホルダーだった。裸の首なし死体じゃ、グッズ化できまいが。

「ええ。さすが高貴な私の高貴な姪っ子。あのふたりは人生には失敗しましたが、子育てには成功したようですね」

「あれ？　私の両親をディスりました？」

「褒めたんですよ。虐待の連鎖を、ミッシングリンクのように、次世代へ繋《つな》げなかったことを」

虐待の連鎖……？

ああ、虐待されて育った子供は、親に愛されなかったから、子供ができても愛情の注ぎかたがわからず、ついつい虐待してしまうという例の偏見のことか。

まあ、機械に触るなとか、変なフレーズ百個憶えさせられるとか、独特の虐待行為はあったけれど、少なくとも私は――少なくとも私は、十年間、監禁されてはいない。

座敷牢で。

「……でも、私、秘密なんですけど、ここだけの話、実を言うと正直なところを白状しますと、メカにはぜんぜん詳しくないんですが……、顔認証って、死体の顔でもできるんでしたっけ？　セキュリティのために、寝顔では認識されないとかなんとか、聞いたことがあるような……」

目を開けて寝るタイプの人なら、寝顔でもイケるそうだし、死に顔のまぶたを、糸で縫いつけるなりして見開かせればいいんだろうか？

「試したことがあるわけではないので、なんとも言えませんね。しかしながら、最悪を想定すべきです。外部の者に人象衛星の、技術が流出した可能性があると」

「…………」

「人流を計測し、あまつさえ人流を操作する未来を見据える九つの星々。そんなオーバーテクノロジーが犯罪者の手に渡っていいわけがありません。なんとしても取り返さなければ」

言ってるなー。

自分達のことを棚に上げて……、いや、棚じゃなくてタイタンに打ち上げちゃったのかな?

それができてこその政治家なのか。

「警察に大々的な捜査を依頼するわけにいかないのは変わりませんが、状況は変わりました。激変と言ってもよいでしょう。高貴な私の高貴な姪っ子に、それだけはお伝えしたくてね……、ですから、座敷牢にこもるというのは正解ですよ。たとえあなたがノワール鷹であっても、犯人がそう思ってくれるとは限りませんから……」

私もターゲットにされるかもしれないと? そんな馬鹿な……、もしも直おじさんの推理が正解ならば、犯人はもう目的を達成したんだから——いや、違うか。

結局のところ、プレパラートだけじゃ駄目なんだ。近ちゃんには、生まれ持った使命である人象衛星の改良はおろか、メンテナンスさえできなかったのだから。

プレパラートだけじゃなく。

優れたエンジニアが必要だ。できれば世界一の……。

「私は天才じゃないって、ラベルに書いて貼っておこうかしら。体操着みたいに、そう書いたゼッケンを縫い付けるとか」

「いいアイディアかもしれませんね」

適当に合わせるようにそう言って、直おじさんは立ち去ろうとする——引き留めて会話を続けるか、それともこのまま見送るか、少し迷う。

犯人の狙いがデバイスであるなら、やはりあなたは遠ちゃんについていてあげるべきだと念押ししようと思ったのだが、議論の蒸し返しになるだけか。

犯人を外部の者だと、今の段階で決めつけるのもまずい気がするが、しかし直おじさんは、玖渚機関の長として、身内を容疑者リストから外すために、わざとそういう論調に持っていった節もある。確信犯であるなら、それを指摘する意味がない。確信犯の正しい意味を指摘するくらい意味がない。

黙って見送るが正解だ。

そう思ったにもかかわらず、

「あの、直おじさん。一個だけいいですか」

と、別れ下手の私は、自分でも引くくらい、空気の読めない質問を投げかけた。

「ママがこの座敷牢に十年間、監禁されていたって本当ですか？」

「は？　違いますよ。誰から聞いたんです、そんなデマ」

デマなの？　誰からと言われれば遠ちゃんからだが、じゃあ嘘ばっかりじゃん、あの子。

デマだと言われてしまうと、なぜ信じてしまったのかわからないレベルのフェイクニュースだけれど、あれ、じゃあなんで私は、この座敷牢が、こんなにホームだと感じるのだろう？　昼間は不快指数が目に見えて高くなるこの空間の居心地がどうしてこうもいい？　それに、『違いますよ』という否定の仕方は、やや引っかかるものが——

私が困惑していると、直おじさんは、

「その座敷牢で監禁されていたのは、玖渚焉《えん》。高貴な私の高貴な妹でありあなたの母親である玖渚友の、双子の弟です」

と言った。

「遠と近は、彼の遺骨から作りました」

二日目(3)——獄門問う

玖渚近
KUNAGISA CHIKA
従姉妹。

0

失敗を恐れるな。

成功も恐れるな。

成敗のみ恐れよ。

（パパの戯言シリーズその8）

1

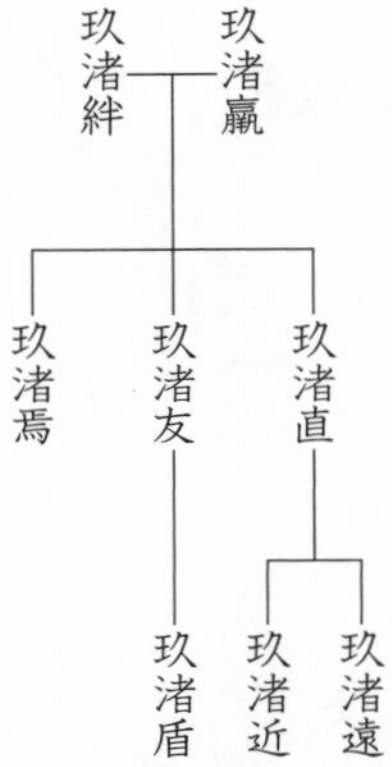

2

そのまま安全な座敷牢に隠れていたほうがいいと親切な親戚のおじさんに言われて、素直に従う私だとでも思ったかね？

私は玖渚盾。誇らしき盾。

大人に逆らうために生まれてきた。

白旗は上げない。反旗を翻す。

実際のところ、外部犯の、いわば産業スパイのような存在が浮かび上がってきたところで、玖渚機関のスタンスに変化があったのは事実だろう。正義感や世界平和みたいなことを言っていたけれど、ぶっちゃけ、犯罪者だろうと変質者だろうと、第三者が絡んでくると、内々にもみ消すことが難しくなるというのもあったはずだ。

ただし、ヒステリーを起こし、どういう行動に出るかわからない私をおとなしくさせておくために、適当にそれっぽい理屈を立てたという線も想定しなければならない……、でないと、タイミングがよ過ぎる。

　真相を突き止めてやると身を乗り出したところに、なーんかそれっぽい『解決編』を提示されたというのは……、顔認証のための首なし死体なんて、たぶんミステリー史上初のワイダニットかもしれないけれど、斬新《ざんしん》であるからと言って、それが真相であるとは限らない。

　まして、謎が残っている。

　なぜ近ちゃんは、ゲストルームで殺された？

　それを突き止めるために、私は座敷牢を脱獄し（閂をかけたけれど、鍵はかかっていない）、自室とは言えない自室に舞い戻ったのだった——ぶっちゃけ、ママが監禁されていた座敷牢だと聞いていたから居心地よく過ごしていたけれど、知らないおじさんが監禁されていたと言われたら、途端になんだか居心地が悪くなってしまったというのもある。

　これが真っ当な推理小説だったなら、少女の死体が発見されたばかりの部屋なんて、現場保存テープが張られまくった立ち入り禁止で、警察官に厳重に見張られているのをどう潜《くぐ》り抜《ぬ》けるかというところに策を巡らせなければならないだろうが、このケースでは無人だった。

　立ち入り禁止テープどころか、『ここに死体がありましたよ』テープもない。と言うか、近ちゃんの死体も、雪洞さんのエプロンがかかって、横たえられたままだ。

　検死のために搬出されたりしていない。

　もしかすると、どこか冷暗所にでも運ばれているかもしれないと思ったけれど……、ああ、この玖渚城で一番の冷暗所である地下座敷牢には、先客がいたんだっけ。

　ともあれ、今朝訪れたときは、現場保存の原則に従って、自分にあてがわれた部屋でありながら、近ちゃんに駆け寄ろうと一歩踏み込んだところで、雪洞さんに羽交い締めにされたけれど……、今回は、私の邪魔をする者はいない。

　やりたい放題だ。

　たぶん雪洞さんは、近ちゃんの首やらプレパラートやらを探すのに、城中を駆け回っているのだろう……、その間にさせてもらうぜ、現場検証。

　現場百遍とは言わないまでも、二度見くらいはしておかないと。直おじさんや遠ちゃんの非人間的なリアクションが正しいとは絶対に思わないけれど、今朝の私が冷静じゃなかったのは間違いない。

　重要な、かつ致命的な見落としがあったかも。

　私は部屋に這入り、エプロンのかかった近ちゃんの死体のそばに、このときばかりは正座して、両手を合わせた。

　祈りと言うより、謝罪の姿勢だった。

　せめて安らかな永眠を願っておきながら、素人の女子高生が、検死の真似事をしようとしているのだから……、何かかけてあげてとか言っておいて、その布を、我が手で剝ごうとしている。

　十三歳の少女を裸に剝いた犯人と倫理的には何も変わらない。

　ただ、それを重々承知の上で、確認しないわけにはいかない……、遠ちゃんや雪洞さんが適当なことを言ったわけがないが、この死体が他ならぬ近ちゃんのものであるという、確信は持っておきたい。

　パパの戯言シリーズその90。

　真実だからと言って信じるな。

　……たまに無茶を言っている、単に変わったことを言いたいだけなんじゃないかというパパの戯言シリーズだが、好意的に解釈するなら、真実とは、信じるものではなく、知るものだと言いたいのではなかろうか。

「ごめんね、近ちゃん。天国で会ったら、タピオカドリンクを奢《おご》るよ」

　口さがない人はブームはとっくに去ったと言うかもしれないが、私は盛衰に踊らされない。お互い、天国に行けるかどうかはともかく……、私はえいやっと、エプロンを引《ひ》っ剝《ぺ》がした。

「うっ……」

反射的に呻《うめ》いてしまった。

露《あら》わになった首なし死体に、じゃない。鼻を突く腐乱臭みたいなものに、がつんと殴られたみたいな衝撃を受けたのだ……、そうだね、死体の保存に向いている季節とは言えない夏休みだ。冷暗所に置いたって腐るんじゃなかろうか。

まして世界遺産。

ゲストルームと言えど、クーラーは完備されていない。風通しはいいけれど、格子窓から日光が注いでいて、じっとしているだけでも汗ばんでしまう室温である。

ビジュアルは覚悟していたが、この臭《にお》いは……、マスクをしておくべきだった。もしかすると今朝の時点でも、腐敗は始まっていたのかもしれないが、この至近距離だと、無視はできない。無嗅《むきゅう》？　はできない。

「うん……」

鼻と口を片手で覆いながら、それでも私は検分を開始する……、ここで怯むくらいなら、一生座敷牢にいるべきだ。衛生的には、眼球を保護するゴーグルも欲しいところだが、私の手元には何もない。あるのは勇気だけだ。

これ、マジで言ってんだけど。

指紋を目視で確認するというようなスーパー天才児の離れ業は私にはできないけれど、にこ毛の確認くらいならば、任せておけ。

ふむ。確かに青い。

生物学的に言えば、必ずしも頭髪の色と体毛の色が一致するわけではないと思うけれど（三毛猫っていうのもいる）、しかし髪が黒くて体毛が青い少女の首なし死体をどこかから調達したのだと考えるよりは、この首なし死体は、頭髪も青かったのだと推定するほうが妥当だろう。

雪洞さんの言うことは本当だった。

しかし、こうしてじっくり裸体を見ると、ママと違って健康的に育てられていることはわかるけれど、やっぱり年相応の少女だ……、世界平和のためだろうと世界征服のためだろうと、たかが人工衛星のためにこんなことをしたのだとしたら、やっぱり許しがたい。

ふつふつ怒りがわいてくる。クールな女子でありたいとは思っているが、これで結構怒りっぽくてね、私。

パパも実はそうだった。

しかし感情的になっていいことはない、少なくとも今、この瞬間は。心を制御しつつ、私は近ちゃんの二の腕に触れてみた。

わかってますよー。

いくら現場保存の原則を無視するにしたって、死体に触るというのは、死者に対する敬意が圧倒的に足りないと言われても反論できない。医者か、二親等以内の関係でなければ、やっちゃ駄目なことだろう……、ただ、どうしても確認しておきたかった。

彼女が人間であることを。

……首なし死体がマネキンかもしれないと疑ったわけじゃない。青い産毛《うぶげ》を植毛したリアルな人形で、発見者を欺くというトリックがどれほど現実的なのかはわからないが、私の目的はその真偽を明らかにすることじゃなくて、死後硬直の具合を確認したかったのだ。

腐敗が進行しているのはわかったけれど、死後硬直は？

腐敗と硬直は両立しないと聞くが……、素人感覚だと、まだがちがちだ。

少女らしい柔軟さはまったく感じられず、むしろ本当にマネキンみたいだった……、神をも恐れぬ自分の行為に怖気《おぞけ》が走って、すぐに手を離したけれど、しばらくはその感覚が指先に残ったままだった。

一生残るかもしれない。

「んー……」

首の切断面を覗き込むように見る。完全に乾燥して、出血は止まっている——し、斬首したにしては、出血量も少ない。いや、少女が斬首された際に流れる血の、正確な平均値を把握しているわけじゃないんだけれど……、それに、少ないと言っても、世界遺産の畳を一枚駄目にしてしまっているんだけれど、素人考えで言わせてもらえれば、これは生前の傷ではないだろう。

斬首は死後におこなわれた。

それが近ちゃんにとって救いになるのかどうかはわからないが……、死体に外傷やら、暴力を受けた形跡がないからと言って、なくなった頭部までもそうだったとは限らない。鈍器で頭蓋骨《ずがいこつ》を殴打されて、その『死因』を隠すために、頭部を持ち去ったというパターンも考えられる。

可能性だけで言えば、ぜんぜん犯罪事実のない、心臓発作などで亡くなったのかもしれないが……、それでも斬首は犯罪事実だ。

ふむ。

しかし今のところ、直おじさんの提示した、顔認証のための斬首だという仮説を否定する仮説、または越える仮説は思いつかない。なぜ櫓ではなく、ゲストルームで殺されたのかという謎は、変わらず残ったままだが……、どうして私の部屋で……。

行き詰まった私は、石川啄木《いしかわたくぼく》ではないが、じっと手を見る。死後硬直した近ちゃんに触れた手を。死後硬直だけじゃなく、肌のにこ毛の感触も残っている。

青い髪……。

「……何をしているの、ひいさま」

「はっ！」

唐突に背後から声をかけられ、つい、怪しい感じで振り向いてしまった——芥川龍之介《あくたがわりゅうのすけ》『羅生門』に登場する老婆のように。いや、下人に見つかった老婆のリアクションがどんな描写だったかは憶えていないけれど、気分は、死体泥棒をしているところを見つかったシチュエーションである。

振り向いたところにいたのは遠ちゃんだ。

振り向くまでもなく、古今東西、私を『ひいさま』と呼ぶ者は、彼女しかいない。

「…………」

天才児が引いている。

双子の妹の死体を検案していた従姉妹に。

どこから見られていた？　死後硬直を確認しているところ？　死体の臭いを嗅《か》いでいるところ？　死体の覆いをひっぺがしたところ？

「ち……、違うのよ！　いや、まあ、違わないかもしれないけれど……、遠ちゃんが想像しているようなことじゃないの！」

私は声を大にして釈明した。

なんだか必死な感じになってしまって、我ながら、容疑の色が濃くなっていく。脱衣婆《だつえば》みたいになっていく。

振り向くのではなく振りまくべきだった、愛想を。

「わかって！　玖渚友の娘は潔白なの！」

「そんなことに親の名前を出すな」

と呆《あき》れ顔《がお》で言って、遠ちゃんは室内に這入ってきた……、後ろ手で襖を閉めて、ゲストルームを密室にする。なぜ密室にするのか、一瞬たじろいだが、そもそも私が、殺人現場に忍び込んでおきながら、襖を開けっぱなしにしていたほうが問題だ。

用心が足りなかった。

「わかってるわよ。探偵ごっこに来たんでしょ？　玖渚友の娘がやりそうなことよね」

「……と言うことは、遠ちゃんも？」

「うに。わたしは平々凡々に、双子の妹に、お別れを言いに」

やっと周囲の目がなくなったのでね、と言って、遠ちゃんは、私の隣に座った。正座ではなかったが、姿勢はいい。死者への敬意の感じられる姿勢だ、私と違って。

「周囲の目って……、直おじさんとか、贏おじいちゃんとか、絆おばあちゃんとか？」

「そうよ。天才の振りが楽じゃなくて」

さらっと言って、首なし死体を見下ろす遠ちゃん……、手を合わせるわけでもないし、涙を流すわけでもない。

けれど今朝とは、確かに様子が違った。天才の振りをしていたという今朝とは……。

「……私にはしなくていいの？　天才の振り」

「ひいさま相手にしてもねえ？」

嫌な感じに微笑まれた。

嫌な感じじゃなかった。

「仲、よかったの？　近ちゃんとは」

「いいとか悪いとかじゃないわね、双子のデザイナーズベイビーだし。ふたりでひとり、ひとりでふたりって感じ。お父さまが昔、そういう殺し屋に命を狙われたことが、発想の原点らしいけれど」

殺し屋に狙われた話はさっき聞いていたが、それを子作りの原点にするというのは、まともじゃないな……。

してみると、やはり髪の色や瞳の色が、特別の証明にはならないのだろう。こうして近い距離で、格子も挟まずに隣同士に座ってみると、遠ちゃんの豊かな髪は、確かに魅惑的で、チャーミングで、目を奪われるけれど——奪われる……。

「………」

「二人合わせて玖渚友——仲のいい振りはしていたわね、天才の振りをしていたのと同じように。息の合ったコンビの振り。期待されていた人工衛星『玖渚』のアップデートが、何年経ってもできないんだから、せめて玖渚友ぶっておかなきゃ。その必要もないのに、ヘアスタイルを昔の彼女と揃えてみたりね……、考えてみたらぞっとするでしょ？　ひいさまだって、玖渚友の娘だからと言って、昔の母親と髪型を一緒にしようとは思わないでしょ？」

「思ったら正気じゃないわよ」

二十年前のヘアカタログなんて使えるか。

一緒の美容院も使わないくらいだ、いや、別に不仲だからじゃなく……、誰だって親の選んだ服は着ないでしょ？

「澄百合学園の私の制服を、ママが着ることはあるけれど……、それでパパとデートして、職務質問を受けたことが……」

「やめて？　わたしの中の玖渚友の幻想を崩さないで？」

クローン人間なんだから、と遠ちゃん。

クローン……。

玖渚友の双子の弟、玖渚罵の遺骨……。

ママに弟がいるなんて誰からも聞いたことがなかったし、私にもうひとりおじさんがいるなんて……、伯父さんならぬ叔父さんがいるなんて、衝撃の事実ではあったけれど、さすがに立ち入れないな……。

知りたくないという気持ちも強い。

パパさえ知らない新情報を、なぜ私が知らなくちゃならない。

ただ、パパが初対面のとき、ママを男の子だと思っていたということばれ話は把握していた。まあ子供時代ならそういうこともあるかという程度のエピソードトークだけれど、しかしママに双子の弟がいたとなると、ちょっとばかし話が変わってくる。

青い少年。青い少女……。

もしも遠ちゃんや近ちゃんが、玖渚友になれなかった理由があるとするなら、まさしくそこじゃないのか？　とも思う。エンジニアリングするにあたって使われた『材料』が、双子とは言え、玖渚友本人じゃなかったから……。

「？　何よ、ひいさま。じっと見て」

「あ、じゃなくて……」

変な間が開いてしまった。

直おじさんへの報告は嘘だったとしても、遠ちゃんは、あの座敷牢に囚われていたのは、玖渚友だと心から信じているケースもあると思うと、尚更話題にしづらい。

誤魔化すために、私はしどろもどろになって、まだ言うつもりのなかったことを、整理しきれないままに、遠ちゃんに言った。

いや。

近ちゃんに言った。

「ねえ……、あなたが犯人なの？　近ちゃん。遠ちゃんを殺して、首を斬って、入れ替わったの？」

3

「……何のことかわからな過ぎて、そこまで議論する気になれないんだけれど、ひとまずそのまま続けて、ひいさま。もしかしたら妥協点が見出《みいだ》せるかもしれない」

交渉の扉を閉じることなく、話を続けさせてくれるのは立派だ。死体泥棒を相手に。ただ、その辺がまともだとも言える、直おじさんと違って。あるいは玖渚友と違って。

そして私とも違って。

お許しが出たので、ひいさまは続ける。

「雪洞さんが言った通り、確かにこの首なし死体には、青い産毛が生えていた。それは本当だった。この死体が、青髪の持ち主だったことは、確からしいと考えていいと思う。だけど、だからと言って近ちゃんと特定するかどうかには、まだ疑問の余地がある」

「……そうね。そう言えば、あなたは今朝、死んでいるのはわたしだと思って、えらく取り乱していたものね。そんなにわたしのこと好きだったんだと思って、内心、照れちゃってたわ。顔には出さなかったけど」

「天才の振りがお上手だったわね」

「処世術だもの。……だけどわたしはこうして生きているし、それに、言ったでしょう？　近ちゃんの指紋だって」

「それはあなたが言っているだけだわ。指紋の確認なんて、他の誰にもできない。あなたが近ちゃんの指紋だと言ったからといって、首なし死体が近ちゃんだという証拠にはならない」

遺伝子が同じ双子でも、指紋は違う。

しかし、仲よしの『振り』をして、普段から行動を共にしていた姉妹ならば、指紋を混同させる——もっと言えば、入れ替えることは可能だ。

これは妹の指紋ですと言って、姉の指紋が付着したコップでも提出すれば、仮に警察の鑑識が捜査に入っても、クリアできる。

「なるほど。双子でも指紋は違うという先入観を利用するわけね。面白いトリックだわ、ひいさま、推理作家になったらいいんじゃない？」

「漫画編集者志望よ。知ってるんでしょ」

お決まりの台詞を言われてちょっとテンションが上がってしまったけれど、果たして遠ちゃん、いや近ちゃんは、

「でも、どうなのかしら」

と、首を傾げた。

「つまり、近——失礼、遠、なのかしら？　この死体が服を脱がされているのは、入れ替わるために、今わたしが着ている十二単衣を奪うのが目的だったってことよね？　だったら向こうに浴衣を着せておかなきゃ、手落ちじゃない？　着せるのが浴衣なら、簡単でしょ？」

「脱がすのが十二単衣じゃなければね。死体から服を脱がす作業に手間取っている間に、死後硬直が進行してしまった——だから、浴衣を着せることができなかったのよ」

「理屈と膏薬《こうやく》はどこにでもつくわね。戯言遣いになったら？」

「死んでも嫌だ」

「そうね、戯言遣いなら見落とさないでしょう、そのトリックの瑕疵を」

なぜか私のパパを評価しながら、遠ちゃん、いや近ちゃんは、髪をひと房、つまむようにした——その豊かな青い髪を。

「『これ』はどう説明するの？　なるほど、その双子の入れ替わりトリックは、仮に玖渚遠が玖渚近と入れ替わる場合には成立するでしょう。殺した近の首を斬って、どこかに隠す。そして、妹になりすますために——ロングヘアを、ベリーショートに刈り上げる。クローン人間で、双子の中の双子であるわたし達姉妹の違いは、ヘアスタイルだけなのだから。……まあ、入れ替わろうとする動機は意味不明だけれど」

そこは痛いところだったが、犯人の抱える動機には興味がないタイプの名探偵を演じることで、なんとか乗り切るしかない。乗り切れるか？　なんだか、暗雲が垂れ込めている気がする。

「うに。だけど、わたしに……、失礼、玖渚近に玖渚遠が入れ替わることはできても、玖渚遠に玖渚近が入れ替わることはできないでしょう？　ロングヘアをベリーショートに刈り上げるならまだしも、たった一晩で、ベリーショートをロングヘアに伸ばすなんて、わたしはなんて妖怪なのよ」

妖怪か。

それも、第一印象である。

そして今もなお、妖怪じみている。

デバイスを操作する顔認証のために、首なし死体を作ったというのも前代未聞ならば、まさかそんな理由のために、斬首をおこなった犯人というのも空前絶後だろう。

　私は言った。遠ちゃんに、いや近ちゃんに、とどめとなる一言を。

「ヘア・ドネーション」

「…………」

「双子が入れ替わるだけなら、あなたは首を斬る必要はなかった——にもかかわらず斬首したのは、被害者の顔が、あるいは脳がほしかったんじゃなくて、髪がほしかったのよ。遠ちゃんの豊かな髪で、ウィッグを作るために——それをかぶれば、あなたは一晩で、ベリーショートの玖渚近から、ロングヘアの玖渚遠に成り代われる。青髪碧眼の妹から、青髪碧眼の姉に。《死線の蒼《デッドブルー》》から青色サヴァンに——進化できる」

　後ろ髪ひかれる思いだったが。

　これで事件解決だった。

4

「申し訳ありませんでした。あらぬ疑いをかけ、あなたさまの名誉を傷つけてしまい、謝罪の言葉もございません。心痛のほどは察するにあまりあります。この通り、伏してお詫《わ》びいたしますので、何卒、ご容赦ください」

「土下座とかやめて？　わたしの妹の死体の隣で、土下座しないで？」

　遠ちゃん、いや近ちゃん、じゃなくってやっぱり玖渚遠だった遠ちゃんに、全力で謝る私だったが、逆に戸惑わせてしまった——しかし、三つ指をついて、頭をどれだけ畳にこすりつけても足りなかった。こすりつけ過ぎで額が発火しそうだが、それ以前に、顔から火が出そうだった。

　なるほど、頭脳明晰《めいせき》な名探偵が、推理の披露を最後の最後までしないわけだ。仮説の段階で先走って得意げに披露すると、ただ恥ずかしいだけじゃ済まない。

　マジで申し訳ない気持ちでいっぱいだ。

　死にたい。

　パパの戯言シリーズその63。

　どれほど恥ずかしくても、恥で人は死なない。

　パパ、私、すごく死にそうなんだけど。

「ほら、顔を上げて。泣かなくていいから。べっぴんさんが台無しよ、ひいさま」

「うう……、ありがとう。本当にすみません……、私は被害者遺族になんてことを……」

　最初に首なし死体を見たとき、それを遠ちゃんだと思った直感に引きずられ過ぎたとしか言えない……、間違いを認められず深みに嵌《はま》っていく、典型的な愚か者だ。

「だから気にしないでって。被害者遺族って言っても、玖渚本家なんだから、わたしだって。……迂闊でお馬鹿だとは思うけど。あんなこと言うまでに、わたしの髪をつかんで引っ張ってみればいいだけだったのに」

「女の子にそんな乱暴はできない」

「モラリスト……、殺された『わたし』の生首を、丸刈りにするような推理を披露しておいて……」

　やめて、良心が痛む。

　マジで言ってんだけど、私が坊主頭《ぼうずあたま》にして謝意を示したいくらいだった……、推理というのもおこがましい妄想を垂れ流した私の手を、遠ちゃんは黙って取って、自分の髪に触れさせた。

　そのみずみずしい感触だけで、『あ、これはウィッグじゃないな』と、生きた髪であることを直感できたけれど、彼女は手を添えたままで、私に青髪を軽く引っ張らせた。

　髪の毛を通して少女の頭皮を感じた。

　徹底するなら、引っこ抜いて毛根を確認しなければ、接着剤で貼《は》り付けている可能性もあったかもしれないし、極論、私があちこちの傷口を縫合されたように、髪を縫いつけている可能性もないではないのだが、ええ、はい、私はもうしたくないんです、これ以上、恥の上塗りを。

そんなわけで大暴投の大空振りだった。

こうなってしまうと、第一、何のためにそんなことをするのだという、動機面の掘り下げをしなかったことが何より悔《く》やまれた……、ふたりとも玖渚友（焉？）のクローンなんだったら、入れ替わろうが成り代わろうが、似たようなものなんだから。

十二単衣が着たかったから、みたいなサイコパスめいた理由くらいしか思いつかない。

「金輪際推理なんてしないので勘弁してください。学校もやめます」

「自らに科す罰が重過ぎるでしょ……、学校は行って。従姉妹に悪口を言ったくらいで、学校に迷惑もかからないでしょう」

まったく。

人間だから間違うこともあるよでは済まされないな、誤認逮捕は。

「そんなに気に病まないで。それを言うなら、ひいさま、わたしだって、ひいさまが近を殺した犯人なんじゃないかって、疑っているところもあったんだから」

「え？　なんで？」

きょとんとして、我に返ってしまった。

そんな発想はまったくなかった。

いや、清廉潔白にして人格優良、公明正大にして無辜《むこ》無罪、優等生の生き見本である私が、法を犯すわけがないからじゃなくて、私が犯人でないことは、私が誰よりもよく知っているからだけど……、しかし、私の潔白を知っているのは、考えてみれば私だけだ。

犯行時、私は自ら座敷牢に這入ってはいたけれど、強固な鍵がかかっていたわけじゃなく、出入りは自由である。

アリバイを証明してくれるほど、遠ちゃんと長話こもった、自分でもうまく説明できないあの感覚的な行為は、振り返ってみると、下手なアリバイ工作のようでさえある。

名探偵でもあるまいし、どうして私が世界遺産に訪れたタイミングで、たまたまこんな殺人事件が起きるんだ？　それともこれが玖渚機関の当たり前なのか？　と、理不尽に考えていたけれど、もしも私が犯人であるなら、そんな疑問はあっけなく解消する。ホームズじゃなくてジェイソンが来たのであれば、どうだ、殺人事件が起きないほうがおかしい。

だけど、だから私が犯人だなんて？

「酷い！　遠ちゃん、私を疑うの!?」

「昨日会ったばかりの従姉妹でしょ」

「私に人なんて殺せっこないって、知ってるでしょ!?」

「どうかな、あのふたりの子供だし……、似たようなのがふたりいるなら、まぎらわしいからひとりはいいかって理由で殺しそう」

うちの両親、イメージ悪過ぎでしょ。

否定できないのが悔しい。

庇えないよ、あの夫婦は。

「でも、わたしがひいさまを疑ったのは、タイミングの問題じゃないわよ。確かにひいさまの言う通り、玖渚本家っていうのは、いつ、どんなタイミングで殺人事件が起きてもおかしくない環境ではあるしね……、家庭環境ではあるしね。してんのよ、殺伐《さつばつ》と。正直、この歳まで殺されずに、ふたり共生きていられたことのほうが異常なのよ」

天才の振りの甲斐ってことか。

私が誘拐されて来たことで、その甲斐がなくなったというのであれば、近ちゃんが殺された遠因が私にあると、言えなくもなくなってしまうのだけれど……。

「でも、じゃあなんで私を疑ったの？　従姉妹を疑うなんて信じられない」

「馬脚を露したわね。鏡は機械じゃないから、触れるはずなのに」

「語るに落ちたみたいに言われても。それを根拠に、私がエキスパートのエンジニアだってことにはならないわよ」

それに、油断ならない。

美容器具にも最近は、ＩＣやＡＩが組み込まれているのだ。洗面所だって、私にしてみれば、どこに地雷が埋まっているかわからない。ほぼ戦地だ。

「ここが殺人現場だったからよ」

と。

遠ちゃんは、疑惑の根拠を述べた。

「あなたの部屋で殺人が起きた。普通、あなたが犯人だって思うでしょ。天才じゃなくても、『特別な子供』じゃなくても」

ああ……、そりゃそうか。

そりゃそうか過ぎるほどそりゃそうか。

「……そっか」

ある意味、これで、近ちゃんがゲストルームで殺された理由がわかった……、あてがわれた櫓の自室ではなく、あるいは他のどこでもなく、この天守閣の、客間で殺された謎が解けた。

私に疑いの目を向けさせるためだ。

誤認逮捕……。

私がのこのこと、夜の散歩に出掛けたのをいいことに、その後、座敷牢で寝こけたのをいいことに、犯人は、本来の私の寝床で、犯行を……、私を犯人に仕立て上げるために。

まさか、それが動機か？

人象衛星の修理という大仕事に、つまり大役に、コネで任じられようとする私に、身内殺しの冤罪《えんざい》をかぶせることによって、玖渚機関入りを妨げようというのが狙い？

……だったら直接私を殺せよとは、口が裂けても言いたくないが、私ではなく近ちゃんを殺したのは、クローン人間である近ちゃんなら、殺しても罪悪感が薄かったから——という、例のゾンビ映画のロジックなのか？　遠ちゃんではなく近ちゃんが被害者に選ばれたのは、遠ちゃんはそのとき、まさしくターゲットである私と交渉している最中だったから……、瞬《また》く間《ま》に構築されるロジックに、今のところ、違和感はない。

首を斬ったり、裸に剝いたりしたのは、どうせ仕立て上げるなら、私をなるだけ猟奇的な変質者に仕立て上げたほうが、組織からの追放という目的には適《かな》うから……、でも、こんなのはやっぱり、『私は絶対に犯人ではない』と確信している、私の理屈でしかない。

仮に、これが一人称語《かた》り部《べ》の小説だったとしても、『そう思い込んでいるだけかもしれない。自覚のない二重人格かも』という疑惑は拭《ぬぐ》い去《さ》れまい。

マジで言っても無駄だ。

迂闊というなら、その点に気付かなかったのが何より迂闊だけれど、端から見れば、私は従姉妹殺しの、最有力の容疑者なのである。

ドカーン。

「だ、だけど遠ちゃん、過去形で言ったよね？『疑っていた』って。つまり、容疑はもう、遠ちゃんの中では晴れてるってことだよね？」

「いえ、過去形で言ったのは、なんとなく言っただけだけど……」

そうだね、そういうこともあるよね。

過去形で言ったかどうかって、ミステリーじゃあ、結構重要な要素だけれど（『既に亡《な》くなっていると、ご存知だったのではありませんか？』）、それが決め手になるのも無茶な話だ。

「……でも、疑いが晴れたのは事実よ。うに。晴れたはまだ言い過ぎかな。曇り時々晴れくらいかしら……、だけど、あなたが近を殺した犯人なら、こんな風に、人目を憚って、羅生門ごっこに勤《いそ》しんだりはしていないでしょうから」

「わかんないわよ。本物の変態かもしれない」

「従姉妹が死体フェチの変態ってキツいわ。親もシスコンの変態なのに」

言って、遠ちゃんは両手を広げた。一瞬、意図を計りかねたけれど、どうやら和解の申し出らしい……、お互い、殺人疑惑を向け合ったけれど、とりあえずはノーサイドということで。

私からも両手を広げ、そしてシットコムのホームドラマのように、互いに抱き合う。

「じゅーでんちゅう」

そんな戯言を遠ちゃんは言った。

首なし死体がかたわらにありつつも、ようやっと私達、普通の従姉妹同士みたいな交流ができたかしら？

二日目（4）——青髪忌

玖渚遠
KUNAGISA TO
従姉妹。

玖渚盾
KUNAGISA JUN
私。

0

友達は大切にしろ。

明日死ぬかもしれないんだから。

（パパの戯言シリーズその87）

1

なにせ親戚付き合いの薄い両親の下で育ったものだから、同世代の従姉妹と好誼《こうぎ》を結べたという事態に、割とマジでテンションが上がっていたけれど、だからと言って事態は進展していない。

むしろ、私に容疑がかかっていることが判明し、八方塞《はっぽうふさ》がりの空気もある。直おじさんがあんな風に、私に座敷牢への長期滞在を勧めたのは、まさか被疑者を言いくるめて、拘留することが目的だったのでは……？

ありうる。

平静を装っているようでいて、実は次女が殺されたことに激おこで、今はこの玖渚城のどこかにある拷問室で、ちゃくちゃくと私を甚振る準備をしているかも……。

「人の親をなんだと思ってるのよ、ひいさま。大丈夫、お父さまはそんなかたじゃないわ。たとえひいさまが本当に近を殺していたとしても、笑って許してくれるわよ」

「それ、本当に人の親？」

「このゲストルーム、昨夜は誰でも這入ってこられる状態だったのよね？」

と、遠ちゃんは客間を見渡した。

妹の殺人現場を見渡した。

「鍵も錠もつっかえ棒もないし、もちろんオートロックなわけでもないし」

「うん。いわゆる密室じゃなかった……、出入りは自由だったはずよ」

それはこの部屋に限らない。

玖渚城自体、出入りは自由だ。

世界遺産なのだから、大外に警備員さんくらいは立っているのかもしれないけれど、そこをなんとかクリアして、橋を渡って敷地《しきち》内に這入りさえすれば、門番もいない。いて、せいぜい可愛らしいメイドさんくらいだ。

だからこそ、外部犯の存在を想定する余地があるわけだけれど……。

「事件当夜は、みんな、どこにいたのかしら？　私は地下牢にいて、遠ちゃんは、そこに逢《あ》い引《び》きに来てくれた……」

「マッハで記憶が改変されてるわよ。昨夜はまだ友達になってない」

「失礼。そこに会いに来てくれたけど、寝起きは櫓よね？」

「そうね。お父さまとわたしと近は、天守閣の外に、それぞれ部屋が用意されていた……、とは言え、身分的に天守閣に、許可なく這入っちゃ駄目って言いつけられてたわけじゃない。クーデターを起こしているお父さまが、さすがに同じ建物で寝てちゃまずいだろうと、お祖父さまに気を遣って距離を取っただけよ」

そうだとは思っていたが、距離の取りかたのスケールがでかいな。

三歩下がって父の影を踏んでいないように見えて、世界遺産の櫓を寝床にしているのだから……、クーデターを起こされた赢おじいちゃんと絆おばあちゃんは、天守閣の最上階。絆おばあちゃんは城主だそうだから、そのポジショニングは適当であるように思われる。

「雪洞さんは？　そう言えばあの人、どこで寝泊まりしているんだろう」

「千賀はあなたの世話係だからね。この三階に、小

「遠ちゃんはいっぺん、この部屋に来ているんだよね？　それが、誰でもこの部屋には来られたっていう証明にはなると思うんだけど、そのとき私がいなかったから、座敷牢にいるんじゃないかと思ったんだよね？」

「ええ、そうよ。ひいさま」

「つまり、そのときはまだ、この部屋に首なし死体はなかった。ってことでいいんだよね？」

ここで『いえ、あったわ』と答えられたら、友達としても従姉妹としてもリアクションに困るところだったが、最高なことに、「もちろん」という、ありきたりな答だった。

「だから、犯行はそのあとの出来事だったということになるわ。……もう少しあとだったら、犯行を阻止できたかもしれないのに」

「…………」

そこは、犯人と鉢合わせにならなくてよかったと考えるべきだろう。殺人犯が少女を裸に剥いて、首部屋を用意されているはずよ」

小部屋？　まさか武者隠しだろうか……、いや、さすがにあのスペースでは寝られない。四つん這いになることもできないだろう。しかし、確かに近くに控えていると言っていた。

「だから、侵入者がいたとしたら、彼女は事件の物音を聞いているかもね……、わたしが天才の振りをしたままで軽く訊いた感じだと、昨夜はぐっすり眠っていて、何も気付かなかったそうだけれど」

まあ、私が疲れさせてしまったしな。

物音と言っても、歴史的建造物である、何もなくとも家鳴りが起こるだろうことを思うと、異変に気付けというのは、無理なお願いだ。職業病で、鈴の音には反応してくれたかもしれないが……。

ただ、起きていようと寝ていようと、同フロアにメイドさんが控えているというのに、鍵のかからない部屋で殺人をおこなおうなんて、普通、思うかな……。

を切断しているところに出くわしたら、たとえ真の天才だったとしても、十三歳の女の子に何かができたとは思えない。

「……遠ちゃんが私の説得役を任じられたときに、近ちゃんは櫓で就寝中だったんだよね？」

「そうよ。そう言ったわね」

「双子だからって常に一緒にいるわけじゃないっていうのはわかるんだけど、どうして私の説得役は、近ちゃんじゃなかったのかなって」

「それは、わたしが、双子とは言え『お姉ちゃん』だからかな……」

　普通の姉妹みたいなことを言ってから、遠ちゃんは、「もしも近のほうが行っていたら、殺されていたのはわたしだったかもしれないって話？」と訊き返してきた。

「かもしれないけれど、それを言うなら、私が素直にこのゲストルームで寝ていたら、殺されていたのは私だったかもしれないわ」

　いざ口にしてみると、どちらもぞっとする可能性だ。しかも絵空事ではない可能性である。

「犯人は特に、ターゲットをしぼってなかったのかも……、無差別犯だとすると、当日の近ちゃんの動きが気になるわ。どうして櫓で寝ているはずの近ちゃんが、客間に来たのか」

「無差別犯に無理矢理連行されたんじゃないの？　眠っているところを、担がれてってこともあるか。……自分の意思で来た線も、ある？」

「近ちゃんは近ちゃんで、私を説得しようとしたのかも……、自発的になのか、直おじさんとは別口から頼まれてなのか……」

「そこに『お姉ちゃん』の真似をしたって仮説も足しておいて」

　そんな普通の『妹』みたいなことをするか？　という返しは野暮だろう。普通の少女に対するように、近ちゃんを哀悼すると、私は決めている。

　パパの戯言シリーズその35。

『普通』は普通に、褒め言葉。

「……けれど、生きている人間のアリバイ調査だって簡単じゃないのに、死んだ近ちゃんの、当夜の動線なんて、わかりっこないもんね」

「わかるわよ」

「え？」

「あ、いや、違った」

と、遠ちゃんはすぐに前言撤回した。

取《と》り繕《つくろ》うように、

「昔だったらわかった、ってだけの話。これは正真正銘の過去形。ごめん、ひいさま。期待させるようなことを言って」

と、両腕を広げる。

ハグで誤魔化そうとしてる？

「がしっ」

とりあえずハグはいただいておく。抱いておく。

そして、その姿勢のまま「いいから言ってみて。遠ちゃん。ダメ元で」と、私は彼女の耳元で囁いた。

「私はあなたに、期待することをやめません」

「籠絡《ろうらく》しようとしてる？　わたしを？」

やっぱりあなた玖渚友の娘なのね、と、今更なのか失礼なのかわからないことを言ってから、遠ちゃんは、

「近ちゃんのに限らず、全人類の動線を調べられる装置を、我々、玖渚機関は保有しているじゃない」

と、苦しそうに続けた。

苦しそうなのは、私に抱き締められているからなのだが——ああ。

そうだった。

「人象衛星『玖渚』」

ことの発端。大元凶。

2

人流を完全に計測できるというのはそういうことだ。全人類を監視するつもりなのであれば、近ちゃんに限らない。犯人の動線すらも明確になる——カメラ付き携帯電話の普及で、または防犯カメラの普及で、あるいはドライブレコーダーの普及で、どんどん推理小説の舞台は狭まっていくけれど、九つの人象衛星は、舞台公演そのものを中止に追い込む。

すべての犯罪行為が、文字通りお見通しだ。

世界平和というのは、大袈裟ではなかった——その引き換えにミステリーという分野が、ほとんど剣と魔法のファンタジーと同義になってしまうけれど、犯罪を撲滅できるのであれば小さな代償だと、良識のある人は言うだろう。

だが、読書人としては、こう言い返さなければならない。

それは忌《い》むべきディストピアだと——怖いのは、その段階でもまだ、ママの打ち上げた人象衛星が未完成ということである。

人象衛星『玖渚』の本懐は、人流の計測ではなく、人流の管理にあるのだから——つまり、運用の仕方によっては、何の罪もない善男善女に、罪を犯させることさえできるということだ。

故意に治安の悪い地域を作ることも、そこに無防備な誰かを誘導することもできる——首を斬るのが趣味の殺人犯が待ち構える部屋に、何も知らない少女を、薄着で導くことだって……。

「……でも、だから過去形よ。九つの人象衛星の、半分近くはもうまともに機能していないし、残りの半分も、万全の調子のものはひとつもない。たまたま昨夜、軌道にある衛星のセンサーがこの玖渚城を観測していたとしても、ピンボケもいいところでしょうね」

「そ、そう……」

残念なような、ほっとしたような、やっぱりほっとしたような……。

「個々人の微細な動きまで読めるって言っても、現実的には、わかるのはあくまで動線だけだから。解析するにあたって、総データ量削減のためにね。こうしているわたし達を、仮に遥か上空から捉えたとしても、ハグしてるのか、殺し合ってるのかまではわからない。同じ場所に滞留しているってことだけ」

そこも粘菌と同じじゃか。

迷路を動く粘菌の動線をコントロールできても、感情までわかるはずもない。そもそも感情なんてあるの？　粘菌に。人間にも。

「……もしも、仮に、超もしも、私が……、ママの娘である私が、コンピューターのスーパーエンジニアで、人象衛星『玖渚』のメンテナンスに成功すれば、それでも、近ちゃんと『誰』が、どういう風にこの部屋に来たのか、突き止められるってことだったのね？」

「そう。……昨日の夜は、『なんだ、こいつ、もったいぶりやがって』って感じだったけど、でも、今はもう信じているわ。ひいさまは嘘なんてついてないって」

それを言ったら、直おじさんに嘘のホウレンソウをしたのが遠ちゃんだろうに……、でも、信じてもらえるのは嬉しい。やっと私の言うことを信じてくれる人が現れた。

ただ……。

「……遠ちゃん。あれって、どれくらいマジで言ってた？」

「あれ？　どれ？」

「『どうしてひいさまは、機械に一度も触ったことがないのに、自分にはデジタルリテラシーがないって断言できるのかしら？』」

「物真似《ものまね》ムカつくわね……、そこまで嫌な言いかたしてないでしょ、天才の振りをしているときのわたしでも。もうちょっと憎めない感じだったはず」

「それはどうかしら。で、マジ度は？」

「煽っただけよ。マジじゃない。冗談《キディング》よ」

と、苦笑と言うか、照れたように笑う……、これこそまさしく、憎めない感じだ。打ち解ければ、そういう笑いかたもできるようだ。ずっと間近で見ていたいところだが、そうじゃなくて……。

「もし、私が人工衛星『玖渚』を、羸おじいちゃんの言う通りに修理できたとしたら……、この事件の犯人も、容易にわかるってことよね？」

「……わたしが余計なことを、二度にわたって言ったせいでそう思わせちゃったなら、やめて」

遠ちゃんは、慎重そうに言葉を選んだ。

そんなことはできないと否定するのでも、どうなるかわからないと否定するのでもなく、やめてと言った。

そして首なし死体のほうを見て、

「わたしの妹のために、あなたの従姉妹のために、そこまですることはない」

と言った。

「誰のためでも、同じことをするわ。私は誰も、特別扱いしない」

パパの戯言シリーズその39。

動け。誰の為《ため》でもなく。誰の所為《せい》でもなく。

とは言え、殺人事件の謎を解決するために、私が玖渚機関に入って、ママの作った人工衛星で世界中の人類を支配するというのは、いくらなんでもやり過ぎだ。羸おじいちゃんの言葉を借りれば、コストパフォーマンスが最悪である。

だからなんとか、羸おじいちゃん達、つまり体制側にバレないように、こっそり人象衛星を運用できないものかと企んだのだが……。

ママの絶対法則。

機械に触るな。

……現実問題、山奥で十五年間、湧《わ》き水《みず》を頼りに育った人間が、ある日突然、地殻変動で大海を知ったとき、いきなりバタフライで泳げるかって話だ。

私はこれまで一度も溺れたことがないんですよと言って、岩盤から飛び込む森の民を、黙って見過ごすのは人倫に悖《もと》るだろう。

だから、手も足も出なかった上に、ただママに怒られるという結果が見えている。数ヵ月にわたる寮生活を過ごし、久し振りに帰った実家で、母親からこってり油を絞られるなんて、拉致されるより嫌な一夏の思い出だ。

でも、逆に言うと、どうせ失敗するのであれば、ママにさえバレなきゃ大丈夫って考えかたもできるかな。

「仮にここで私がママのルールを破ったとしても、そんなのママにわかるわけないもんね。現役を離れて長いママじゃ、たとえあのプレパラートを触ってるのを見ても、ああ理科の課題なのねとしか思わないでしょ」

「めっちゃ悪い子じゃん」

「持ってる？　今。遠ちゃん。プレパラート」

「持ってるけど……、プレパラートって言うの、やめない？　一枚で一億七千万円くらいするデバイスなんだけど」

高っ。

たとえ人工衛星のリモコンじゃなくっても、そんなものが紛失したのであれば、死に物狂いになって探さなきゃ駄目ですよ、直おじさん。

「もしひいさまが、生まれつき機械遣いの才能があって、天性の資質で人工衛星を修理できた場合、わたしが失業して、生まれた意義を失うからこんなことを言ってるって思わないでね？」

そんな前置きをしてから、

「絶対やめたほうがいい。玖渚友から課されたルールを破るなんて、正気じゃないって」

と言った。

昨日と真逆のことを言っている……、それを言ったら、こうして遠ちゃんと抱き合っていること自体、格子越しに向き合っていた昨夜からは予想もつかない構図だ。

「確かに、機械に触ったら殺すからねとは言われているけれど」

「わたしも妹が殺されたばかりなのに、死んでほしくないのよ。仲よくなったばかりの従姉妹に」

「死ぬときは一緒だよ」

「そこまで仲よくはなってない。五分前」

「十五歳まで親に逆らわずに生きてきたほうがおかしいでしょ。きっとママなら、私のイヤイヤ期を喜んでくれるはずよ」

「十五歳のイヤイヤ期って。そうやって絶縁されたんでしょ、ひいさまのママ」

「わかった。プレパラート、私がこっそり抜き取ったことにしてほしいのね。そうすれば、遠ちゃんには何の責任もなくなるものね」

「いや、たぶんこっそり抜き取られても、わたし、消されると思う……、玖渚機関の抹殺部門に」

「十二単衣ってどうやって脱がすの？」

「ちょっと、ひいさま、犯人と同じことしてる——」

「お楽しみのところ、お邪魔いたします」

と。

従姉妹といちゃついていたら、さっき遠ちゃんが閉じた襖が開けられて、するりとメイドさんが現れた——ぬかった、ノックというのは、海外の風習だったか。

「あ、どうも、雪洞さん……」

「盾さま。早くも新しい妹候補をお見つけになったようで、何よりでございます。どうぞそのままお続けください。優先順位の低い一介のメイドであるわたくしは、お楽しみを妨げないように業務上の報告をさせていただきますので」

澄まし顔でむちゃくちゃピリピリしてる。

私のことを、誰彼構わず（誰彼女構わず）妹扱いする、イマジナリーリトルシスターマニアだと思ってる？

遠ちゃんに言い訳してもらおうと思ったが、我が従姉妹は、襖が開いたと同時にすんっとした表情になって、碧眼をうつろに、あらぬ方向を向いて、素人には見えないものが見えているがごとく、

「うにっ」

と呟いていた。

天才の振りモードに秒で入っている。このハグは勝手にされてるものですよと言わんばかりの態度だ……、これはこれですごいな。

「違うんです、雪洞さん、聞いてください。いやー、今からあなたの誤解を解くのが楽しみです。いい和解ができそうだもん」

「盾さま、残念ながらわたくしごときにかまけている暇はありません。火急の用で参りましたので」

突っ慳貪だ。

ただし、ただ拗《す》ねているというわけでもない。雪洞さんが火急の用があると言うのなら、それは、火急の用があるという意味である。

「……何があったんですか？」

「首がありました」

端的に、感情を交えずに、雪洞さんは言った——さっき勧められた通り、ハグし続けたままなので、遠ちゃんの鼓動を、じかに感じる。天才の振りは完璧だが、しかし——こうしていると、動揺は隠しきれない。

それは私も同じだった。

「近さまの首と、衣服と、直さまがお探しになっていた、パーソナル・デバイスも——小天守閣そばの井戸の中に、まとめて放り込まれていました」

「井戸に……？」

見つけにくい場所ではある……、が、絶対に見つけられたくないものを隠す場所としては、及第点とは言えない。探しにくいから後回しになるだけで、絶対にいつかは探索対象になる場所だ。人によっては、一番最初に探す場所かもしれない……、ミステリー的に『盗まれた手紙』という場所じゃあ、絶対にない。

なんの盲点でもない。

世界遺産の、見どころのひとつだ。

「パーソナル・デバイスは、無事だった？」

遠ちゃんが雪洞さんに訊いた。

発見された近ちゃんの首の様子ではなく、仕事道具の状態を先に確認する……、これも天才の振りの一環か？

否。

己と同じ相貌の、双子の妹の生首のコンディションなど知りたくないと、後回しにするのは、普通の感覚だ……、ごく普通の。なんなら、浴衣の汚れ具合よりも後回しにされてもおかしくない。

「残念ながら、完全に壊れておりました」

今気が付いたけれど、よく見たら、エプロンを外した雪洞さんのメイド服のあちこちが汚れていて、ほつれている箇所も散見する……、井戸の底にあったあれこれを、遠目に照らして発見しただけでなく、ロープを使ったラペリングで、その手でピックアップしたらしい。

そりゃ、そんな体力労働の間、私が従姉妹といちゃついていたら、どんな優秀なメイドさんでも気分を害するよね。

「かなり乱暴に放り込まれたようで……、中身も外見も、修復は不可能だと思われます」

「……そう」

遠ちゃんは静かに頷いた。玖渚友そのものではなくとも、ママを模して作られた少女だ——当然、理解しただろう。理解したくなくとも、理解しただろう。

機械でそれだ。

同様に放り込まれた生首が、どんな有様《ありさま》かなんて、これで訊くまでもなくなった。そんなのは、救いにも何にもならないにせよ。

「……………………」

でも……、これって、いったいどういうことなんだ？　有体《ありてい》に言って、現場から持ち去ったあれこれへの、隠し場所も扱いも、雑に過ぎる……、ここにあると景観を乱すからちょっと脇《わき》に除《の》けて隠しとくか、くらいの感覚じゃないか。

首なし死体があったら、顔認証のためだったにしろ、ヘア・ドネーションのためだったにしろ、犯人にとって、頭部が必要だったから持ち去ったと考えるのが理屈だ……、だけど、まるで、調理しにくいマグロの頭を捨てるがごとく……。

どうあれ、直さんの、父親ならぬ実業家としての心配は杞憂《きゆう》だったということになるのか？　パーソナル・デバイスは壊れたし、頭部にしたって、顔認証が可能な状態ではないだろう。その遺族を、必要以上に抱き締めながら、私は考える。

考える。考える。考える考える考える考える。

考える考える考える考える考える考える考える。

パパの戯言シリーズその50。

一生考え続けなさい。

答が出ないことを承知で。


「まことに心苦しいことに、おふたりには発見された生首の、身元確認をお願いしなくてはなりません。それでお邪魔したのですが……、直さまはお忙しく、贏さまと絆さまは、最城階からお出になりませんので」

雪洞さんの声が、遠くに聞こえた——身元確認。

確かに、顔認証ができなくとも、身内による確認は必要か……、でないと、まったく他人の生首である確率もゼロではない。もう入れ替わり云々《うんぬん》は、個人的にうんざりだ。だけど、双子の姉に、自分と同じ顔の、生首を確認しろと強いるのは……。

「じゃあ、私が……」

「大丈夫よ、ひいさま。わたしが行くから」

気丈に。

と言うより、何も感じていないような振る舞いで、遠ちゃんは立ち上がった。抱きついたままだったので、引っ張られるように私も立ち上がることになった——そりゃ、昨日会ったばかりの私じゃ、身元確認なんてできるはずもないけれど……、彼女の心臓の鼓動は、もう落ち着いている。

青髪碧眼は伊達《だて》ではない。痛々しいほどに。

「……わかった。でも、一緒に行ってもいいでしょ？」

「『遠ちゃん！　遠ちゃん！』って泣き叫ばないならね」

「言うじゃん」

「じゃあ千賀、案内して。その井戸に行けばいいの？」

「いえ、さすがにそのままにはしておけませんでしたので、今は西の丸のほうに安置してございます」

「うに。じゃあ百間廊下の観光と参りましょう」

天才の振りにしても、言ってて自分が傷つきそうな、キツい皮肉だ。

しかし、その皮肉に私は、ひょっとして、犯人の目的は、世界遺産の玖渚城を台無しにすることなんじゃないか？　と、当てずっぽうの着想を得た。思いつきにしては、案外悪くない。

なんで世界遺産でこんなことをするんだと、地元民でもないのに憤っていたけれど、それ自体が目的だったとしたら？

そこに生首が放り込まれていたと知ったら、井戸ももう真《ま》っ直《す》ぐには見られないだろうし、このゲストルームにしたって、隅から隅までどう清掃し、血の滲《にじ》んだ畳を交換したところで、十三歳の少女の、裸の首なし死体があったという事実までは拭い去れない。

人象衛星も双子もクローン人間も関係なく、ただこの地を訪れる観光客を減らすための……、斬殺ならぬ滅殺が動機ならば……まさか、天守閣を失った二条城の差し金!?　二条城の——

「……二条——城？」

と。

部屋を出る前に、暴《あば》いたエプロンを近ちゃんの首なし死体にかけ直そうとしたところで——私の手は止まった。

思考も止まった。

パパの戯言に逆らうわけじゃあなかったけれど——それ以上、考える必要がなかったから。なくなったから。

「ひいさま？　どうしたの、行くわよ？」

「いえ……、行かなくていいわ、遠ちゃん。雪洞さんも」

私は先に廊下に出ていたふたりを、例によって引き留めて、言った。

「それよりもみんなを集めて。最城階に、全員を」

「最城階に？　玖渚本家のみなさまを、ですか？」

修行中のメイドさんが、私の無茶な要求に、驚きを隠さない——従姉妹の天才の振りも、わずかに崩れる。

「ひいさま、それ、マジで言ってるの？」

むろん。

私はマジで言っている。

3

次章より解決編が始まります。

十三階段が急になっておりますので、どうぞ首元にお気をつけて。

二日目(5)——本心殺人事件

玖渚盾
KUNAGISA JUN
私。

0

騙されたと思って騙してみろ。

（パパの戯言シリーズその47）

1

普通の少女の死を普通に悼んだ者として、すごく普通のことを言うけれど、推理小説の謎解きシーンというのは正気じゃない。一同を集めてさてと言っている場合か？　さっさと警察に通報しろという話だし、そんな場に集められる犯人のほうも、かなり危機感が足りない。

名探偵から招集がかかったなら、

「行けたら行くわ」

と躱《かわ》し、海外逃亡の手順を踏むというのが知的生命体の取るべき行動であり、「まったく、忙しいのにいったい何の茶番だ。これっきりにしてもらうぞ？」なんて台詞、ツンデレのテンプレートでしかなく、あんまり悪いことはしなそうだ。

パパの戯言シリーズその27。

気付いた真相に、気付かれるな。

つまらない現実をなぞれば、犯人に気付かれないうちに包囲網を形成し、証拠固めをおこなうのが定石だろう。

もっとも、今回のケースに限って言えば、犯人が逃亡する恐れはない。これっぽちもない。どちらかと言えば私が逃亡したいくらいである……、玖渚機関は警察に通報しないどころか、事件を隠蔽するつもり満々だったのだから。仮に捕まったとしてもその日のうちに釈放されかねないし、変にことを荒立てると、名探偵のほうが収監されかねない危うさだ——そこにこそつけ込む隙《すき》がある、と考える。

だから、証拠を固めもせず、証言で裏取りをすることもなく、無謀にも私は演説を打つ——玖渚友の娘として。

あるいは戯言遣いの娘として。

2

無茶な頼みだったし、筋も通っていなかったけれど、結果から言えば、雪洞さんは一同を集めてくれた——時間はかかったし、特に、外部に犯人像を求めていた直おじさんのリスケには骨が折れたようだけれど、そこは、プレパラートと生首が世界遺産の井戸から発見されたことで、確からしさの優先順位が下がったらしい——玖渚近が殺された動機は、他の企業複合体が、人工衛星『玖渚』をハックするためでは、どうやらなさそうだ。ならばどうして、十三歳の少女は殺されたのか?

……打ち明けた話、現状では私にも、犯行の動機はわかっていない。『あの人』が、どうしてそんなことをしたのか、さっぱりわからない……、わからないどころじゃなく、意味不明だ。

だからこそ演説を打つのだとも言える。

意味を明瞭にするために。

さっき、遠ちゃんを犯人扱いしたときには、どうにかそうあろうと頑張ってみたけれど、動機に興味のない名探偵に、私はなれない。だから、名指しした犯人に、直接、説明してもらうしかないだろう……、名探偵の演説を前座にする、真犯人の演説に期待するしかない。

黙秘権を行使されないことを祈るのみだ。

というわけで——天守閣最城階。

玖渚一族足すことのメイドさんプラス私。

御簾越しの名誉機関長・玖渚贏、同じく御簾越しの、まだその声を聞いてさえいない女城主・玖渚絆、現機関長にして玖渚機関の最高権力者またはママの実兄・玖渚直、双子の妹を殺された青髪碧眼のクローン人間・玖渚遠、メイド一族の生粋・千賀雪洞。

青色サヴァンと戯言遣いの娘・玖渚盾。

私は玖渚盾。誇らしき盾。

「本日はお集まりいただきありがとうございます。これより、私の従姉妹のひとりである玖渚近殺人事件の真相について、有力な仮説を提示したいと思いますので、どうかご静聴ください。忌憚《きたん》ないご意見を聞かせていただけましたら幸甚に——」

あれ。なんか固いな、我ながら。

切り出しかたをミスった感じがある——学校で発表会をするのとはノリが違うし、そもそも、場があったまっているとは言いがたい。

場をセッティングしてくれた雪洞さんは、心配そうに私を見ているし、玖渚友のクローンとしてこの場では、あらぬ方向を向いて人には見えないものを見ているという天才の振りをしている遠ちゃんも、内心はどきどきだろう……、あのふたりに対しても事前に有力な仮説とやらを話し、その確からしさを検証するということはしなかった。

情報漏洩《ろうえい》を警戒し、秘密主義に徹した——というわけでもない。結局、それも独りよがりなんだろうとは思うが、私は第二の事件が起こることを、未然に防ぎたいのだ。

近ちゃんに続いて、遠ちゃんが殺されるようなことがあってはならない――本音を言うなら、私が殺されても困る。

直おじさんは、にこにこして横合いから、私を見ている……、世界平和に関する心配事がなくなったので、余裕があるのかもしれない。もしかすると、可愛い姪っ子の学芸会を見に来ているテンションなのかもしれない。

その余裕がいつまで続くかマジで見物だ。

今朝と同じように、天守閣の最城階に、円になってみんな座っているのだが（雪洞さんだけは、私の後方に立って控えている）、位置的には私は、贏おじいちゃんと相対している。突然、推理小説の真似事を始めた孫娘を、彼はどう思っているのだろう……、孫娘という認識はなく、新設ベンチャー企業の若社長の、売り込みのプレゼンを聞く感じだろうか。

絆おばあちゃんに関しては、

「……」

だ。

自分の祖母に対して、またはママのママに対して不謹慎かもしれないけれど、もしかすると御簾の向こう側で亡くなっているのかもしれない。

巨大なひな人形が置いてあるだけという可能性もある……、実際、推理小説のワードで言えば、レッド・へリングでもある。

登場人物表に載ってはいるが、事実上登場しないキャラクターというのは……、ママの双子の弟だという玖渚焉も、そのパターンかな？　私がまともな名探偵なら、さぞかし振り回されたことだろう。

まともな名探偵じゃなくてよかった。

「この事件には様々な要素と様々な謎がありますが、つきつめれば読み解くべきは、どうして近ちゃんの首が斬られていたのかという点につきます——」

とは言え、私に余裕はない。

余裕。

雪洞さんがこうして一同を集めることに成功した最大の理由は、『なんか変なことを言うようであれば抹殺しちゃえばいいや』という余裕が、犯人どころか、玖渚機関には常にあるからで、言葉選びひとつ間違えれば、その場で私が斬首される可能性まである。

演説を打った挙句の無礼打ちだ。

パパはこんな綱渡りをしていたのか……、まあパパは、イメージほど謎解きの演説はしていないそうだが……、よく、入院先のナースさんとの雑談で事件の真相を初公開していたらしい。

私も早く入院したい。

「どうして首を斬ったのか？　父親である直おじさんは、顔認証のためではないかと推測していました。プレパラート……、失礼、パーソナル・デバイスのロックを外すために、犯人は、被害者の顔を持っていく必要があったのではないかと」

私は直おじさんと、それから雪洞さんを順繰りに見た。

「しかし、井戸の底から、頭部とデバイスの両方が発見されたことで、その仮説Aは完全に否定されました」

直おじさんはそう言われても、気分を害した風も、かと言って悪びれた風もない。さすがの風格だ。私なんて、自分の推理が間違ったときは、伏して謝ったものだけれど……、それを言わないわけにもいかない。

「仮説Bは、『特別な子供』の証《あかし》である青い髪が欲しかったからというヘア・ドネーション説でした。あるいは犯人は移植のために、碧眼の虹彩を欲したのかもしれないと推測しました」

別に見栄を張ったわけではないが、遠ちゃんひとりを疑っていたことがバレるのはどうかと思ったので、碧眼のほうもターゲットだったことにする。

こうして歴史は歪曲される。

……まあ、実際、遠ちゃんじゃなくっても、『玖渚友』の、空のようにきらきら輝く髪や海のように澄んだ瞳を、欲するマニアはいるかもしれない。

パパに聞いた話だと、ママはハッカー時代、お風呂が本当に嫌いだったそうなので、ロングヘアはきらきらどころかぎとぎとだったそうだし、パソコンの画面ばっかり見ていた瞳は、ブルーライトで濁ってたんじゃないかと、身内としては思ってしまう……、近ちゃんが妖精じゃないよう、ママだって妖精じゃない。

「でも、髪や目を欲しただけなら、髪を切って、眼球を抉《えぐ》ればよかっただけです。首そのものを持っていく必要はありません。だから仮説Bも却下です」

まるで却下するために検討したような物言いをしてしまったが、実際には遠ちゃんの髪をじかに引っ張らせてもらって烏有《うゆう》に帰した仮説Bである。やめて、遠ちゃん、そんな汚い大人を見る目で私を見ないで。

私はあなたを守るために嘘をついているだけなの……、いや、私を守るためだな。ただ、双子の入れ替わりになんて言及して、話をややこしくする必要がないのも事実だ。

「となると、いったいどういうことになるんだ？孫よ。犯人がはっきりしたほうが隠蔽しやすいから、こうして聞いてやっているものの、正直余は、首が斬られた理由なんてどうでもいいんだが……、それよりそろそろ本題に入って、人工衛星の話をしないかね？」

前置きが長くなったから痺れを切らしたのではないだろうが（正座しているとも思えない）、羸おじいちゃんが口を挟んできた。

人工衛星の話か。

それはあとですることになる。

ただし——それよりも何よりも、首が斬られた理由は、はっきりさせなければならないのだ。唯一の、犯人を特定する方法なのだから。

「——仮説Cは、ちょっと荒唐無稽《こうとうむけい》なんですが、犯人の目的は近ちゃんその人ではなくて、世界遺産であるこの玖渚城そのものだったのではないかというものです」

ここらでオーディエンスから、『ええ!? どういうこと!?』みたいなレスポンスがほしかったところだが、一同、黙殺だった。

ハート強いわ、名探偵。

まったく受けない舞台でひとり漫談をやっている気分になる……、実際、この仮説Cは、お笑いに等しい。好きなワードじゃないけれど、バカミスって感じだ……、笑って聞いてほしいところである。

ただし仮説Dに繋がる、必要な道筋である。

「天守閣で斬首という、時代を感じる、しかし猟奇的な殺人事件を起こすことで、観光名所としてのバリューを下げることが動機だった。あるいは最終的には、玖渚城から世界遺産の資格を剝奪《はくだつ》することが目的だった——」

城主である絆おばあちゃんが、ここでこそ何かを言うかと思って御簾の向こうをチラ見したけれど、想像以上のノーリアクションだった。

ここがノーリアクションだったら、もう仮説Dを披露したところで、絆おばあちゃんからの返しは期待できないし、ビジネストークだったとは言え、かろうじて祖父とはあった交流は、孫と祖母との間ではないなと思わざるを得ない。

仕方ない。

同級生だろうと親族だろうと、全員と仲よくできるわけじゃない。

「……ただ、実際には猟奇的な殺人事件が起きたからと言って、客足が遠のくかと言えば、怪しいものでしょう。逆に耳目が集まり、観光客が押し寄せるかもしれない」

大虐殺でも起こせば話は別だが……、だからこの仮説Cは、追い詰められた私の気の迷いだ。それに、仮に大虐殺を起こしたとしても。

「嬴おじいちゃんが言った通り、玖渚機関が揉み消すのであれば、事件自体がなかったことになり、何の影響も及ぼしません。玖渚城の世界遺産としての価値を羨《うらや》んだ二条城の関係者がそう企んだ可能性はありますが、実現性はゼロです」

「なんでもかんでも揉み消すわけではありませんよ、高貴な私達も――」

今度は直おじさんが口を挟んできた。ここまで泳がしてくれていたけれど、そろそろ着地点が気になってきたのかもしれない。

あるいは『なんかだらだら喋ってるけど、こいつは本当に意見を持っているのだろうか?』と、思わせてしまったのかも。

「――私は父さんと違って、高貴な私の高貴な次女の、首が斬られた理由が気がかりではあります。そろそろ教えていただけませんかね、盾さん。あなたもそう思うでしょう? 遠」

「……うに」

遠ちゃんは、父親の隣でも、天才の振りをする。し続ける――一生。

「……わたしはひいさまが、今、結構唐突に、京都の二条城に言及したのが気になるわ。京都人だから、城と言えばまず二条城ってこと?」

鋭いな。

振りと言っても、やはり天才ではある――並じゃない。あるいは、遠ちゃんなりの、私へのアシストのつもりなのかもしれない。だとすればこれはキラーパスだった。

「ええ。とは言え、二条城そのものがどうこうということではありません。天守閣は確かに焼失していますけれど、歴史的価値という面においては、二条城は世界的な名所ですし――」

おっと、地元愛が溢れてしまった。

そうじゃなくて。

「――ただ、遠ちゃんの言う通り、京都人ゆえに、二条城を真っ先に連想してしまったことが、仮説Dに繋がりました。二条城――二条――にじょう」

私は床に手をついた。

床――正しくは、敷き詰められた畳だ。

パパは昔、四畳のアパートに住んでいたと言うが、実際に畳が敷かれていたわけではあるまい。地下の座敷牢にも、畳は敷かれていなかった――だけど、この最城階同様に、私に用意されたゲストルームは、最初に通された待合室同様に、和風旅館のような、畳敷きの部屋だった。

「起きて半畳寝て一畳――近ちゃんの死体は、布団の上ではなく、畳の上に直接、寝かされていました。断面からの出血が、畳に染みていたものです……、清掃にあたっては、畳をまるまる一枚、交換しなくてはならないでしょう」

「……それが目的だったとでも言うの？　ひいさま。世界遺産の中の畳を汚して、価値を下げさせることが？」

「じゃなくて、交換が一枚で済むことが要点なのよ、遠ちゃん」

つい口調が崩れてしまったので、咳払《せきばら》いをして、私は改める。

「つまり、畳一枚分のサイズに合わせるために、近ちゃんの首は切断されたということです」

3

パパの戯言シリーズその88。

一円を笑う者は一円に泣くという言葉は、その昔、一銭に笑う者は一銭に泣くだった。現在の金銭価値に合わせて変化した諺だが、これこそ、一銭を笑う者の行為ではないのか？

さすがのパパも、いにしえより伝わる諺を短く言い替えることははばかられたのか、結果、シリーズ最長級の戯言になってしまっているけれど、まあそういうことである。

起きて半畳寝て一畳。

昔からある言葉で、しかしならば、今風にアップデートしなければなるまい。男女ともに平均身長が伸び続けている今風に——畳からはみ出さないように、身《み》の丈《たけ》に合うように、サイズを調整しなければならない。

畳ではなく人体の。

玖渚機関の管理による完全な栄養状態で育てられた、ルーツの偏食なママよりも背丈のある、青い少女の……、ダウンサイジング。

「え？　じゃあ犯人は、世界遺産の畳をなるべく汚すまいと、汚す枚数を減らすために、首を斬ったって言うの？」

遠ちゃんが腰を浮かせかけて、言う。天才の振りは続行中だが、しかしさすがに黙ってはいられないらしい、そんな理由で妹の首を斬られたという仮説には。

折角仲よくなったのに、絶縁されてしまうかもしれない。私はこの展開を恐れていたのだ。

「それは矛盾してるでしょう、ひいさま。畳を汚したくなかったのなら、そもそも首なんて、斬らなければよかったのよ」

「それをいい出したら、そもそも殺さなくてもよかったということになるのでしょう」

と、直おじさんが助け船を出してくれた。いや、その助け船が、かちかち山の泥船でないという保証は、まだない。

「死体損壊をおこなわなくとも、そこで人を殺しただけで、何らかの形跡は残りますからね。鑑識にかけるまでもない、殺人の痕跡《こんせき》が……、どのみち、畳は駄目になる。一人暮らしの孤独死で、現場清掃が必要になるように」

まるで一人暮らしの孤独死に、精通しているみたいなことを言う。

座敷牢で十年間監禁された子供……。

まともな死にかたはできないという意味の、『畳の上では死ねない』なんて慣用句があり、私も自分のことをそう思っていたけれど、特殊清掃業者さんに言わせれば、畳の上で死なれるのは、できれば避けてほしいそうだ。出血はなくとも、腐敗や液状化、その他体液が畳にどっぷり染み込んで、長期間放置でもされたら、手に負えなくなってしまうから。

「待ってください、盾さま。それではまさか、現場の清掃を任されることになるわたくしが、少しでも掃除が楽になるように、逆説的に近さまの首を切断したみたいではありませんか」

「違います、違います。まったく違います、雪洞さん。その誤解も避けたかったんです、私は。あなたにそんなサボり心がないことは、私が一番よく知っています」

私の治療のために、躊躇なく手術台代わりの四つん這いの椅子になってくれる人だ。まさか仕事を怠けたいなんて理由で、死体のダウンサイジングを目論むはずがない。

私は切り替えて、

「ただ、犯人が殺害現場をできる限り汚すまいとしたことは間違いありません。どうして近ちゃんの浴衣は脱がされていたのか？　十三歳の少女が裸に剝かれていたことから、ついつい猟奇的な理由を想定してしまいかねませんが、脱がせることは主たる目的ではなく、むしろ、覆いをするように、包むことが目的だったんじゃないでしょうか——切断した生首を」

　と、話を進めた。

　引っ剝がしたのではなく——覆って包む。

　下着もつけていなかったのは、単に、和装だったからというだけのこと……、伝統的なことだ。考えてみればベリーショートだった頃のママは、裸にコートというファッションだった。近ちゃんが継承していたのは、そちらの伝統かもしれない。

「言わば浴衣でパッキングして、生首が現場を汚さないようにした。その際、浴衣の内部に、肌身離さず持ち歩かれていたプレパラート——パーソナル・デバイスも、一緒くたに包んでしまう乱雑さではありましたが、そうやってひとまとめのブリトーみたいにして、現場から持ち出し、外の井戸の底に投げ捨てたというわけです」

　投げ捨てたというのは、死者に対してちょっと言葉選びが不適切な失言だったかもしれないけれど、しかし犯人側の意識としては、これ以上なく適切な至言だろう。

　首なし死体を。生首を。

　汚《よご》れとしてしか見ていない——汚《けが》れとしか。

　ひとりの人間の死であり、妖精の死でも、人形の死でもないということを、ここまで散々強調してきた私だけれど、その点は実は、もっとも意見を同じくしているのは、犯人なのだ。

　死体が、これ以上なく死体であることを認識している——臭う、腐る、固まる、破損する、邪魔になる、始末に困る。

　人間の死体は、人間じゃない。

　だから——人間扱いしない。

「ふむ。少し面白い話になってきたぞ」

と。

　羸おじいちゃんが、それはそれで、非人間的な感想を言う——いや、それもそれで、人間らしい感想なのか。

孫娘のひとりが殺されて、シンプルに悲嘆に暮れるというテンプレートの好々爺像をなぞらないのは、何も彼が、玖渚本家の大御所で、『お館さま』だからというわけでもない。

広く見れば一般人の感性でもある。

他人の不幸は蜜《みつ》の味だとばかりに、日々、ニュースを消費しているのは、老人ならぬ、ブームに敏感な女子高生だって同じだ。今回は身内の不幸だっていうだけで——こうして謎解きの演説を打っている私だって、見様によっては、ふざけているようにしか見えないだろう。

だけど私は。

マジで言っている。

「興が乗ったぞ、孫よ。だが、清掃範囲を最小限にとどめるために首を斬ったのではないと言うのなら、犯人はいったい、どういう理由で、お前の従姉妹をダウンサイジングしたのだね？　首斬りの理由なんてどうでもよいと思っておったが、俄然《がぜん》、気になってきた」

ここまではいいプレゼンだぞ、と評価していただいた。

やはりプレゼンだと思われている……、まあいい。実際は、プレゼンではなく独善なのだし。偽善ですらある。

「起きて半畳寝て一畳、殺して一畳が真犯人のモットーでした」

私は言う。改めて一同を見渡しつつ。

玖渚嬴。玖渚絆。玖渚直。玖渚遠。千賀雪洞。そして私、玖渚盾。

犯人はこの中にいる。

「殺人を、畳一枚の範囲内で収めるメリットが、清掃範囲を狭めることができるという点以外にあるのだとすると、それは、畳が移動する床だということです」

移動する床。

自分で言って、笑ってしまいそうになる言葉だったが、ここは顔を引き締める——ここが肝なのだから。

「畳を交換しなくてはならないと言いましたけれど、逆に言うと、交換できるのが畳の利点です。だから——犯人は交換しました」

畳を。

つまり——殺人現場を。

「首なし死体だからと言って、双子の入れ替わりはおこなわれてはいませんでした。犯人は、近ちゃんの首なし死体ごと、殺人現場を入れ替えたんです」

雪洞さんが私に抗生物質を飲ませるために、お盆に載せて、水差しを運んできてくれたときのことを思い出す——要するにあのお盆のように、またはトレイのように、死体を載せたまんまで、畳ごと運搬したという真相だ。

精密に死体を移動させるのではなく。

ダイナミックに、殺人現場を移動させた。

「なぜ私にあてがわれた、客間のゲストルームで近さんが殺されたのか、不思議でした。どうして裸にされ、首を斬られ、持ち去られたのかという謎に比べればどうしても見劣《みおと》りし、後回しにしてしまっていた謎ですが……」

遠ちゃんに指摘された、『私が犯人』という簡単な解決編があったがゆえ、その謎は後回しにされていたというのもあるかもしれない。その謎が謎であったのは、自らの潔白を知っている、私だけだったのかも。

「でも、その両者は密接に繋がっていました。そもそも近ちゃんは、ゲストルームで殺されたんじゃなかった。どこか他の部屋で殺されたのちに、その痕跡の残る畳ごと、運ばれてきたに過ぎなかった」

人類最大の発明品のひとつに、コンテナが挙げられると聞いたことがある。グローバルな貿易において、多種多様な運搬物をブロックとして規格化するというのは、コペルニクス的転回だった……、現代のネット通販でも、段ボールのサイズを規格化することで、トラックに積み込みやすくする。電池ひとつのために段ボールなんて不合理は、全体で見れば合理の塊なのだ。

畳という規格化されたサイズ。

に、収めるための斬首——二条ならぬ二畳、ならぬ一畳に収めるためのギロチンカット。段ボールに入りきらないサイズの荷物を、少々減らしてみせたわけだ。

不自然に折り畳むよりも、いっそたたっ切る。

畳一枚と死体ひとつだ、当然、それなりの重さにはなるので、首を切断するというのは、それなりの軽量化にもなっただろう。ダウンサイジングに際し、足首を切るのではなく首を斬ったのは、そういう実際的な判断もあったのではないだろうか。むろん、宅配便に出す荷物を段ボールにぎちぎちに詰め込んだりしないように、畳にも余白を設けたかっただろうから、気持ち大きめにカットしたというのもあるに違いなく……。

首やプレパラートを持ち去ったのではなく、首なし死体を無人のゲストルームに持ち込んだ——殺人現場ごと。

手元に残った生首については、どうとでも処分できるサイズとして、どうとでも処分したのだろう——殺人現場から移動させられればよかったから、深い井戸であることにも深い意味はない。すぐに見つかっても、すぐには見つからなくても、別によかった。

「当然、取り外したゲストルームの畳は、真の殺人現場へと持って帰って、空いたスペースにはめ込んだ。パズルのように……、かちっと」

「その、真の殺人現場っていうのは、じゃあ、どこなの？」

遠ちゃんが、もはや『うに』とも言わず、真顔で訊いてきた――天才の振りではなくとも、玖渚本家の人間である以上、『酷過ぎる！　そんな理由で尊厳ある人間の首を斬るなんて！』なんて、凡百のリアクションは取れないのだ。

取れれば楽になれるのに。

「この玖渚城の中なら、どこでもありうるってことよね。いえ、玖渚城の中にも限らないのかしら。それこそ京都の二条城にだって、確か、立派な畳があったはずよね」

「日本中すべての和室が殺人現場候補ということですか。いえ、違いますね。東日本と中日本、西日本では、畳のサイズが違うのでした。つまり、高貴な私の高貴な次女を殺したにっくき犯人は、西日本の住人に絞られるというわけです」

直おじさんにはまだ、冗談を言う余裕があるらしい……、遠ちゃんに関しては、二条城を、そんなに引っ張られても困る。

あくまで思いつきのきっかけだ。

「いえ、そんなに捜索範囲を広げる必要はありません。西日本にも京都にも、どころか、玖渚城全域に広げる必要さえ……、だって、いくらトレイやストレッチャー代わりにすると言っても、あくまで畳ですから」

フロア移動はでき、ま、せ、ん。

と、私は、この最城階に昇ってきた、階段のあるほうを見た――階段と言うより、それは梯子のような急角度の、バリアフリーなんてちっとも考慮されていない、まして、死体の運搬なんて、想像もしていないような階梯だった。おぶってもらって登るのも危ういくらいである。

「黒板をどうやって教室に入れるのか、みたいな話じゃありませんが、どうしたってあの階段は、畳を縦にして通らざるを得ない。しかし縦にしたら、トレイの上の首なし死体は滑《すべ》り落《お》ちてしまう。痕跡が残るから、縄化粧で縛りつけるわけにもいかない――つまり、首なし死体を載せてゲストルームの畳と交換することができる畳は、小田原城《おだわらじょう》でも名古屋《なごや》城《じょう》でも二条城でもない、丸亀城《まるがめじょう》でも福山城《ふくやまじょう》でも熊《くま》本城《もとじょう》でもない、玖渚城天守閣の三階の部屋にあるものに限られる理屈です」

「待ってください、盾さま」

雪洞さんが、再度言う。

先刻とまったく同じ口調で。

「だとすると、本来盾さまがお休みになられるはずだった客間と同じフロアで、いつでもお呼び出しに応じられますように、唯一寝泊まりしていたおつきのメイドであるわたくしこそが、忠誠を誓うべき玖渚本家の末裔であらせられる近さまの頭部を、こともあろうに、ただ運びやすいからという理由で残酷にも切断した犯人だということになってしまいませんか？」

「はい。あなたが犯人です、雪洞さん」

4

清掃を簡単にするために斬首したみたいではありませんかと詰め寄られたときには本当に焦った。そのあとの段取りが総崩れになるところだった。近ちゃんの死体を、そして犯行現場を運びやすくするための合理化こそが動機であり、それをなしうるのが雪洞さんひとりであると演説を持っていくつもりだったのに、まさか犯人に先走られるとは——つくづく人間は読み切れない。

演説に応じてくれる一同も理想なら、指名まで黙っていてくれる犯人も理想——ともあれ。

「あなたが犯人です、雪洞さん。千賀雪洞さん」

「なんと酷いことを仰るんですか。わたくしは悲しゅうございます。あんなに尽くして参りましたのに。わたくしも盾さまのことを、実の姉のように思っておりましたのに」

情に訴えてきた……。

殺人犯扱いされたというのに、澄まし顔は変わらないまま、少しだけ悲しそうに眉根《まゆね》を寄せて……、心が痛みまくる。昼間に言ったばかりの台詞を繰り返すが、二度としない、こんな演説なんて。本当、こんなこと、よくやったよ、パパ。

尊敬しちゃうね。

「ではご期待にお応《こた》えして、犯人っぽい台詞を言わせていただきますが、何か証拠はあるのですか？　それとも、玖渚本家の人間ではないわたくしには、罪をなすりつけやすいというご発想でしょうか」

「私も間抜けじゃありませんので、雪洞さんがこの席を設けるための準備をしてくれている間に、両方の部屋の畳の色合いを比べるくらいのことはしましたよ。年代物の畳には、日の焼けかたっていうのがありますからね」

「さようですか。しかし、仮に両部屋の畳が入れ替えられていたとしても、それはどなたかがわたくしの部屋で、近さまを殺害したのちに、その首なし死体を盾さまの部屋に運び込んだということを証明しただけではありませんか？」

役目を放り出したようで言えませんでしたが、実はわたくしもうまく寝付けなくて、フロアを変えて休ませてもらっていたのです——と言われてしまうと、反論しづらい。私も同じことをしたのだから。

直おじさんも、遠ちゃんも、御簾の向こうの羸おじいちゃんも絆おばあちゃんも、それぞれの心境はまるで違うものだろうが、私と雪洞さんのやり取りを、無言で見守っている。

意外な犯人、ではあるのだろう。

余所から修行に来ていたメイドさんが、真犯人というのは——まさか今時、『使用人や料理人が犯人であってはならない』なんてルールを前提にはしないにせよ、玖渚本家の人間が、それ以外の人間から殺害されるなんて下克上は、まったく想定されていなかった。

ぎりぎり許容できて、絶縁された娘の娘とは言え、玖渚姓を持つ私が、犯人というケースだっただろう――根本的に、玖渚本家は、加害者ではあっても被害者になるはずがないのだ。

にもかかわらず。

いないいないいないものとして扱っていたいないいた――千賀雪洞が。

「第一、盾さま。なぜわたくしがそんなことをするのです？」

「なぜと訊かれましても……、別に、雪洞さんのほうこそ、私に罪をなすりつけるために、私が留守にしていたゲストルームに首なし死体を運び込んだなんて思ってはいませんよ。たぶんそれはただ単に、折よく私が不在にしていたから、移動させやすかったというだけのことだと思います」

死体を押しつけはしたが、罪をなすりつけるつもりまではなかったんじゃないか……、甘いと言われるかもしれないけれど、そう思う。私に疑いを向けようとしていたんじゃ、ない……。

「いえ、そうではなく。なぜと言うのは、どうしてわたくしが、近さまを殺さなくてはならないのですか？」

ああ、そういう意味の質問だったか――だから、それなのだ。

「それは私の台詞です。そのためにこういう場を用意してもらったんです。私が演説をしたかったんじゃなくて、雪洞さんに犯行の動機を語ってもらうために」

無計画に勢いで、遠ちゃんを犯人だと指摘した際、そこで私は大失敗をした。動機面に目をつぶって理屈だけで考えて犯した、大ポカだった。後悔してもしきれない。

雪洞さんが犯人なのは間違いない。

無関係の外部犯である可能性は、実際に畳の入れ替えがおこなわれている以上、ほぼ皆無だ。私だけならまだしも、私にも雪洞さんにも気付かれないまま、畳を、それも首なし死体を載せた畳を入れ替えるなんて芸当は不可能である。

だが、なぜ？

またもや犯行の動機が見当もつかない。

四神一鏡の一角、赤神家に代々仕えるメイド一族の生粋が、なぜ、玖渚本家の末裔、それも青髪碧眼の『特別な子供』のクローンでありデザイナーズベイビーである双子の片割れを、殺さなくてはならない？

遺産相続も跡目争いも世界平和も親族間確執も、まったく絡んでこない——マジな話、どんな理由があれば、十三歳の少女を、裸に剝いて斬首できるんだ？

もし、誰でもよかったというのなら、どうしてその『誰でも』は、玖渚近だった？

遠ちゃんでも——私でも。

あるいは、玖渚友でもなく。

「……わたくしの主張を聞いてくださるために、わざわざこういった舞台を用意させたというのですか。人様のプライバシーを訊くような、下世話な真似はおやめくださいとあんなに申し上げましたのに……、お優しいですね、盾さま。本当、わたくしに姉がいるのであれば、きっとこんな感じだったのでしょうね」

「…………」

「でも、わたくしは犯人ではありませんから。動機を訊かれても、動悸《どうき》が高まることはありません。それどころか、名誉毀損《きそん》で訴えるかもしれませんよ？」

冗談《キディング》キツいね、雪洞さん。

ああ、でも、駄目か。

そりゃそうだね、こういう謎解きシーンで私が探偵役として一席打てば、犯人（役）の雪洞さんも、ノリで動機を語ってくれるんじゃないかと期待したけれど、そんな返報性の原理は働かないよね。

動かぬ証拠をつきつければ別だろうが、そんなものはないのだ。

いっそ推理小説ではなくミステリードラマのロジ

ックに則って、謎解きは、崖《がけ》の上でするべきだったか。この辺、近くにあるのかな、崖。今私が、崖っぷちにいることは間違いないが。

「はあ……」

動かぬ証拠……。

仕方ない。こうなってしまえば、切り札を出すしかない。

パパの戯言シリーズその77。

切り札を持たないことが最大の切り札。

ママの教えを——初めて破る。

私は澄百合学園のスカートのポケットから、遠ちゃんが肌身離さず持ち歩いていた、プレパラートを取り出した。

「あっ……！　それ、いつの間に……！」

膝立ちになった遠ちゃんの顔に、すかさずプレパラートのインカメラを向ける。それでロックは解除された。そう、顔認証を解除するのに、何も首を切断する必要はない。首が繋がっていても、生きていても事足りる。

いつの間にと言われたら、さっき、近ちゃんの首なし死体の御霊前で、二度目になる友情のハグをしたときだ。途中で雪洞さんが乱入してきたものの、あのとき、ぎりぎりのところで、十二単衣の隙間から、抜き取ることに成功していた。

なので、叙述トリック的にフェアな描写をするなら、あの時点で、私はママの教えを破っていたことになる。

ママの絶対法則。

機械に触るな。

御簾の向こうで、祖父も緊迫したのが伝わってきた。祖母の反応は、やはりわからなかったけれど——そうだ。元々、このデバイスを私に使わせるために、たったそれだけのために、彼は人類最強の請負人に依頼をしてまで、私を玖渚城に招いたのだ。

喜んで、グランパ。

あなたの願いは、今、叶った。

「動かぬ証拠を突きつけてもいいんですよ、雪洞さん。動かぬ証拠……、あなたが昨夜、動いた証拠を。ママが打ち上げた九つの人工衛星を操作して」

人象衛星『玖渚』。

全人類の人流を管理するシステム……、ありとあらゆるミステリーにピリオドを打つ監視装置。アリバイ工作も時間誤認トリックも入れ替わりも、文字通りにお見通し——

「あまりに卑怯《ひきょう》なオーバーテクノロジーですから、なるべくなら使いたくありませんが、あくまで雪洞さんがとぼけるというのなら、やむをえません。私は禁を破ります」

「……それが切り札なんだとしたら、率直に言って、失望しました、盾さま」

本当にがっかりしたみたいに、雪洞さんは肩を竦めた。

「昨日、わたくしがあなた様とお館さまのミーティングに、同席していたのをお忘れですか？　あなた様の要請に従って。人象衛星『玖渚』は、今はもう半ば以上機能していませんし」

「そうでしたね。だからこそ、あなたは、今がチャンスと思ったんでしょうか？」

「……それに、あなた様は犯罪的なまでに機械工学に卓越したエキスパートだから、母親譲りのそのテクを封じられていたわけではなく、実際には同じ道を歩ませないために、母親から去勢されていたようなものです。おっと……、娘に去勢はなかったですね」

失礼、と雪洞さんは言ったけれど、まあ、適切でわかりやすいたとえではある。

しかし……。

「それをまさか、鵜《う》呑《の》みにしたんですか？　雪洞さん。玖渚友の娘が、あの青色サヴァンの娘が、あの《死線の蒼《デッドブルー》》の娘が、本当の本当に機械音痴の機械アレルギーだと思うんですか？」

「…………」

「経年劣化した人工衛星を修復し、破損したデータさえ、時を遡って復元するくらいのこと、玖渚友の娘なら、鼻歌交じりでできると、なぜ考えなかったんですか？　チョロい雑用を押しつけられたくなかったから、適当こいて無能の振りをして、面倒な仕事を断っただけだと……、生まれた瞬間C言語で喋ったようなママが、この私に、生まれてこのかた機械を触らせなかったのは」


己の娘の天才性を恐れたからですよ——


もちろん嘘だ。

嘘八百《うそはっぴゃく》だ、はったりだ。

口から出任せの百枚舌だ。

正直、手にしているプレパラートを、どう操作すれば何が起こるのかどころか、どっちが表なのかも、私はわかっていない。遠ちゃんの顔でロックを解除したと言ったけれど、ちゃんと解除されているのかどうかも不確かである。ガチのプレパラートを持たされていても、私には違いがわからない。

舌先三寸口八丁。

立てば嘘つき座れば詐欺師、歩く姿は詭道《きどう》主義。

玖渚友の娘であり——戯言遣いの娘。

「私にこんなことをさせないでください、雪洞さん。お世話になったあなたを、力尽くで追い詰めて自白なんて、させたくないんです。どうか自首してください」

私は警察官じゃなくて女子高生なのだから、自首という言葉は正しくないけれど、首なし死体の事件であるならば、相応しい言葉でもある。自ら首を差し出して欲しい。

「雪洞さん。お願いします」

私はそう言って、頭を下げた。

妹みたいな彼女がよく見せてくれた、丁寧なお辞儀をした——果たして。

「……いい戯言でしたが、如何せん、貫禄が足りませんでしたね」

と。

雪洞さんは笑った——嘲笑《ちょうしょう》だった。

「わたくしのお父さまとは——比べるべくもありませんわ、お姉ちゃん」

「……やめてよって言ったじゃん、そういうの」

「ええ。もちろん冗談《キディング》ですわ、お姉ちゃん——」

言いながら。

それでも雪洞さん、私の手から、プレパラートを奪おうと、優雅な足運びで動いた——生首を運ぶかのように、踊るように優雅に——

その瞬間だった。

5

「————————ッ！」

耳を劈《つんざ》くような破壊音に、私と雪洞さんは吹っ飛ばされた。日本が世界に誇るモンスターにぶん殴られたんじゃないかというような衝撃だった。敬意の示しかたとしてあえてぼかした表現をしたが、含むところがあると思われてはとんでもなく心外なので明記すると、ゴジラのことだ。ゴジラに殴られたかと思った。が、しかし私達を部屋の襖に叩きつけたのは突如瀬戸内海から上陸した怪獣ではなく、あくまでも風だった。

格子窓から吹き込んできた、音という名の暴風、否、台風だった。

「う——うにっ⁉」

位置的に、破壊音の直撃を食らったのは私と雪洞さんだけだったが、当然、その轟音《ごうおん》は部屋中に響いていた——嬴おじいちゃん、絆おばあちゃんを私達と隔《へだ》てる御簾も、火のついた爆竹のように、大きく揺れている。

「うにが——何が起こったの!?」

最初に立ち上がった遠ちゃんが、窓に駆け寄った。第二波が来るかもしれないのにあまりに不用心だと、私は反射的に立ち上がり、彼女を追う——そしてふたり並んで、窓の外を見た。


地球に大穴が開いていた。


「は……?」

と、言うか……、玖渚城の、いわゆる三の丸広場に、巨大なクレーターが生じていた。円周の一部は堀と融合していて、大量の水がとめどなく流れ込んでいる——なんだ?

玖渚城が砲撃を受けたのか？　私が的外れな演説を打っている間にタイムスリップして、戦国時代に流れ着いたとでも言うのか？

否——これは砲撃のクレーターじゃない。まして近代兵器によるミサイル攻撃でもない。そうじゃなく、もっと単純な、しかしもっと大規模な——

「い……、隕石《いんせき》？」

恐竜を絶滅させたアレ？

いやいや、そりゃ、地球には年間、相当数の隕石が墜落してきてるとは言うけれど、その大半は大気圏で燃え尽きるはずだろう？　半可通の私はちゃんと知っているぞ？　よりによってそれが、どうしてこんなところに、こんなタイミングで——私の不甲斐《ふがい》なさを受けて、神様が世界を終わらせることに決めたのか？　地球の打ち切りが決まったのか？

「ち——違うわ、ひいさま。隕石じゃない」

遠ちゃんが、私と同じ穴を見ながら言った——地球に開いた穴を見て、それから首を上げて、空を見上げる。

「衛星よ」

「衛星？」

「人工衛星」

人工衛星？　と、訊き返す暇もなく、遠ちゃんは私の手から、プレパラートを奪取した——さっき、雪洞さんからは守り切ったものの、いや、本来の持ち主の手元に、これで返った形だ。

「ひいさま——あなた、いったい何をしたの⁉」

「な、何をって——」

狼狽する私を尻目《しりめ》に、遠ちゃんはプレパラートを操作する——私にとってはわけのわからない、各国語が入り混じった文字だけの表示が、ガラス面に大量に映し出されるが、しかし、それは、持ち主であるはずの遠ちゃんにさえ、

「だ、駄目——操作をまったく受けつけなくなってる！　非常用プロトコルも、自動処理も、アシスト機能も、ぜんぜん機能しない——強制シャットダウンもできない！　接続は維持されてるのに、完全に操縦不能に——」

——わけがわからない表示らしい。

が、それでも。

「墜落したのは四号機『肆屍』——だけど、残る八つの衛星も、このあと、すべてがここに落ちてくる！この玖渚城に！」

人工衛星が——九つ、全部？

ここに？　私達を目掛けるように？

「な——なんで？」

唖然《あぜん》としてしまう。

決断の速い直おじさんは、もう動いていた。御簾の向こう側に行き、自分の両親を早急に避難させようと——さすがの状況判断力と生存戦略だが、けれど、それでも、間に合うはずがない。宇宙の彼方《かなた》から落ちてくる隕石じゃなくて、地球から見てすぐそこを周回している、人類を見るためにすぐそこを周回させていた人工衛星が、このあと八つも落ちてくるのだ。

「遠——なんとかしなさい！　お前ならできるはず

だ！」

かろうじてまだ役割を果たしている御簾の向こうから、羸おじいちゃんが叱咤《しった》するようにそう命じた——叱咤激励するようにそう命じた。自分の娘の模造品でしかなかった孫に対し、そんな風に羸おじいちゃんが頼ったのは、もしかするとこれが十三年で初めてだったかもしれない。

が、遠ちゃんのほうに、その事実に感動している余裕など、あるはずがない。天才の振りすらできずになりふり構わず、プレパラートを割らんがばかりに操作し続ける。

「ひいさま！　いったい何をしたの！」

さっきと同じ質問だ。

強めに訊かれても、私の答はこうでしかない。

「な——」

「何もしてないのに壊れた！」

嘘じゃない。十二単衣の隙間から抜き取ってからこっち、普通にスカートのポケットに入れっぱなしにしていたし、さっき顔認証を解除したときだって、ちゃんとできたかどうかわからなかったくらいだ。

つまり何もしていない。そりゃまあ、もしかしたら何かの弾みで、どこか変なボタンを押しちゃったかもしれないけれど、その程度で、人工衛星が九つ全部、墜落してきたりしないでしょ？　リモコンを操作してテレビを爆発させるみたいなミラクル、私に起こせるわけがない。

どんな機械音痴だ、触るだけで機械を暴走させるなんて。もしも私にそんなはちゃめちゃな力があったら、絶対に誰か周りの大人が止めてくれていたはず——

ママの絶対法則。

機械に触るな。

「——雪洞さん！」

プレパラートの操作は遠ちゃんに任せて、いや、むしろこうなったら少しでもデバイスから距離を取ったほうがいいだろうと、私は襖に突き刺さるような形で、まだ立ち上がれていなかったメイドさんのところにとって返した。

そしてまだ衝撃波から立ち直っておらず、呆然《ぼうぜん》としている風の彼女の顔を両側からつかんで、大きく揺さぶる。医学的には非常に危険な行為だったけれど、もう安全などという概念は、この天守閣にはない。

「雪洞さん！　動機を教えてください！　近ちゃんを殺した動機を！」

「え……？」

きょとんとされた。

八つの隕石、もとい、八つの人工衛星が雨のように降りそそごうとしているのに、そんなことを訊いている場合かと言いたげだ――どんなミステリー脳なのだと言わんばかりだ。

だけど今、私にできることはこれだけだ。

今、私がしたいことはこれだけだ。

「動機を言い残したまま死んでしまっていいんですか！　頭のおかしい異常者として、誰にも理解されないまま、消し炭になっていいんですか！　教えてくれたら、私があなたを、秒で理解しますから！　あなたがどんな人間でも！　あなたがどんな気持ちでも！」

パパみたいに喋ることはできなかったけれど。

たとえあなたがどんな戯言をほざこうと――一言一句漏らすことなく、一音一口逃すことなく、私は聞く！

「だから――あなたがやったことを、やってないなんて言うな！　やったことを否定したら、あなたがあなたじゃなくなっちゃうでしょ！」

背後から二回目の爆風を受けた。早くも二機目の人象衛星が玖渚城に落下してきた――早過ぎる。

しかも一回目よりも距離が近い。

暴走している癖に、精密に座標を調整してきた

——さすが、すべての人流を把握しているだけのことはある。この分だと、残る七機は、すべて天守閣に直撃するだろう。いや、かすめるだけでも、中にいる私達は無事では済まない。

お星さまになってしまう。

恐ろしいことだ。

私は玖渚一族を、ひとり残らず皆殺しにしようとしている——その癖に、たったひとり殺しただけのメイドさんを、問い詰めている。

「あなた——背中」

「……？　ああ」

雪洞さんに言われて気付いたが、第二波の爆風で、折れて吹っ飛んできた窓の格子が、私の背中に二本ほど突き刺さっていた。

いってえな。

澄百合学園の制服は、昔は防弾チョッキと同じ素材だったって聞くんだけど……、窓のそばにいた遠ちゃんは無事？

「気にしないでください。たまたま壁ドンみたいに、あなたをガードするみたいな位置取りになってますけど、別に雪洞さんを庇《かば》ったわけじゃありませんから。名前が盾だからって、あなたの盾になったわけじゃない」

「……やったことを、やってないって、言うのですか？」

おっと。

痛いところを突くね、背中よりも。

「縫合手術するときは、また背中を貸してくださいよ……、抗生物質も飲ませて。口移しで……」

やば、目がかすんできた。

更に雪洞さんに寄りかかるような姿勢になってしまう。しまった、このままじゃ頭をぶつけてしまう……、そのヘッドバットを躱すように雪洞さんは、襖から上半身を少しだけ起こし、身体で私を受け止めた——私を抱き止めた。

私を抱き締めた。

そして言う。

「わたくしがやりました。玖渚近さまを殺し、首を斬りました。動機は――」

――しかし、その続きは聞こえない。

かつて唯一無二の天才が、人類を支配せんと打ち上げた星々の残る七つが、次々と墜落してきた爆音と衝撃に、いないものとして扱われていた使用人が基本的人権のないクローン人間を殺した程度の動機は、かき消される。天守閣も櫓も小天守も井戸も門も座敷牢も、事件も事実も証拠も証言も、犯人も探偵も容疑者も関係者も、影も形も跡形もなく、髪の毛一本残さずに隠滅される。

この日、世界遺産がひとつ減った。

無数の逸話を持つ人類最強の請負人の、もっとも有名な伝説のひとつが、まさにこれだ。彼女の踏み入った建物は、例外なく崩壊する――そんな請負人の名を受け継いだ私は、本日、彼女の伝説を再現した。

私は玖渚盾。誇らしき盾。

後日談——青と赤

千賀雪洞
CHIGA BOMBORI
メイド見習い。

玖渚城から二条城までは約百二十キロの道程なので、徒歩でおよそ一週間ということだ。羹《あつもの》に懲りて膾《なます》を吹くわけではないけれど、新快速にも新幹線にも、とても乗る気にはなれなかったので、私は背中の痛みを堪えながらてくてくひーこら、一日二十キロの目標で歩いていたのだが、そこに真っ赤なスーパーカーがノーブレーキで突っ込んできた。

同じ手は二度食わない。

ひらりと躱す、と言うか、まあ、かろうじて身をよじっただけだったが、スーパーカーはすぐに、その場でスピンするようにUターンして、私に横付けしてきた——ドライバーが誰だったかは、言うまでもない。

「よお、盾ちゃん。うまく避けたじゃねーか、成長したな。けどお前、何をひとり先に帰ってんだよ。あたしに黙って。京都に戻るんだろ？　助手席に乗せてやるぜ」

「……いいんですか？　潤おばさん。私が乗ると、愛車が廃車になるかもしれませんよ？」

「コンピューター搭載してねーから大丈夫だって、お前が言ったんじゃん。別にぶっ壊れても構わねーし。盾ちゃんとドライブできるなら」

そう言われたら、断れない誘いだ。

誘拐じゃなくて誘惑かな……、歩いて京都は、やはり無茶だった。私は伊能忠敬ではない。松尾芭蕉《まつおばしょう》でもない。第一、玖渚城から二条城まで百二十キロとか言っても、どちらの城にも、最早天守閣はないのだから。

そもそも、最早私は両親以上に、この人類最強の請負人に頭が上がらなかった。玖渚城に降りそそぐ人工衛星の雨から、私を含めたみんなを、救ってくれたのがこの人なのだから――ああ死んだ、享年十五、と確信したときに、天守閣の最城階に飛び込んできてくれたのが彼女だった。

正真正銘、命の恩人だ。

その場の全員を――玖渚直を、玖渚遠を、千賀雪洞を、玖渚羸を、玖渚絆を、そして私を――一瞬でかき集めて、人工衛星よりも、重力加速度よりもマッハな速度で、脱出した。

あっと言う間もなく。

「玖渚ちんのハンドメイドな人工衛星だってなかなかの速度だったが、あたしを殺すには、百年遅かったな」

目にも止まらぬそんな手際があるのなら、私の誘拐はもっとスマートに実践できただろうと思わずにはいられなかった――そもそもクルマに乗る必要がないだろう。

京都にだって、歩いて日帰りができそうだ。

ただし、貸し切りにしていたこともあって人的被害がゼロだったのは奇跡的だったとしても、そんな相対性理論を超越した人類最強の請負人をもってしても――玖渚城の崩落を、防ぐことはできなかった。

ママの打ち上げた九つの人工衛星は。

九つとも、その娘によって撃ち落とされた。

「くっくっく。しかし、すげーな、お前。あたしも十五歳のときには、まだ世界遺産を崩壊させたことはなかったぜ」

「……あのあともごたごたしていて、うっかり訊きそびれてましたけど、どうして潤おばさんは、あのタイミングで助けに来られたんですか？　もしかして、私が心配で、ずっと見守っていてくれたんですか？」

「いや？」

違うんかい。

潤おばさんは、相変わらずの無謀運転でアクセルを踏み込んだが、そんな恐怖も、降りそそぐ人工衛星の中を生き延びたあとだと、子供向けのアトラクションのようだった。

だとすると潤おばさんの言う通り、たった二日間の冒険だったが、私も多少は成長したのか……、ぼろぼろだけど。

「あのあと、世界を五回くらい救ってよー、ようやくひと段落ついたから、折角だし泊まりがけでその辺を観光してたんだけど、空からでっけえ隕石が落ちていくのが見えて、お、なんか面白そう、新イベかなって思ってさ」

「普通、隕石が落ちていくのを見たら逃げるでしょう」

「逃げる？　あたしが？　なんで？」

実際には隕石でも新イベでもなく、それは人工衛星の一発目だったわけだが……、この人なら、ガチの隕石が落ちてきても生き残りそうだ。

「隕石じゃねーけど、昔、宇宙人があたし目掛けて墜落してきたことがあったな。ありゃ痛かった」

「またまた、潤おばさんは、そういう真偽の定かでないことを言うし……、やばいっすよ、歳取ってからの虚言癖は」

そんなことを言いながら、本当はふたりの大切な友達の娘を、遠くから気にかけていたんだろう、なんてフォローは、潤おばさんには無意味だな……、しかし、結果的には私が墜落させた人工衛星が、助けを呼ぶ狼煙《のろし》にもなったというのは皮肉である。

滑稽《こっけい》かもしれない。

「あたしが這入ったら世界遺産のお城が崩壊しちゃうと思ってつつましく遠慮してたけど、ああなっちゃえばもう、関係ねーしな。隕石が直撃する前に、世界遺産の天守閣を一周しとくかって思ったのさ。

ついでに助けてみたけど、いろいろ大変だったみたいだな」

観光のついでに助けられたのか、私達は。

まあ、私のせいで起きた事態である、何も言うまい……、京都タワーに誓って言うが、わざとやったんじゃない。

「……潤おばさんは、ママから何か、聞いていませんでしたか？　私の、その……、いわゆる機械音痴について」

　破滅的な機械音痴について。

「ぜんぜん？　ただ、納得できる話だぜ。何の違和感もねえ、玖渚友と戯言遣いの娘のキャラクター設定としては」

　コンピューターのエキスパートであり、天才技術屋だった玖渚友……、そのスキルで仲間を募り、好き放題の十代を送った。人類を支配する人工衛星すら、完成目前だった。世界中のすべての機械が、彼女の奴隷だった。

　その報いを、娘が受けた。

　革命的な反逆が起こった。

　そういうことである。

　すべての機械が敵に回り、にっくき私を攻撃する……、人工衛星を操作するデバイスにちょっと触れただけで制御不能になり、すべての機体が、私目掛けて降りそそいできた。

　もしもこのクルマに自動運転機能が搭載されていたら、きっと崖に向かって突っ走ることだろう。または自爆するかもしれない。

　何もしてないのに——壊れた。

　何をするまでもなく、壊れた。

　ママの絶対法則。

　機械に触るな。

　……スパルタ教育だと思っていたけれど、まさか、あれが、親の愛だったとは。

　機械に触ったことがないのにどうして機械が使えないとわかるのかと遠ちゃんは私を煽ったけれど、経験豊富なママには、私が機械に触ったら、どんな障りがあるか、わかっていたのだ。

　かつて《害悪細菌《グリーングリーングリーン》》や《街《バッドカインド》》といった、ソフト＆ハード、両面の壊し屋とつるんでいたこともあって、ママは破壊には通じていた。だったらそう言ってよと思わなくはないけれど、しかし、言えなかったのもわからなくはない。ママは娘に自分と同じ道を、自分と同じ悪の道を歩ませたくなかったたんじゃない……、道という道を、動線という動線を隈《くま》なく破壊する暴走車を、食い止めたかっただけなのだから。

そう。

ママが恐れたのは娘の天才性ではなく——破壊性だった。

「親の因果が子に報い——って言うんですかね、こういうのも。単なる呪いって気もしますが」

「どーだろうな、あたしに言わせれば、玖渚ちんの血と言うよりは、いーたんの血って気もするぜ、それ」

「は？　パパですか？　パパは人工衛星を落とさないでしょう。口ばっかりですよ、パパは」

「その口先で、あの戯言遣いは無数の人間を落としてきたのさ。人間を闇に堕《お》としてきた。《無為式《むいしき》》とか、《なるようにならない最悪《イフナッシングイズバッド》》とか言ってよ——触れるだけで危うい超弩級《ちょうどきゅう》の危険人物だった。あいつは何もしないのに、周囲が勝手に狂い出す。戯言遣いが人を狂わすように、お前は機械を狂わすんだろうよ」

「最悪じゃないですか。この現代社会を、どうやって生きていくんですか、そんな奴」

大袈裟じゃない。

携帯電話が使えなくて不便、どころの話じゃなく、本当に命にかかわる。今回がそうだったし、これまで十五年、よく生きて来られたと思うほどじゃないか。スマホが禁止の、厳しい規律の古風な寮生活が、結果的には私の命を、首の皮一枚、繋いでいたということか……、でも、夢はどうなる？　デジタル作画がこれだけ普及した漫画界で、編集者として、ハサミで切った写植を糊《のり》で貼るのか？

「最悪じゃねーとは言ってねーよ。《なるようにならない最悪》さ。あたしのクソ親父より最悪かもな。あたしも思いもしなかったぜ、青色サヴァンと《無為式》の食い合わせが、ここまで悪いとは……、逆に相性ばっちりのマリアージュなのかね。けど、よかったんじゃねーの？　これでもう、おじいちゃんやおばあちゃんが、お前の誘拐をあたしに依頼することはないだろう」

「それどころか絶縁されましたよ。復縁してないのに」

元々、人象衛星のメンテナンス、ひいては改良をさせるために、玖渚友の娘を攫った彼らである。その人工衛星が、戦術核を撃ち込むまでもなく、一機残らず墜落したのである。最早私に用はないどころか、その誘拐被害者は玖渚機関所有の世界遺産をぶっ壊したのだ。

玖渚機関の屋台骨が傾くくらいの被害だ。

人象衛星で人流を把握する、不正とは言わないまでも倫理的な『ズル』の、証拠隠滅になったと言えばなったわけだが、それでフォローできる規模の損害ではない。

世界遺産を破壊した娘に、残す遺産はない。

「わはは。いずれそのクレーターが、世界遺産に指定されるんじゃねーの？　そういうもんだろ」

「だったらいいんですけれどね……、羸おじいちゃんからは役立たずを通り越して疫病神の烙印を押されましたし、城主の絆おばあちゃんから大目玉を食らいましたよ。やっと喋ってくれたと思ったら、説教でした……、お婆《ばあ》ちゃんが無条件に優しいというのは幻想ですね」

「孫が無条件に可愛いってのも幻想だよな」

言葉もありません。

直おじさんだけは、そんな私の機械音痴を、なんとかビジネスに応用できないかを考えていたようだ……、そう遠ちゃんが、こっそり教えてくれたので、私は泡《あわ》を食って、怪我の治療もそこそこに、一足早く逃げだしたということである。

「うに。お手紙書くわね、ひいさま」

と、玖渚機関の一時避難所からの逃走経路を確保してくれた遠ちゃんは、私を送り出してくれた……、この時代に文通とは、古風なやり取りになるけれど、私の性質を思うと、他に手はない。

それでも、あんな大破壊の原因であり、絶縁された私に対してそんなことを言うなんて、やっぱりあなたは、青髪碧眼の、特別な子だ。私にとって、特別な従姉妹だ。

「ありがと、遠ちゃん。来年の夏休みは、手毬唄《てまりうた》で遊びましょ」

そう返した。

そんな会話が、今回の誘拐騒動における、私にとっての、ささやかな収穫と言えるだろうか──お年玉はもらえなかったけれど、思い出はもらえた。妹を殺された彼女の今後はそりゃあ気がかりだが、私が役立たずだとバレたことで、羸おじいちゃんからの評価が相対的に上がるようであれば、玖渚友のたったひとりのコピーである彼女の立場は、しばらくは安泰と言えるのではないだろうか。

そして──

「……雪洞さんは、これから、どうなるんでしょう？　本人も言っていましたけれど、玖渚機関の人間じゃないから、揉み消すとか隠蔽工作とかって感じじゃなくなるんでしょうか……」

「大丈夫大丈夫。あいつの三人の母親が、とある孤島で働いてるって話、したろ？　たぶんそこに島流しになるから」

それの何が大丈夫なのかわからないが……、しかしまあ、犯行現場も何もかも、人工衛星で城ごと吹っ飛んだのだ。戸籍も人権もないクローン人間が被害者ということを差し引いても、警察に出頭するという感じでもないのだろう。

私の将来の夢がどうなるのかはさておくとして、いつか鴉の濡れ羽島で働きたいと言っていた、雪洞さんの将来の夢は、いみじくもそういう形で叶うわけか。

そう思うと複雑だけれど、そもそも世界遺産を木端微塵の粉々に破壊した世紀の大罪人である私に、たかが十三歳の少女の首を斬った程度の人殺しを、厳しく糾弾する資格はない。

　そして、そのつもりもない。

　彼女の理由を聞いたから。

「……雪洞さんも、クローンだってことでいいんですよね？　その……、三人の母親っていうメイドさん達の」

「さあ。本人がそう言ってたならそうなんじゃねーの？　そう思い込んでるだけかもしれねーけど」

　適当な人だな……。

　崩落する天守閣からの救出後に、改めて雪洞さんが話した、それが『犯行の動機』である。演説のようにではないが、冗談《キディング》抜きで、雪洞さんは語ってくれた。

　玖渚遠・玖渚近の双子以前に作られた、クローン実験の成果——否、玖渚友のコピーを製作するにあたっておこなわれた、動物実験の成果こそが、千賀雪洞だった。

と、そう語った。

　十四歳のメイドさんと、十三歳の双子。

　年齢的には符合する——十三歳の少女を殺す理由は、そこにあった。

　四神一鏡に仕えるメイド一族の末裔が、玖渚機関で修行をしていた理由もまた……、経過観察でもあったわけだ、唯一の成功例の。

　唯一の成功例。

　逆に言うと——失敗例が山ほどある。

「くくく。まあ、あいつの三人の母親も、ほとんどクローンみてーなもんだからな。優秀なメイドを量産したい、大量生産したい赤神財閥の魂胆と、都合のいい青色サヴァンをリメイクしたい玖渚機関の思惑が、図らずも一致したってところか」

「リメイク……」

「あたしのクソ親父に言わせりゃ、《ジェイルオルタナティヴ》ってところか。まー、《バックノズル》

よりは伝わりやすい概念だな」

　ユニークな親父さんですね。

とは言え、今回に限っては、芯《しん》を食っているのも確かだ。

「——失敗した同期の……、いわば姉妹達の仇を討つつもりで、近ちゃんを殺したって言っていました。いえ、実際はもっと、衝動的だったみたいですけれど……」

　計画的ではなかったと言う。

　座敷牢に私を呼びに来たときの取り乱しようも、演技じゃなかった……、あのとき、人を殺したばかりだった雪洞さんは、まったく正常な精神状態ではなかった。

　なぜあの夜というタイミングで殺したのかが、そこがどうしてもわからなかったけれど、なんのことはない、いつ、どのタイミングで殺していてもおかしくないだけの殺意だったのだ。

　あの夜、私が座敷牢で遠ちゃんと話している頃、近ちゃんは、姉の動線を——動線を追う形で、天守閣の三階を訪れていた。

　私の説得を手伝うために。

　お姉ちゃんの真似をした——遠ちゃんの、投げやりな仮説が、結局、妹の本質をもっともとらえていた。その遠ちゃんと違ったのは、近ちゃんは、私の不在を知ったその後、地下牢に行くのではなく、同フロアの雪洞さんを訪ねたことだ——私の行方を尋《たず》ねようと、メイドさんを起こしたらしい。その奔放な振る舞いは、なるほど《死線の蒼《デッドブルー》》のデッドコピーという感じだが、何も寝ているところを叩き起こされたから、むかついて叩き殺したわけではない。

　そうではなく。

　姉の後ろをついて回る妹。
　その存在が許せなくて——殺した。

　恋人のいる同性を羨むように、妹のいる同属性を、妬《ねた》んだ。ならば真の狙いは、実は妹の近ちゃんではなく、姉の遠ちゃんだったのかもしれない。双子の入れ替わりこそなかったが……、え？　たったそれだけのことで殺したの？

そう。

たったそれだけのことで殺した。

それ以上の動機などいらなかった。

金銭も、支配も、管理も、実験も、遺産も、相続も、圧力も、上下も、いらなかった。彼女が欲しかったのは——

「私のことを、実の姉のように思っていたって言ってくれましたけど——雪洞さん、ずっと、姉妹が欲しかったのかもしれませんね。なんてことのない私の軽口なんかを、本気にしてくれていたのかも」

「どーだろうな。本当は全部嘘かもしれねーぞ。いーたんが父親ってのが真相かもしれん。なかなかの真実味がある」

あなたまでそんなことを言うのか……。

でも、うん、確かに、何が本当かなんて、誰にもわからない……、雪洞さんにだってわかっちゃいないだろう。

ただ、私は演説の中で、雪洞さんが首なし死体を、自分の部屋からゲストルームに、殺害現場の畳ごと移動させたのは、たまたま私が不在だったからだと推理したし、近ちゃんに聞いて、不在を知っていたなら尚更そうだとも思うけれど、しかし。

罪をなすりつけようとしたのではなく、死体を押しつけようとしたのでもなく……、年下の妹が手に負えなくなった困りごとを、途方に暮れてお姉ちゃんに丸投げするような気持ちだったのかなと、今は思わなくもない。

そう理解する。

私は千賀雪洞を理解する。

たったそれだけのことで殺した、妹みたいな彼女を。

「くくく、そうだな。井戸に捨てた生首とかを、外部に疑いが向きそうになったら、慌てて自分で見つけた振りをするとか、無茶苦茶行き当たりばったりなところもあるよな。内部犯だと思わせて、玖渚機関に隠蔽してもらおうとしていたのかな。ばたばたしてやがる」

「背中に突き刺さった木片を抜くときにも、また椅子になってくれましたしね。抗生物質の口移しはなかったですが」

「そんな姉もどうかしてるぜ。あー、そう言えばあたしにも妹がいたなー。由比《ゆい》ヶ浜《はま》ぷに子《こ》っていうアンドロイドでよ。可愛い奴だった」

「機械の妹って……、潤おばさん、我々の先を行っていますね。私には紹介しないでくださいよ、ぷに子さん。ぶっ壊しちゃいますから」

「安心しろ、あたしがもうぶっ壊した。口の中に手榴弾《しゅりゅうだん》を突っ込んで」

どこのご家庭にも事情がある。

うちが特別というわけじゃない……、玖渚本家にも、千賀家にも、哀川家にも……、やむにやまれぬ事情がある。

それだけのことだ。そんなことで人生は決まらない。

まあ実際は家庭の事情で人生の大半が決まるけれど、ラストシーンでそんな真実を言っちゃあ、決まらないってもんだろう。ラストシーンで言うべきは、真実などではなく——

「ところで、盾ちゃん。お前、これからどうするんだ？」

「はい？　なんですか、潤おばさん？」

「いや、雪洞やら遠ちゃんやらの心配もいいけどよ……、お前はお前自身の心配をしたほうがいいんじゃねーのか？」

アクセルベタ踏みのまま、潤おばさんはそう問うてきた。そんなにスピードを出したいのなら高速道路に乗ればいいと思うのだが、そうしないのは、人工衛星よりも速度を出しつつ、少しでも長い間、私とドライブを楽しみたいという心境の表れなのかもしれない。潤おばさんなりに、私との会話を楽しんでくれていたらいいのだけれど。

「私自身の心配、ですか？」

「お前はただただ困り果てているけれど、使いようによっちゃあ、その『機械音痴』は、とんでもなく有用だろう。どんなセキュリティの高い機械でも破壊することができるんだから……、ありとあらゆる機械がお前の敵だが、裏側から見りゃ、玖渚盾は、ありとあらゆる機械の天敵だ。ハイテク兵器も物の数じゃねえ。世界中のサーバをノックダウンさせられるお前のパワーを、悪用しようって悪党も、わんさかいるんじゃねーの？」

「…………」

直おじさんが私のビジネス利用を企むのは、まだしも平和なほうということか……、発現したばかりで底の見えないこの力が、今後、どういう方向に進むのか、わからない。私の力はどこに向かい、どこに辿り着くのか。

最終的には機械だけではなく、私を暴走させかねない、私の力は……。

機械に触るな。機械に触るな。機械に触るな。

しかし、そんなことが、実際に可能なのだろうか……？　現代社会でだってこの有様なのに、これから益々《ますます》、機械はどんどん進化する。テクノロジーは発展し、とどまるところを知らない。クローン人間やアンドロイドじゃないが、ほんの二十年後には、生き物と機械の区別もつかなくなってしまうかもしれない。

冗談に聞こえるだろうが、これはマジで言っている。

私はいつだってマジで言っている。

逆に、冷凍食品を電子レンジでチンしただけで、世界を終わらせてしまいかねない危険な私を、世界はいつまで、放っておいてくれるだろう。私が腰を落ち着けられる場所なんて、この世のどこにあるのだろう。

隔絶《かくぜつ》された座敷牢のごとく、私が安眠できる場所なんて――

「答えろよ、誇らしき盾。お前はこれから、どこに行くんだ？」

いずれ訪れるであろう混沌《こんとん》を、去来する破壊を、未来ある滅亡を――心から面白がるように、潤おばさんは笑う。彼女の父親がかつて、世界の終わりをそう笑っていたように。

冗談めかして笑っていたように。

何もしていないのに壊れても、やったことをやっていないとは言えない。それをしたら、私が私じゃなくなっちゃうから。

青色サヴァンと戯言遣いの娘。

それが私だ。だけど、それだけじゃない。

「私は」

小考し、笑い返した。

「私はもう、どこにも行きませんよ」

「実家《いえ》に帰るんです」

パパの戯言シリーズその１００。

戯言だけどね。

《Our daughter》 is the END.

アトガキ——

もしも地球が一月一日午前零時に誕生したのだとしたら、人類が登場したのは十二月三十一日であり、にもかかわらずかこの生命体はこれだけ母星にダメージを与えているみたいな議論を聞くと、そのおぞましき邪悪さに戦慄せずにはいられませんが、しかし逆に考えてみれば、たった一日やそこらでこっちの人間性を判断されても困る気がします。スプーンを使ってパスタを巻くのがマナー違反だと指摘するほうがマナー違反だろう、みたいな印象を禁じえません。もうちょっと長いスパンで見てもらわないと、そんな第一印象で決めつけられても、まだ人類のこと、何も知らないでしょう？　ほらそろそろ年も明けるわけですし、今年あった嫌なことは全部忘れて、さっぱりした気持ちで新しい一年を迎えましょうと、言いたくなりますよね。世界終末時計的に言えば、そもそも人類以外の要因でも、地球も生態系も、何度も滅びかけているじゃないかと思わなくもないです。植物だったり恐竜だったりも、決して一方的な被害者ではなく、結構やらかしていると言えばやらかしているような……、氷河期とか隕石とか色々あったわけで、十二月三十一日は実はこれまでにも来ているんじゃないでしょうか？　それが終末ならぬ年末で済んだだけであって……、そもそも、十二月三十一日をもって地球は天寿をまっとうすると仮定したタイムスケジュール自体が結構危ういです。もしも今が真夏だと仮定したら、何時何分なのでしょう？　そう問われてみれば、別に人類が何をしようが何をしまいが、零時零分は必ずやってくるのでは……？

　そんなわけで本書は戯言シリーズの誇らしき続編です。横向きの続編じゃなくて、縦向きの続編といったところでしょうか、玖渚盾だけに。とはいえこの世界観自体は人間シリーズや最強シリーズといった様々な形で、長きにわたって継続的に書き続けてきたものではありましたが、直系となるとどうなのか、不安がなかったと言えば戯言ならぬ嘘になります。あれだけ慣れ親しんだシリーズなので、安心感がなかったと言えば嘘ならぬ戯言になりますが、果たして完結して十七年が経過したシリーズに、続きなんてあるのでしょうか？　しかし見方を変えると、作者だからと言って、十二月三十一日がいつなのかを、決めつけたものでもないのでしょう。なので、作家業二十周年を記念してと言うより、不意に戯言シリーズっぽいタイトルを思いついたから筆を執ったという節もありますけれど、終わりでも始まりでもない続きという感じで、戯言シリーズ『キドナプキディング　青色サヴァンと戯言遣いの娘』でした。

　同時に、竹さんに描いてもらうために生まれたと言っても過言ではない誇らしき盾です。ゆえに青色サヴァンと戯言遣いの娘のご両親は、僕と同じくらい、竹さんに感謝しているに違いありません。この本を書かせてくれた講談社文芸第三出版部にも、首を洗って待っていてくださった皆さまにも、マックスのありがとうを。

西尾維新

本書は書き下ろしです。

N.D.C.913　264p　18cm　ISBN978-4-06-530234-7

キドナプキディング　青色《あおいろ》サヴァンと戯言《ざれごと》遣《づか》いの娘《むすめ》

二〇二三年二月五日　第一刷発行　二〇二三年四月三日　第四刷発行

KODANSHA NOVELS

定価はカバーに表示してあります

著者—西尾維新《にしおいしん》

発行者—鈴木章一

発行所—株式会社講談社

東京都文京区音羽二-一二-二一

郵便番号一一二-八〇〇一

編集〇三-五三九五-三五〇六

販売〇三-五三九五-五八一七

業務〇三-五三九五-三六一五

本文データ制作—凸版印刷株式会社

印刷所—凸版印刷株式会社　製本所—株式会社若林製本工場

KODANSHA

怪盗フラヌールの巡回
西尾維新
NISIOISIN
第2弾
怪人デスマーチの退転
2023年3月29日
ON SALE!
単行本
KODANSHA

西尾維新◆著作リスト

戯言シリーズ イラスト／竹
『クビキリサイクル 青色サヴァンと戯言遣い』
『クビシメロマンチスト 人間失格・零崎人識《ぜろざきひとしき》』
『クビツリハイスクール 戯言遣いの弟子』
『サイコロジカル（上） 兎吊木垓輔《うつりぎがいすけ》の戯言殺し』
『サイコロジカル（下） 曳《ひ》かれ者の小唄《こうた》』
『ヒトクイマジカル 殺戮《さつりく》奇術の匂宮《におうのみや》兄妹』
『ネコソギラジカル（上） 十三階段』
『ネコソギラジカル（中） 赤き征裁 vs. 橙なる種』
『ネコソギラジカル（下） 青色サヴァンと戯言遣い』
『キドナプキディング 青色サヴァンと戯言遣いの娘』

人間シリーズ イラスト／竹
『零崎双識の人間試験』
『零崎軋識の人間ノック』
『零崎曲識の人間人間』
『零崎人識の人間関係 匂宮出夢との関係』
『零崎人識の人間関係 無桐伊織との関係』
『零崎人識の人間関係 零崎双識との関係』
『零崎人識の人間関係 戯言遣いとの関係』

最強シリーズ イラスト／竹
『人類最強の初恋』
『人類最強の純愛』
『人類最強のときめき』
『人類最強のsweetheart』

「きみとぼく」本格ミステリ イラスト／TAGRO
『きみとぼくの壊れた世界』
『不気味で素朴な囲われた世界』
『きみとぼくが壊した世界』
『不気味で素朴な囲われたきみとぼくの壊れた世界』

伝説シリーズ
『悲鳴伝』
『悲痛伝』
『悲惨伝』
『悲報伝』
『悲業伝』
『悲録伝』
『悲亡伝』
『悲衛伝』
『悲球伝』
『悲終伝』

りすかシリーズ イラスト／西村キヌ
『新本格魔法少女りすか』
『新本格魔法少女りすか2』
『新本格魔法少女りすか3』
『新本格魔法少女りすか4』

JDC TRIBUTEシリーズ
『ダブルダウン勘繰郎《かんぐろう》』 イラスト／ジョージ朝倉
『トリプルプレイ助悪郎《すけあくろう》』 イラスト／のがるわこ

戯言辞典 イラスト／竹
『ザレゴトディクショナル 戯言シリーズ用語辞典』

『ニンギョウがニンギョウ』
『少女不十分』 イラスト／碧風羽
『りぽぐら！』

講談社NOVELS